sapientia
サピエンティア43

植民地を読む

「贋」日本人たちの肖像

閱讀殖民地

星名宏修［著］

法政大学出版局

はしがき

一九三五年一〇月二〇日、神戸から蓬萊丸に乗った野上彌生子が台湾の基隆港に到着した。学生時代からの友人である平塚茂子に招待されたのだ。茂子の夫は総督府総務長官の平塚広義。おりしも台北では「施政四十周年台湾博覧会」が華々しく開催されていた。この日の印象を、野上は日記に次のように書き記している。

夜自動車で市内見物。本町栄町から本島人の町なる大稲埕を見る。(中略) 本島人が活きいきと元気で、すこしも被圧迫民の感じがしないのが意外なぐらゐ。店舗の装飾も美しく、ストックも充実してゐる。(中略) 今日の印象によれば、タイワンの本島人の店舗や家が非常にしつかりした、危ふやでない外観を備へて、少しも貧乏臭いところがない点である。服装もそれにぴつたりして、日本人よりも生活様式が合理的で且つ進歩的に感じられる。[1]

大稲埕の「活きいきと元気」な台湾人の姿に目を見張った野上は、半年後に「台湾遊記」を『改造』

に発表した。そこには彼女が見た大稲埕が、より詳細に描かれている。

> 大稲埕と呼ぶ本島人の賑やかな住居地に入ると、この童話めいた左右の廻廊はますます妖しげにも美しい異国的なものになつた。（中略）これらの娘たちはまた髪を切つてゐる。念入りなウェーヴをつけて、唇を赤く塗り、眼隈を入れ、高踵でわざと裂いた裾を蹴つてゐる姿は、私たちが銀座の鋪道に見出す娘たちよりなほも潑剌と大胆なほどである。／しかしわたしを思ひのほかのやうに驚かしたのは、そんな新しい風俗の娘たちに限らずいつたいの人々が高揚と愉快さうで、路ばたの高い叫ぶやうな話ごゑでも笑ひでもかけ構ひなく無遠慮で、さも自信ありげに、振舞つてゐる態度であつた。同じ殖民地ながら朝鮮の住民たちについて聞いてゐたものとはあまりに著しいこの相違に、はじめはただもの珍らしかつただけのわたしの興味はだんだん意識的な注意になつて、亭仔脚の中の一軒一軒に注がれた。
>
> （中略）さう云へば十時間まへに船を捨てた瞬間から、なにか対句のやうに事毎に並べて話される一組の耳新しい言葉がわたしの注意を引いてゐた。それは本島人、内地人と云ふ表現であつた。なにかの店の話をする。あれは内地人の店だ。どこかの前を通る。これは本島人の家だ。この云ひ方ははじめ異様に響いてならなかつたのに、いつの間にかその表現に従つてなにか訊いたり、たづねたりしてゐる自分たちを見出す。(2)

「銀座の鋪道」以上に大胆な「新しい風俗の娘」たちが闊歩する「妖しげにも美しい異国的な」街。

彼女らの「自信ありげ」な「態度」が、伝え聞く「朝鮮の住民たち」と対照的なものと映っている点も興味深い。モダン都市化した三〇年代の台北については、郭珍弟と簡偉斯のドキュメンタリー『跳舞時代』（二〇〇三年）によって広く知られるようになった。[3]

ここで注目したいのは傍線を引いた部分だ。台湾が植民地となって四〇年が経過した時点でも、「本島人、内地人と云ふ」言葉が、野上のような知識人にとって「耳新しい」ものだったのである。しかしこれは植民地ではごく日常的なキーワードだった。

被植民者（「本島人」や「蕃人」、「半島人」）と「内地人」（いわゆる「日本人」）はどちらも日本国籍を有する帝国臣民であったが、両者は戸籍によって明確に区別されていた。そのことによって植民地の内地人は、特権的な位置に立つことができた。朝鮮に渡ったある水俣出身者が、「植民地に行ってみれば、日本人に生まれてよかった、てはじめて分かるもんな。親鳥の羽の下たい。そのことは、朝鮮人も認めとったんじゃもんな」[4]という回想を残しているように、植民地では内地人であるか否かが決定的に重要だった。だからこそ「はじめ異様に響いてならなかつた」この言葉を、野上は「いつの間にかその表現に従つてなにか訊いたり、たづねたりしてゐる自分たちを見出す」ようになるのである。

日本敗戦の時点で、軍人を除いて三〇万人を超える内地人が台湾で暮らしていた。彼らは植民地でどのような日常生活を送り、それを文学作品に描いてきたのだろうか。そもそも内地人―「日本人」とは誰のことなのだろうか。

本書に収めた九本の論文は、こうした問題意識から出発したものである。ここで本書の構成を概観しておこう。

第Ⅰ部の「植民地台湾の「贋」日本人たち」は、日本人とはそもそも誰のことなのかという問いをめぐる四本の論文を収めた。第一章は、植民地台湾に新たな生活の場を求めた沖縄人を論じたもの。第二章と第三章は、林熊生の探偵小説「指紋」論。植民地文学に登場するさまざまな混血児を分析したのが第四章である。

第一章「「植民地は天国だった」のか——沖縄人の台湾経験」は、植民地の沖縄人に着目することで、「内地人」の複数性を明らかにする。

一八七九年の「琉球処分」によって沖縄は帝国日本に組み込まれた。地理的な近さと経済的要因もあって、多くの人が台湾に渡った。とりわけ宮古・八重山の人々にとって、稼ぎのよい台湾はあこがれの島だった。

しかし台湾の沖縄人は、「他府県」の内地人からは、「支那人」に近い存在として蔑視された。戦後の石垣島の雑誌『八重山文化』には、台湾での生活を題材とした作品が数多く収録されたが、「日本人には遠い連中」「とにかく野ばん」と蔑まれた屈辱的な体験も描かれている。台湾人が戦後に創作した小説にも、彼らは日本人から差別される「琉球人」として登場する。こうしたテクストから植民地の沖縄人を論じることによって、内地人がけっして単一の存在ではないことを示した。

第二章「萬華と犯罪——林熊生「指紋」を読む」と第三章の「司法的同一性と「贋」日本人——林熊生「指紋」を読む・その二」は、台北帝国大学医学部教授の金関丈夫が、林熊生というペンネームで創作した探偵小説「指紋」を論じたものである。

大東亜戦争たけなわの一九四三年にこの小説が刊行された頃、台湾の文学界では周金波や陳火泉の「皇民文学」が注目を集めていた。そこには総力戦体制のもとで台湾人がいかにして日本人になるのか、というアイデンティティをめぐる葛藤が描かれている。自らの身体に流れる血液を否定し、志願兵となって「血を流す」ことで日本人になる、という登場人物の選択が肯定されていた。

金関の「指紋」は、同時代の皇民文学とはまったく異なる角度からアイデンティティを主題にした、というのが筆者の基本的な見方である。ただしここでいうアイデンティティとは、人類学者の渡辺公三が提起した「司法的同一性」のことだ。第二章は、関東大震災の前後に、大衆文学の一ジャンルとして探偵小説が誕生する経緯と、植民地台湾のそれの特異なあり方——大衆的読者の不在——を指摘したうえで、「指紋」が「共同体の〈秩序〉」回復の物語であることを、作品の舞台となった萬華の描写から論じた。また人類学者であった金関にとっての指紋の持つ意味を考察することで、「指紋」の意表をついた結末は、皇民文学への批判として解釈できることを示した。

「指紋」に使用された贋旅券に焦点を当てたのが第三章である。台湾が植民地となり、台湾人が日本帝国臣民に組み込まれた時点では、日本に国籍法は存在しなかった。帝国臣民たる要件が法的に定まらないうちに、台湾人は日本人に包摂されたのである。

旅券とは、所有者の身元（アイデンティティ）を担保し、その移動を管理するために国家が発給する文書である。しかし植民地期の台湾では、制度の不備もあって多くの贋旅券が出回るとともに、それを所持した贋者の「日本人」が出現した。小説「指紋」の主人公も、そうした司法的同一性の攪乱者のひとりである。しかし一方的に日本帝国臣民に組み込まれながら、戸籍によって合法的に差別された植民地の台湾人は、小説の主人公に限らずいわば「贋」日本人、つまり「なり損ないの日本人」[5]だったのだ。そうした「贋」日本人たちが総力戦に動員されるなか、理不尽な状況からの脱却を求め、本物の日本人になる道を模索したのが皇民文学であった。では翻って、植民者の内地人とその子孫は「本物」の日本人なのだろうか。その「本物」性は、何によって担保されるのか。

第四章「植民地の混血児――「内台結婚」の政治学」では、内地人と被植民者の間に生まれた混血児を論じた。植民地という差別的な空間のなか、双方の血を引く混血児が自らのアイデンティティに困惑するさまが、植民地で創作された文学作品に描かれている。同化政策で奨励された「内台結婚」や「内鮮結婚」に対して、多くの優生学者が批判的だったことが事態を複雑なものにした。

テクストに描かれた混血児には、自らをひたすら日本人だと思いこもうとするものもいれば、大東亜文学賞受賞作「陳夫人」のように、混血児であると同時に台湾人たる自己を引き受けるものもいた。その選択はまったく異なるように見える。後者の選択には、大東亜戦争と南方進出という時代背景が大きく作用しているが、差別される現状から逃れたいという切実な願いを両者は共有していた。

ここまで述べたように、第I部では内地人―被植民者という二項対立には収まらないさまざまな「贋」日本人をめぐる表現を考察した。繰り返しになるが、「贋」日本人を論じることは、「本物」の日本人とは誰なのかという問いを必然的に呼び起こすだろう。

第II部の「描かれた「蕃地」と「蕃人」――好奇心と怖れと」では、内地人による台湾原住民表象を考察した。植民地時代、多くの日本人は「蕃人」に強い好奇心を抱いた。一九一〇年代以降に台湾でつくられた絵はがきは、彼らを被写体としたものが多くを占めた。近代的なツーリズムと帝国各地を結ぶ通信網の整備もあって、旅先から届く「元始的」な蕃人の姿を手に取って眺めることが、「文明的」な「われわれ」の楽しみとなった。首狩りのイメージと結びついた蕃人は、新たな「同胞」ではあるものの、「われわれ」にとって完全な他者だった。そうした彼らに文明を与え日本人化することが、植民地統治の目的に組み込まれた。なお本書では、植民地の雰囲気を伝えるために、「蕃人」「生蕃」など差別的なニュアンスのある言葉を使用する。これらの用語は、その当時は一般的なものだった。

総督府の原住民統治は、一九三〇年の霧社事件でその破綻が明らかになる。この事件を描いた台湾映画『セデック・バレ』（原題は『賽德克・巴萊』、二〇一一年）の一場面で、蜂起した蕃人の殲滅に向かう日本の軍人が、「お前らに文明を与えてやったのに、反対にわれらを野蛮にさせよって」と洩らすせりふが印象的だ。

こうした蕃人への好奇心を背景として、第五章の「「楽耳王」と蕃地――中山侑のラジオドラマを読む」は、一九二〇年代に登場したラジオという新しいメディアに着目し、電波に乗った蕃人像を考察したものである。

被植民者に「国語」を習得させるという総督府の同化政策に沿って、ラジオ放送も聴取者のリテラシーに関わりなく「国語」中心の編成となっていた。ラジオ放送の開始とほぼ同時に、ラジオドラマという新しい娯楽が出現する。在台内地人二世（「湾生」）の中山侑が、そこでは重要な役割を果たした。彼の父親は蕃地勤務の警察官。自らも警務局に勤めた経験のある中山は、しばしば警察官の活躍をラジオドラマの題材とした。蕃人教育の重要性とそれを担う警察官の役割を理解させるため、巧みな演出がこらされた中山のラジオドラマでは、蕃人は教化の対象であると同時に聴衆の好奇心をかき立てる格好の材料となった。

第六章「「兇蕃」と高砂義勇隊の「あいだ」――河野慶彦「扁柏の蔭」を読む」では、一九四三年に発表された河野慶彦の登山小説「扁柏の蔭」を取り上げた。作品中の現在も一九四三年のこと。新高山に登る若い主人公は、まもなく軍隊に入ることになっている。彼の父親は、二〇年前に原住民に殺害された蕃地勤務の警察官だ。しかし小説は、父親が命を落とした一九二〇年代初頭から現在までの二〇年間に、この土地で起きた出来事について言及しない。「テクストを読むときは、わたしたちはテクストを、テクストに流れ込んでいるものと、作者がテクストから排除したものの両方に関連づけて読まなければならない[6]」と、サイードは『文化と帝国主義』のなかで指摘している。本章は、台湾における原住民支配の歴史をたどり、「扁柏の蔭」から「排除」された二〇年の空白を埋めることで、「兇蕃」が高砂義勇隊に矯正される過程を再現しようと試みた。

大東亜戦争期に台湾島外へと雄飛する台湾人を論じたのが、第III部「海を渡る台湾人」に収録した二本の論文である。

第七章「看護助手、海を渡る――河野慶彦「湯わかし」を読む」は、戦後初期の北平で発表された藍明谷の小説「一個少女的死」から始まる。大東亜戦争のただなか、島外の病院に派遣された一八歳の台湾人少女がマラリアに感染し、あっけなく命を落とす悲劇を友人の日記というスタイルで描いたこの小説は、植民地支配に対する強い批判と「祖国」中国への憧れが前面に出ている。

このおよそ一年半前の一九四三年、『文芸台湾』に掲載された河野慶彦の「湯わかし」には、看護助手に志願し、島外に渡ることを選択する若い台湾人女性が登場する。「一個少女的死」の「前史」に該当するような「湯わかし」だが、大東亜戦争期に内地人が創作したテクストには、日本の戦争に台湾人はいかに協力するのかという関心が貫かれており、前者とは対照的な読後感を残す。だがこの小説が、高等女学校の「代役」と見なされた家政女学校の卒業生を描いている点は注目すべきだろう。高等女学校と家政女学校は、カリキュラムだけでなく保護者の階層も異なっていた。そうした「二流」の社会的地位にあった彼女たちが将来を展望した際に、看護助手として海外に行くという選択肢はどのようなものとして映ったのだろうか。

一九四一年九月の『台湾文学』に収録された紺谷淑藻郎の「海口印象記」を、火野葦平の戦時期のテクストとあわせて論じたのが、第八章「「大陸進出」とはなんだったのか——紺谷淑藻郎「海口印象記」を読む」である。日中戦争のなか、日本軍の占領地域を視察した火野や尾崎士郎は、「淫売屋」が占領地にいち早く進出するさまを伝えている。人気作家の観察を通して、同時代の読者は「大陸進出」という美名のもと、何が行われていたのかを知ることができた。海軍が占領した海南島を舞台とした「海口印象記」にも、占領下のどさくさにまぎれて一儲けしようと台湾からやってきた人々が描かれている。そこには淫売屋の経営によって新手の金儲けを目論む者もいた。日本人にとって植民地が「天国」だったように、日本占領下の中国も日本国籍を有する台湾人にとって、人生の転機を切り開く場所となっていたのである。

最後の第Ⅳ部「美談と流言」は第九章「震災・美談・戦争期世代――「君が代少年」物語を読む」のみである。ここでは野上彌生子が来台した年（一九三五年）の四月に発生した台湾大地震と、その後につくられた「君が代少年」美談を取り上げた。

大震災が発生し、不安にかられた被災者が発した流言は抑圧される一方で、統治者に都合のよい美談が収集・流通された。瀕死の重傷を負いながらも「国語」を話し、「君が代」を歌って息を引き取った詹徳坤の物語は、震災美談の白眉として、新聞やラジオドラマ、映画、唱歌、銅像建設などの複合的なメディアを通じて台湾社会に浸透していく。震災が起きた三五年には、皇民化運動はまだ始まっていない。しかし皇民化が課題とした政策を先取りする内容を、この美談は包含していた。大震災を「余得」と見なした統治者は、これを機に同化政策を加速させようとした。甚大な被害につけ込むように、被災地では「皇恩」のありがたさも喧伝された。

詹徳坤美談の拡散に核心的な役割を果たしたのが、総督府文教局の柴山武矩である。同化政策推進の第一線に立つ一方で、若山牧水に師事した柴山は、短歌誌『相思樹』の主宰者として植民地の日常を膨大な歌に詠んでいる。

本章の目的は、台湾文学研究でほとんど扱われたことのない柴山武矩を論じることがひとつ。もうひとつは、一九二〇年代から三〇年の間に生まれた詹徳坤ら「戦争期世代」にとっての同化政策の意味を考察することである。

注

（1）『野上彌生子全集第Ⅱ期　第四巻』岩波書店、一九八七年、六二七—六二八頁。

（2）野上彌生子「台湾游記」『改造』一九三六年四月。ここでは『日本統治期台湾文学　日本人作家作品集　別巻』（緑蔭書房、一九九八年、四一五—四一八頁）より引用した。傍線は引用者。「／」は改行箇所である。

（3）星名宏修「「跳舞時代」の時代——台湾文学研究の角度から」（星野幸代・洪郁如・薛化元・黄英哲編『台湾映画表象の現在——可視と不可視のあいだ』あるむ、二〇一一年）を参照。

（4）岡本達明・松崎次夫編集『聞書水俣民衆史第五巻　植民地は天国だった』草風館、一九九〇年、一二四頁。

（5）酒井直樹「普遍主義の両義性と「残余」の歴史」『希望と憲法——日本国憲法の発話主体と応答』以文社、二〇〇八年、一三二頁。

（6）エドワード・W・サイード「物語と社会空間」『文化と帝国主義1』みすず書房、一九九八年、一三九頁。

植民地を読む／目次

第Ⅰ部

植民地台湾の「贋」日本人たち

第一章　「植民地は天国だった」のか
——沖縄人の台湾体験

1　晴れ着と植民地

1　植民地への旅立ち（1935 年）

「植民地は天国だった」という副題をもつ『聞書水俣民衆史　第五巻』の口絵に、朝鮮北部の興南に建設された日本窒素の工場へ渡っていこうとする家族の写真が掲載されている。前列中央に立つ小学四年生の山下富美子は、「朝鮮てどんな所かなぁ。父がよっぱらって、「海を渡れば、わしもじゅん社員ぞ。おまえたちにもよかくらしをさせてやるばい」といいました。だから、私もきっと新

2　晴れ着での卒業写真

しいズックを買ってもらえると思います[1]」と書き記していた【写真1】。

朝鮮に渡った数年後、彼女は新しいズックどころか、美しい晴れ着を身につけて写真におさまっている【写真2】。貧しい一家にとって、朝鮮に渡るという選択は、故郷水俣では不可能な「よかくらし」を実現する数少ない手段だった。

こうしたことは山下の一家に限られていたわけではない。「水俣の生活はみじめ、ただみじめだったもんなぁ。乞食せんばかりの暮らしだった」(同書二〇三頁)者も、「海を渡って朝鮮に着いたとたん、日本人であれば生活は一段も二段も上がる。一八〇度変わっとたい」(二〇一頁)という。生活レベルの劇的な向上は、貧しい民衆に「植民地に行ってみれば、日本人に生まれてよかった、てはじめて分かるもんな。親鳥の羽の下たい。そのことは、朝鮮人も認めとったんじゃもんな」（一二四頁）と実感させたのである。彼らにとって、文字通り「植民地は天国だった」。

あと二枚、植民地で撮影された晴れ着の写真を見てみよう。石垣市が市制五〇周年を記念して刊行した写真集『八重山写真帖——二〇世紀のわだち』である。同書の第六章「あこがれの台湾での生活」には、植民地台湾における八重山出身者の姿が記録されている。一九三二年頃に台北で撮影された「晴れ

3 晴れ着を着て記念撮影（一九三二年頃、台北）

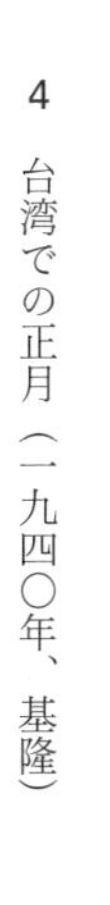

4 台湾での正月（一九四〇年、基隆）

着を着て記念撮影」【写真3】。さらに一九四〇年元旦に基隆で撮影された「台湾での正月」【写真4】。この写真集に収録されている故郷の人々の質素な身なりと対比する時、彼女らの晴れ着姿の華やかさが一層ひきたって見える。

「あこがれの台湾」で、沖縄人はどのような生活を営んでいたのだろうか。水俣の人々が「天国」と喩えた植民地において、沖縄人が台湾人と出会うさまざまなかたちを文学表現から考察するのが本章の課題である。

2　あこがれの台湾での生活

植民地期の台湾に、どれだけの沖縄人が居住していたのだろうか。水田憲志の先駆的な研究によれば、沖縄から台湾への移住が本格化するのは一九二〇年代以降のことだという。飢饉のため「ソテツ地獄」と表現されたこの時期に、台湾だけでなく大阪や南洋群島にも多くの沖縄人が、出稼ぎや移民として流出していった(2)。

同じ頃、台湾から沖縄にやって来たジャーナリストの関口泰は、沖縄社会の窮状について次のような記録を残している。「人民は皆な甘藷を食べて居り、生活程度は頗る貧弱で台湾とは較べものにならぬ。(中略)台湾人が琉球の人のことを内地の生蓄と謂ふが、全く内地の生蓄のやうな気がする。さう云ふ風で産業は頗る発達して居らぬ。(中略)私が考へても彼地が台湾総督府にくつ附いて居ればもつと遙かに進歩したと思ふ(3)」。

水田によれば、台湾に渡った日本人は一九一五年の時点で一三万五三三九人。そのうち沖縄人は一五九四人で、一・一八％に過ぎなかった。ところが一九四〇年には、三一万二一二二人のうち一万四六九五人にまで急上昇し、割合も四・七〇％に達している。さらに四四年七月にサイパン島が陥落した後には、宮古・八重山の住民に対する台湾疎開が実施され、一万五〇〇〇人から二万人におよぶ人々が危険な海を越えていった。[4]

ところで台湾に渡った沖縄人を県内の出身地域で分類すると、大きなばらつきがあることに気づく。一九三五年末の「殖民地在住者調」[5]によれば、台湾在住の沖縄人三九三〇人のうち、宮古郡出身者が八九七人（二二・八二％）、八重山郡出身者は一四五四人（三七・〇〇％）。この両地域だけで六割に達する。八重山郡の人口が県全体の六％に過ぎないことを考えると、この地域の人々にとって台湾がいかに身近な存在であったのかが理解できるだろう。[6]

それでは八重山からは、どのような人たちが台湾に向かったのだろうか。台湾在住経験者二六名（男性一一名、女性一五名）に対して水田が行った聞き取り調査によると、以下の四点が浮かび上がってくる。

一、ほぼ全員が学校卒業後の、一〇代後半から二〇代前半に台湾に渡っていること。
二、台湾での居住地は台北と基隆が多いこと。
三、台湾での職業は、家族や親戚、同郷などの人脈を通じて、最初の仕事を探していること。
四、台湾で働く女性は、現金収入を求めると同時に、「嫁入り」前の「行儀見習い」と見なされていたこと。

こうした特徴は、当時の新聞記事によっても裏づけることができる。一九三一年に『先嶋朝日新聞』に掲載された「本郡女性の台湾進出女中奉公が断然リード」は、出稼ぎ者総数八四三名の「職業別、都市別、出身町村別」の内訳を次のように記している。なお括弧内の割合は筆者による。

【職業別】
普通下女：五一八（六二・一％）、旅館女中：九四（一一・三％）、奉職：五二（六・二％）、料理屋飲食店雇員：四一（四・九％）、就学中：二三（二・七％）、芸妓娼妓：二二（二・六％）、其他：九三（一一％）

【都市別】
台北：四六九（五六・二％）、基隆：二五三（三〇・二％）、台南：四七（五・六％）、台中：三〇（三・六％）、高雄：二七（三・二％）、新竹：五（〇・六％）

【出身町村別】
石垣：三二七（三八・八％）、竹富：二八〇（三三・二％）、与那国：一七六（二〇・九％）、大浜：六〇（七・一％）[7]

「普通下女」「旅館女中」として働く女性たち[8]にとって、台湾での生活は単なる出稼ぎにとどまらず、郷里では味わえない都会的な暮らしを可能にする手段でもあった。一九一三年生まれの登野城ヨシは、一四歳で叔父のいる台湾に行き、総督府に勤務する日本人の家で働き始める。一三円で始まった給料が一年後には一五円にあがり、友だちと誘い合って夜店をひやかしたり、古本屋で『講談倶楽部』や『婦人公論』を購入するなど、「毎日が楽しかった」[9]と当時を回想している。

しかし台湾生活を楽しむ彼女らに対して、厳しい視線も存在した。『先嶋朝日新聞』の記事はその典型である。

所用あつて台湾へ行つたら　台湾ではこの貧弱な八重山が思の外よく知られてゐるのに驚いた　八重山が何んでよく知られてゐるか？　女中の産地として　然かもその女中が質の低劣なることであることを聞かされて　いや実際見て二度吃驚した　台北の南門街　児玉町のカフエーに巣喰つてゐる女は八重山産が大多数である其外　城内城外カフエーのある限り八重山女の白首のゐない所はない　八重山を出る時には女中奉公の枚（ママ）で出稼に行くが台湾に来て本当に女中として働いてゐる女は雨夜の星位のもので　彼等の多くは虚栄の夢にうかされてカフエーか料理屋飲食店へと流れて行く（中略）而して来る島の女はかくの如くにして五色の酒をあほり　ジヤズに踊り狂ふてゐるのである（中略）女中奉公を名として渡台させた島の父兄はこの事実を本当に知つてゐるのであらうか知らずにゐるだらうか　娘が送金したことを喜んで自慢してゐるだらうか？（中略）この娘子軍が故郷に帰省するのが十名もゐた　皆揃つて高貴の姫様の様な身なりをしていらしやるがその語を聞くとウンザリする　旦那とカフエーの話で持ち切り　十人の内五人迄が袖では隠し切れない下腹のふくらみ方よ!!!（中略）彼等孕み女は果して何処へ行くだらうか[10]

しかし新聞記事がいかに辛辣な批判を繰り広げたとしても、「高貴の姫様の様な身なり」で帰省する姿は、まだ台湾に行ったことのない者には魅力的に映っただろう。三五年の時点では、竹富村の女性の九・六%が台湾に居住していたと水田は述べている[11]。

一九二五年に竹富島で生まれた大山正夫は、「島の青年達」にとって台湾がいかなる存在であったのかを次のように回想する。

出稼ぎに言ったマ マ島の娘たちは、二、三年にして一度は島に帰ってきた。色は白くきれいな言葉使いに島の青年達はよろこんだ。渡台前は道で会っても話をしない。遠慮して逃げて行った色の黒い娘が美女となって現れ小学校時代のなつかしい思い出話、それに台湾の話になると三線道路、アスファルト、ネオンサイン……の判らない聞いたことのない言葉が次々と聞かされ楽しく夜の更けるのを知らない。文明開化の洗礼をまともに受けた島ぐわ青年たちは驚嘆する。そして心惹かれてゆく、この二、三年で十年の遅れを感じた島の娘たちは格差に悩み台湾行きを一人で決める[12]。

ネオンサインに象徴される台湾の「文明開化」と対照的に、「生活程度は頗る貧弱で台湾とは較べものにならぬ」（関口泰）故郷の沖縄／八重山[13]。たとえ「虚栄の夢」と批判されようと、台湾に向かうのは彼女たちにとって当然のことだった。ここには故郷では叶わない「よかくらし」を求めて朝鮮へ渡った水俣の人々と変わらない動機を読みとることができるだろう[14]。

しかしここで押さえておくべきことが二点ある。一点目は、沖縄人や水俣出身者を含む植民者の快適な暮らしの背後には、台湾人／朝鮮人の厳しい生活があったということである。この点に関して、植民者は自覚的だった。朝鮮人の貧しさについては、『聞書水俣民衆史』のなかで多くの人が言及している[15]。だが朝鮮人の悲惨な生活は、「日本人に生まれてよかった」という感覚をかき立てるよう機能した。同じように沖縄人も台湾人の貧しさを「発見[16]」することで、「日本人意識」を内面化していくことになる。

もう一点は、植民地における沖縄人差別の問題である。しかし被差別体験は、沖縄人の「日本人意識」をより強固なものにし、台湾人への抑圧に転化することも多かった[17]。

とりわけ沖縄人の「日本語」が、格好の揶揄の対象になった。戦後の石垣島で刊行された『八重山文化』に掲載された中間英の小説「人間の壁」は、沖縄人の台湾体験を題材としたものだが、そこには日本人の沖縄人観を集中的に表現した箇所がある。

> そのあとから、又二人、中年の男がはいつてきた。この二人は、常連ではない。田舎の街の役人風だつた。酒はすでに飲んでいるらしかつた。二人は、ビールをのみ始めた。／「あれはね、君。沖縄の女だよ。」色つ黒い、あごの長い片方の男がいつた。／「どうりですごいと思つたよ。しかしまあ沖縄の女にしては、あれなど、垢ぬけのしている方さ」／(中略)「だいたい君、沖縄の奴は、話のわからないのが多いよ。台北あたりいつて見ろ。市内の女中は全部、沖縄の女が占めているんだよ。僕らの役所の宮良など見ろよ。まるで融通のきかない……日本語さえろくに話せないじやないか。日本人には遠い連中だよ。歌ひとつ唄えないいんだからな。」／(中略)「僕はいつか、基隆にいつたことがある。その時、琉球人の音楽なるものをきいたことがある。蛇皮線というグロテスクな

三味線に合せて唄うんだが……まあ、まるで、原始民族の叫びだね」／（中略）「いや、とにかく、琉球人は、支那人に近いかも知れんよ」／と大きい方はいつた。／「ほら、この前、うちの役所の地方課にはいつた、石川という若い奴がいるだらうあれなどは、履歴書に、沖縄の中学を卒業したようなことは書いてあつたが、電話ひとつかけきれないんだからね。電話の相手の話もよくききとれないし、また、奴さんの言葉も相手にわからないといつた具合でさつぱり電話の要領を得ないんだよ。課長は毎日こぼしているよ。」／「あいつらに出来るのは、チヤンチユウのような強い泡盛をのむ位だよ……とにかく野ばんだな」そういつて、二人は声立てて笑い出した。（中略）沖縄人に対する、こうした侮辱は、日本人からも、台湾人からも、永正〔主人公の名前〕の長い殖民地生活の中にはいくらもあつた。[18]

中間英の本名は大浜英祐。台中州内の公学校教員だった大浜は、中間英のほか谷蔵三や葦間冽などのペンネームで、戦後の八重山で旺盛な文筆活動を行った。一七年間におよぶ台湾生活を通して、彼はさまざまな沖縄人差別を体験しただろう。沖縄人は「日本語さえろくに話せない」「野ばん」な「琉球人」と見なされ、蛇皮線や泡盛などステレオタイプな小道具が配置される。台湾人からも「こうした侮辱」を受けていたという箇所は見のがせない。関口泰の「沖縄及台湾雑感」にも「台湾人が琉球の人のことを内地の生蕃と謂ふ」と記されていた。こうした視線によって、沖縄人であることはスティグマへと転化してしまうのだ。続けて引用しよう。

彼〔牧谷〕は眼の前に現れてくる他府県の女達に向うと、自分は沖縄県人だという観念が、ひよくり頭をもたげてきた。そうするとそれはもう駄目だつた。恋愛など、考えられなかつた。（第四回）

「ね、まきやさん、あんた失礼だけど、おくに、どちら？」まきやはとつさに返答が出来なかつた、そしてかかる種類の問ほど、まきやを苦しめるものはなかつた、何かの話のはずみに、郷里のことが問題になりそうになると、かれはいつも動揺していく自分を感じた、（中略）むろんかれは自分が沖縄であることを、かくしたりすることはなかつたがしかも、沖縄だというために、何のこだわりも感じずにすましたことはなかつた。（第五回）

沖縄出身者の「牧谷」の屈折した心理が描かれている。ここでは「他府県」という用語に注目したい。日本の他地域を指す際に、「内地」や「本土」といった価値判断を含む表現ではなく、沖縄が対等の県であることを強調する呼称としてこの言葉は意識的に用いられた。この「客観的」な言い回しには、「ヤマト」との対等なポジションを求めつつ、「外地」との差別化を図ろうとする沖縄人の欲望がこめられている。[19]

大浜は、谷蔵三というペンネームで発表した小説「引揚者」のなかで、「殖民地に於ける多くの琉球人と同様、琉球人であることを、口にも顔にも出さないやうにこれまで強いられてきた卑屈感」を秘めた主人公が、沖縄ではなく「日本々土へ日本人として、引揚げてゆくことを、いかにもえらくも見せ、美しくも感[20]」じてしまう屈折した心理を描いている。だが沖縄人の被差別体験だけでなく、主人公を含めた植民者の「在住民」すなわち台湾人に対する「くだらない優越感」を描いている点も重要だろう。

先に紹介した『昭和の竹富』には、八重山出身の「女中（ネーヤ）」が引きおこした数々の失敗談が回想されているが、そのほとんどが彼女らの「日本語」に起因するものだ。ここでは二つだけ紹介しよう。最初のエピソードは、「人間の壁」でも問題にされた電話の応対をめぐる小話である。

台湾でのネーヤは勝手に外出することは出来ずカゴの鳥でした。店にいて一番こわいのは電話の対応であったという。

大正の末期、台北市京町の丸八商店で働いていた大山泰さんは忙しく動き回っていると「リンリン……」という電話が鳴った。おそるおそる受話器をとると「モシモシ、モシモシ……」と言う美しい声が聞こえた。泰は「こちらは丸八です。モシモシではありません」……と言って受話器を置いた。

暫して又「リンリン……」と電話が鳴った。

「モシモシ、電話が混線していますからきって下さい」とあちらさんから言ってきた。泰は慌てて鋏で電話を正に切断しようとしたところを店員に発見され大事には至らなかったという。[21]

上間ヨシは上流家庭でのネーヤでした。特に言葉使いは厳格で電話やお客、家族に対する言葉はその場で教えていたという。そして言葉にはできるだけ「お」を使うように指導されていた。

或る夕方床の上に女の子が遊んでいた。それを見たヨシさんは「奥さん、オトコの上に女の子が乗っている」と報告した。奥さんはびっくりした。

「ネーヤこういう時には「お」は使いませんよ」と説明した。

翌朝桶の中の豆を見て「奥さんケの中の豆はどうしますか」と言った。奥さんは驚いたが後で「桶の中の豆の事でしょう」……と言って、ネーヤそう言う時は「お」をお使いなさいと指導した。

毎日、奥さんの顔を見ながら一喜一憂でお話をしていたという。[22]

今日でこそ笑い話として思い起こされるこれらの失敗談は、その当時は「日本人には遠い連中」としての沖縄人評価を裏書きするものと見なされただろう。一九四〇年に始まる沖縄方言論争のなかで、杉山平助は沖縄人の話す言葉を「日本人としてあんな言葉を使つて、将来生きてゆくことは、恐るべきハンデイ、キヤツプ」と断言し、「アクセントは支那人の日本語に近く、そのため我々との接触に、れき〳〵とヒケメを感じてゐることが看取される。いはんや一般民衆の会話など、チンプンカンプンで秋田や青森等と比較されるべきものではない。琉球はただでさへ、生産力に乏しく民度低く見るからに痛々しい島である。その上あんな言葉の重荷を背負つてゐたのでは、その意図する県外発展の領域でも、深刻に不利たることを免れまい[23]」と決めつけていた。

小説「人間の壁」のなかで、「琉球人は、支那人に近いかも知れん」という日本人の台詞は、沖縄人の言葉を「支那人の日本語」になぞらえる杉山の感覚と遠いものではない[24]。だが植民地においては、「正しい日本語」を話せないのは、沖縄人だけではなかった。そうした人々に対しては、国語醇正運動のもとで居丈高な批判が容赦なく投げつけられていく。「国語」を日本人の「血」・「肉」と見なす国語観に基づくこの運動は、習慣や表情、仕草にいたるまでの日本人化を目標とした。台湾人に「国語」が強要されただけでなく、内地人も台湾人と接する際には「正しい国語」で話すことが求められたという。[25]「あこがれの台湾」で暮らした沖縄人の記憶には、屈辱的な被差別体験と同時に、台湾人に対する「くだらない優越感」も刻みこまれていたのである。[26]

3 引き揚げ――「琉球的孩子們」をめぐって

一九四八年五月七日、『台湾新生報』の副刊「橋」第一一〇期に、「琉球的孩子們」という短編小説が掲載された。作者の黄昆彬は台湾省立師範学院英語学系の学生である。彼が日本語で書いた作品を、同学院の史地学系の林曙光が中国語に翻訳したのだ。

『台湾新生報』は植民地時代の『台湾新報』を接収し、四五年一〇月二五日に台湾省行政長官公署宣伝委員会の機関紙として刊行された。[27]「光復」直後の台湾において、政令の宣伝と「祖国」中国文化の台湾への伝播を主要な任務とする新聞である。「光復」から一年後の四六年一〇月二五日、植民地時代の「国語」であった日本語は新聞や雑誌での使用が禁止され、日本語を創作言語としていた台湾人文学者の多くは発表の場を奪われてしまう。翌年の二二八事件の後に長官公署が撤廃され、新たに台湾省政府が設置されると、『台湾新生報』も省政府の機関紙となった。事件で顕在化した台湾人と外省人の対立を緩和すべく、同年八月一日には副刊「橋」が設けられた。編集長の歌雷（本名は史習牧）は翻訳者を募り、中国語で創作できない台湾人の作品を積極的に掲載したのである。[28]

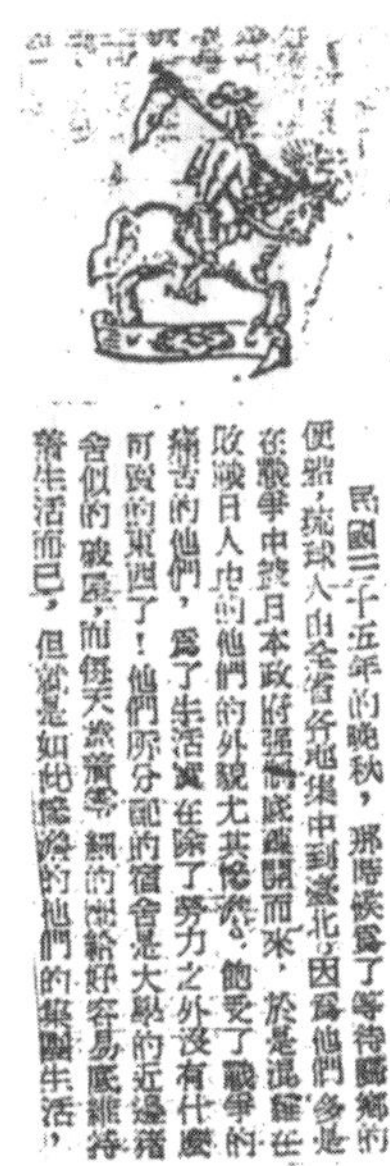

琉球的孩子們

黃昆彬

民國三十五年的晚秋，那時候爲了等待歸鄉的便船，琉球人由全省各地集中到臺北，因爲他們多是在戰爭中被日本政府強制疏散開而來，於是混雜在敗戰日人中的他們的外貌尤其悽慘，飽受了戰爭的痛苦的他們，爲了生活實在除了努力之外沒有什麼可說的東西了！他們所分配的宿舍是大學的近邊豬舍似的破屋，而[illegible]糧的配給好容易底維持著生活而已，但就是如此悽冷的他們的集團生活，

黄昆彬「琉球的孩子們」（『台湾新生報』1948 年 5 月 7 日）

翻訳者の林曙光は、四六年正月に七年間学んだ京都から帰台。大中華青年公論社に勤め、中国語日本語併用の総合雑誌『暁鐘』の刊行に携わった。しかし雑誌の売れ行きが悪く、二号を出して廃刊となる。

四七年の秋から冬にかけて、『台湾新生報』の「橋」が、楊逵の座談会を開催するという記事を見てこれに参加し、歌雷と知り合いになった。中国語を書くことができた林曙光は、「台湾文学的過去、現在與未来」を投稿し、以後「橋」の翻訳者となる。原稿料は著者と折半という条件だった。交流がもっとも多かったのは、同じ師範学院の学生の蔡徳本と黄昆彬のふたりだったという。台南の裕福な家庭の出身の黄昆彬は、四八年の夏休みに歌雷らと台中、台南、高雄での文芸座談会に一緒に参加したが、四九年の四六事件の後に逮捕されたという。

今日確認できる黄昆彬の最初の作品は、台南で刊行されていた『中華日報』の文芸欄に掲載された日本語小説「李太々の嘆き」（一九四六年六月一九日）である。同紙の文芸欄は、「パパイヤのある街」で一躍有名になった龍瑛宗が編集していた。戦後初期にわずかに残された日本語での創作発表が可能な場であった。

小説の主人公は、夫の転勤に随って中国から台湾にやってきた「李太々」。夫のコネで不本意ながら科長にすえられた彼女は、台湾人の部下と親しくなれず、鬱屈した日々を送っている。当時大きな社会問題となっていた外省人の腐敗を扱った作品は、本省人の怒りを正当なものとし、「純な気持で光復を祝つた彼等を裏切つたのは正しく私達なのだ」と悩む「李太々」が、「台湾に真の光明が訪れるのは何時の日の事だらう？……」と疑問を投げかけるところで結ばれている。「光復」の熱気が消え、外省人と本省人の対立が先鋭化しつつあったこの時期に、作者はあえて誠実な外省人を主人公にすえ、彼女の「嘆き」を表現しようとしたのである。

敗戦後の沖縄人の境遇を描いた「琉球的孩子們」や、台湾人と結婚した阿部美子の凄惨な暮らしぶりを題材にした「美子与猪」（『台湾新生報』四八年八月三〇日、潜生訳）にも見られるように、台湾社会において弱い立場にあった人々への着目が黄昆彬の作品には顕著であるが、それはデビュー作の「李太々の嘆き」からもうかがえる。

大東亜戦争のさなかの四四年の夏、休暇を終えて内地の学校に戻るため基隆港から出港した台湾出身の学生を乗せた船が、門司港に着く直前に爆撃され沈没してしまう悲劇を、一本の雨傘をめぐる母と息子のいさかいに託して表現した「雨傘」（『台湾新生報』四八年五月三日、林曙光訳）は、特に高く評価された作品である。

小説「琉球的孩子們」は、四六年の晩秋、帰郷の船を待つために台湾各地から台北に集結して来た「琉球人」の悲惨な生活をテーマにしている。彼らの多くは戦争中の強制的な疎開によって台湾にやって来たのであった。四四年七月にサイパン島が陥落した直後の七月一四日、沖縄県内政部は「学童集団疎開準備ニ関スル件」を通達。宮古・八重山両郡では、支庁や町村当局が一体となり台湾への疎開が奨励された。こうして一万五〇〇〇人から二万人におよぶ沖縄人が台湾に向かったことはすでに述べた。制海権を米軍に握られている状況下での疎開は危険なもので、石垣島から台湾に向かった第一千早丸と第五千早丸は基隆沖で米軍機の襲撃を受け、多くの犠牲者を出すことになる。[29] こうしてたどり着いた疎開者を含めて、日本人の台湾からの引き揚げが、戦後の大きな社会問題となったのである。

「琉球的孩子們」に戻ろう。「琉球人」に与えられた宿舎は豚小屋のようなあばら屋で、ごくわずかな配給で生活を維持している。朝の点呼が終わり、お粥を啜った後、働けるものたちは子どもを置いて城内に仕事に出かけるのが日課となっていた。

そんなある日、××新聞社が主催する野球大会に、「琉球人」チームも参加することになる。[30] この日のために、彼らは一カ月も前から練習を積んできたのであった。××公司との試合が始まるや、ぼろを着た応援団に対して、相手チームから嘲笑のヤジが浴びせられる。試合は〇対〇のまま七回まで進み、××公司の攻撃はツーアウト満塁ワンスリー。「おーい、ピッチャー、腹が減っているのか。しっかりしろよ」と嘲笑的なヤジにかっとなった投手の弟が、××公司の一人に向かっていくが、あっという間に殴り倒される。それを見ていた投手は戦意を失い、結局「琉球人」チームは惨敗してしまうのだ。小説は、「ああ、琉球の子どもたちよ！　お前たちはどこへ行こうとするのか？　同じように漢民族の血液を受け継いだお前たちに、モーセのような指導者は、本当に現れないのか？」という問いかけで締めくくられる。

小説に描かれている通り、敗戦後の台湾での沖縄人の生活は困難を極めた。とりわけ戦争末期の疎開者の多くは、生活力の乏しい老人や幼児であった。台湾に取り残された沖縄人は、たちまち生活の糧を失うことになる。四六年八月一五日の『自由沖縄』に掲載された「台湾に於ける沖縄人の動静」によると、戦時中に台湾総督府が疎開者に支給していた生活費は一日一人五〇銭にすぎず、一カ月分の支給額でさえ一日の食費に足りなかったという。しかも敗戦後は、「生活費（一日五拾銭）を昭和二一年三月分迄纏めて支給され、其の後は外部よりの援助は殆どなく専ら自己の力による生活を営まざるを得な」くなった。別の新聞記事でも、「現在では主食品の配給は全然なく、みな衣料その他を売り払つて僅に露命をつなぐと言つたやうな惨憺たる生活をしてゐます。（中略）このまゝにしておくと死をまつばかり[31]」という切羽詰まった状況が報告されている。

台湾在住日本人の第一次送還は、四六年二月から四月にかけて行われ、すでに二八万人以上が引き揚げていた。しかし「台湾ニ居留シタル日本人中沖縄県民ニ付テハ計画還送ヨリ除外別途考慮セラレ日本人ノ一般還送終了後先島列島民ハ一応還送終了シタルモ沖縄本島民ニ付テハ還送スベキ方針示サレタルモ其ノ期日ハ未ダ不明ナリ[32]」という状況におかれていた。台湾各地に居住していた沖縄人は、日本人（「日僑」）とは区別して「琉僑」と呼ばれ、「旧総督府庁舎ニ収容官兵ト共ニ管理セラルルコトトナ」る[33]。

八重山・宮古出身者のなかには、密航船をチャーターしたり地元自治体が予算を組むなどの手段を講じて故郷に引き揚げた者も多かった(34)。

こうした事態は、沖縄戦による郷土の荒廃と米軍の占領という沖縄側の事情もさることながら、沖縄人は日僑とは異なる存在であるという、中国/台湾側の認識によるところが大きい。「琉球的孩子們」が「同じように漢民族の血液を受け継いだお前たち」への語りかけで結ばれているように、沖縄人は日本人とは異なり、中国人と特別な繋がりがあるものと考えられていた(小説には「本省人は彼らを日本人とは考えていない」という直接的な表現もある)。前節で紹介したように、植民地時代には、沖縄人と「支那人」との類似性が、両者への差別意識から日本人によって繰り返し口にされていた。しかし中国人/台湾人はそうした意識とは別の次元で、「琉球人」は日本人ではないと考えていたのである。自らを日本人だと認識していたにもかかわらず、日本人からは差別的なまなざしにさらされていた沖縄人にとって、こうした対応は強く印象に残るものだった(35)。

嘉義の郵便局で働いていた宮古島出身の平良新亮は、一九四四年に補充兵として入隊。敗戦後、もとの職場に戻ろうとしたところ、「沖縄の人は強制引揚げではないから、働きたかったら、琉球人として居残っていい(36)」と台湾人に言われたという。新竹で終戦を迎えた与那嶺栄幸も、敗戦後は日本人と沖縄人、台湾人の居住地域がそれぞれ別に設定され、沖縄人であるということで優遇されたと回想している(37)。また詳細は不明だが、戦後に「琉球革命同志会」「琉球青年同志会」を結成した赤嶺親助が、琉球人の中国帰化を手段とする「琉球独立論」を唱え、活動していたという記録がある(38)。

もちろん沖縄人すべてが、中国人/台湾人から同胞扱いされていたわけではない。大日本婦人会石垣支部長として台湾疎開を先導した宮城文は、敗戦の翌日に、親しくつき合っていた台湾人の態度が一変し、「琉球ラー何日帰るか」[39]と詰問されたと回想している。山城ミエも、八月一五日を境に台湾人が豹変し、これまで雇っていた台湾人から「これからは、私どもがあなたたちを使うよ」[40]と言われたという。また台湾人文学者の鄭清文は、一九七九年の小説「三脚馬」のなかで、敗戦後に「琉球出身の巡査」が台湾人による復讐の対象になったことをさりげなく書き込んでいる。

ところで沖縄人自身によって作成された「沖縄籍民調査書」（一九四六年六月）には、帰還を待つ「沖縄籍民」は全部で一万一三二人。その生計状態は「多数ノ家族ヲ擁シテノ高物価生活ニ衣類其ノ他残余ノ家財ヲ生活費ニ消費シ其ノ生活状況真ニ逼迫ノ極ニ達シ困窮者続出」し、「残留者ノ大部分ハ右ノ如キ生活ニ依リ帰還実現ヲ願望シツ、辛シテ維持シ居ル状態ナル為営養方面ニ於テハ之ヲ採ルニ術ナク現在ノ失職者ニ於テハ肉食等思ヒモ依ラズ（豚肉一斤九〇円、牛肉三五円）随テ営養(ママ)底下シ特ニ学校児童或ハ小児等ニ営養不良者多数有ルハ遺憾トスル処ナリ／カロリーハ一〇〇〇カロリ程度ナリ」[41]と報告されている。

住環境も悲惨なものだった。宿舎としてあてがわれた「旧台湾総督府跡庁舎ト台北市水道町ノ市営住宅」は、「爆撃ノ為破壊箇所多数ニシテ降雨シタレバ各室共雨漏レ多ク且ツ火災ノ為舎内ノ建具全焼シ風雨吹キ流シノ儘ニシテ「コンクリー」ヘ直接筵ヲ敷キアルハ保健衛生上甚ダ寒心ニ堪ヘズ」。感冒やマラリヤなど何らかの疾病を抱えている者は、全体の五四％にも及んだという[42]。

このような苦しい生活を送りながら、一足先に引き揚げていく日本人を日々見送らねばならなかった沖縄人が綴った詩「船は行く」を紹介しよう。

昨日も今日も　いとしの同胞は／喜びの声を　我々の置土産に／船に乗込む
昨日は彼の友　今日は此の友／続々と我が身辺より　友は離れ行く
昨日迄　共に寝起きをした友も／今日は淋しき　船上の人かな
思ひ出す　帰りし我が友　今何処／何時再びか　会る事やら
元気でね　サヨナラよと　云ひ交す／見送る我も　送られる彼も
今日も亦　船は出て行く　基隆を／見送る我等　何時帰れるやら
噫々社会の片輪者、我儘でも言うて見たい[43]

台北に集結した沖縄人は、県人会組織である「沖縄同郷会連合会」と連携して「沖縄僑民総隊」を編成した。同隊は、初等・中等教育を担当する教育部や、医療を担当する医務部を含む六つの部門からなり、引き揚げまでの不自由な日常生活を全面的にバックアップした[44]。

沖縄人が台湾から引き揚げたのは、日本人の送還から半年以上遅れ、四六年一〇月に入ってからであった。一一月二〇日付『留台日僑会報告書　第十報』には、「在台琉僑ノ還送ニ付テハ留台日第八報既報ノ通リ盟軍司令官ヨリ配船セラルルコトト決定シ居リタルトコロ十月十六日ニ至リLST型輸送船ヲ以テ十月二十四日ヨリ還送ヲ開始スル旨ノ通報ヲ受ケ之ガ実施ニ着手スルニ至リタル（中略）概ネ順調ニ進行シ現在迄ニ還送セラレタル[45]」と記されている。一二月二七日の『留台日僑会報告書　第十三報』によれば、「沖縄籍民ノ還送ハ其ノ後順調ニ進行シテ十二月二十三日ヲ以テ終了」し、その「還送人員」は九九二八人であった[46]。

台湾からようやく引き揚げることのできた沖縄人を待っていたのは、戦後の厳しい生活だった。財産のほとんどを失った引揚者が持ち帰った現金が無効とされたことも大きな打撃となった[47]。

台湾帰りの人々を見つめる周囲の視線も冷ややかなものだった。一九四六年の秋、雑誌『八重山文化』に掲載されたコラムには、「殖民地帰りの娘が、色とりどりの大柄着物に白タビのイデタチで町を歩」く姿を、「チンドン屋のやうだナアー」という「子供」の声とともに表現している。戦前は「高貴の姫様の様な身なりをしていらしやる」と揶揄されながらも、都会生活へのあこがれをかき立てる存在であった彼女たちの身なりは、今や「ゼイタク、不潔、不健康、鈍愚、醜悪、低脳」と罵られ、「殖民地の風俗は放任、無批判、無節操[48]」と断罪されたのである。しかし『八重山文化』にはこうした声高な批判だけではなく、彼女たちが自らの侘びしい生活を題材にした短歌もいくつか掲載されている。高江洲八重子の連作「つれづれに」から、何首かピックアップしてみよう。

台湾の土地をはなれて一年の日は流れ去るこの島に来て
わが性は悲しきものかさまざまにみだれる心扱ひかねむ
母とわれ涙流してこらへきし日の幾度か人の心に
さまざまに変り行く身よ行先よ憂き事あれど強く生きてよ
こみあげる心語らむ友も無く一年過しぬミシンを踏みて
春来り君とまみえる時あらば何と告げようこのこしかたを
幸のおとづれ待ちしこの我に世のなりはいの余りに悲し

月の夜に琴つまびきし我なるに今の生活は家も地もなし[49]

台湾における優雅な生活と対比したとき、「家も地も」ない現在の暮らしは、いかにも惨めなものであった。そのうえ植民地支配の終焉は、生活の激変だけでなく、親しい人間関係を引き裂くことも意味していた。おそらくは敗戦後の混乱のなか、行方のわからなくなった友人を懐かしむ「友と別る」と題する短歌——未来をば楽しく語りて別れたる友は何処か白雲の峯[50]——を成底秀子は詠っている。多くの沖縄人にとって「あこがれの台湾での生活」は、このようなかたちで終わりを告げたのである。

4 「異族的婚礼」に描かれた沖縄人

前節では黄昆彬の「琉球的孩子們」を通して、戦後初期の台湾人の沖縄認識を検討した。ここでは台湾文学史に大きな足跡を残した葉石濤の小説から、もう一度この問題を考えてみたい。

大東亜戦争たけなわの四三年四月、『文芸台湾』に発表した「林からの手紙」によって一八歳で台湾文学界に登場した葉石濤は、戦後の「国語」転換を乗り越え、中国語による創作に成功したごく少数の文学者の一人である。五〇年代の白色恐怖の時代に逮捕され、釈放された後は執筆活動から遠ざかっていた彼が、小説「青春」を発表し台湾文学界に復帰したのが一九六五年。同年、葉石濤は「台湾的郷土文学」を『文星』に発表した。「台湾文学」という概念がタブーであった時代に、「台湾」と「郷土」を結びつける視点を提起した画期的な論文である。これ以後、葉石濤は「郷土文学」の理論的リーダーとして、批評と創作の両面で第一線に立ち続けた。八〇年代の後半には旺盛な創作活動を展開し、植民地時代から白色恐怖の時代までの台湾人の生活をさまざまな角度から作品化した。[51] 本節で扱う「異族的婚礼」は、四〇年代の台湾社会を主人公「辜安順」の視点から描いた同名の短編集[52]の表題作である。小説のあらましは次のようなものだ。

一九四五年の春、台南の「小学校」の教員辜安順は、ふとしたきっかけで貧しい「日本人」島永櫻子と知り合いになる。漁師の父を台湾の海で喪った彼女は、重いデング熱を患う母親の世話をしながらビスケット工場で働いていた。日本人なら特効薬を貰えるはずだと訝る辜安順に、日本人にはいくつもの等級があるのだと櫻子は淋しく応じる。空襲が激しくなり、辜安順の一家は大目降への疎開を決める。工場が被災し失業した櫻子親子も同行することになった。彼らの疎開先は那抜林というシラヤ族の居住地である。この村で櫻子は、街役場で働く潘木火と親しくなり、やがて二人は結婚することになった。

「日本人が台湾人に嫁入りするのは、彼らの社会から放逐されるのに等しい」風潮のなかで、シラヤの青年との結婚を決意した櫻子は、実は「沖縄（琉球）人」（原文のまま）だった。小説は、櫻子の母の言葉を辜安順の父親の口を通して次のように伝えている。「彼女たちはもともと日本人ではなく沖縄（琉球）人であり、薩摩藩に占領されてから、日本人にならざるをえなかったのだ。日本人は沖縄人を奴隷や賤民とみなして虐待してきた。彼らも自分たちを日本人とは思っていないのだ」と。櫻子が沖縄人であることを知った辜安順は、はじめて彼女たちの貧しさや、重病の母親に薬が貰えなかった原因に思い至るのである。

村の指導者である潘木火の父親も、台湾のマイノリティであるシラヤ族として、沖縄人の心情がよく理解できるという。二人の婚礼は八月初めに行われ、日本敗戦後、赤毛の男の子が生まれた。その色に驚く辜安順の母親に、潘木火の父は以下のような一族の歴史を語る。

三〇〇年以上昔、鄭成功が台南のオランダ人を打ち破った時に、二人のオランダ人がこの地に留まり、シラヤの女性と結婚したこと。遺伝の結果、彼らの一族にはしばしば赤毛や金髪の子供が生まれたこと。那抜林に住む人々は、「標」という姓を名乗ってきたが、清代に酋長の一族が「潘」と改姓したこと。もとの「標」とは、二人のオランダ人の姓だったということ……。「異族の婚礼」というタイトルには、潘木火（シラヤ族）と櫻子（沖縄人）だけではなく、はるか鄭成功時代までさかのぼるシラヤ族とオランダ人との通婚も含意されていたのである。

この小説に登場する沖縄人の櫻子やその母親は、大浜英祐が描いた「引揚者」の静枝とはまったく異なっている。日本人からの差別に敏感でありながらも「在住民にたいするくだらない優越感」から逃れられない静枝とは異なり、櫻子たちは日本（人）に対する幻想を最初から抱いていない。そのために彼らとの同一化を求めることもなく、台湾人への差別意識からも解放された存在として描かれている。彼女の母親も薩摩侵攻以来の「奴隷」の歴史を語ることで、「日本人にならざるをえなかった」台湾人との共通点を見いだそうとしている。

八〇年代後半の活発な創作活動のなかで、葉石濤はシラヤ族をはじめとして台湾のマイノリティを積極的に描くようになった。そこでは「異族的婚礼」のように、苦難の歳月を背景とし、漢民族だけでない多様なエスニックグループが時代を共有した新たな台湾人として描かれている。沖縄人だった櫻子もシラヤ族との「婚礼」を通じた血縁関係によって、「新台湾人」の一員となったのである。(53)

5　八重山の台湾人

ここまで植民地台湾の沖縄人の足跡を概観してきたが、もう一つ忘れてはならないのが、八重山における台湾人との接触である。一九三〇年代には石垣島に台湾人が開拓者として入植し、その動向が注目されていた。三三年一〇月二一日の『台湾日日新報』には、「台湾からの移民沖縄で開墾事業」という次のような記事が掲載されている。

> 沖縄県下八重山郡の未開墾地の開拓に台湾から移民がやつて来てセツセと働いてゐるのが人目をひいてゐる（中略）八重山石垣町の字名蔵にも昨年七月頃から多数の台湾人が来島し、既に数十町歩の良田畑が完全に開墾され、為に現在字名蔵地帯の情景はさながら新生農村の出現を遺憾なく見せてゐる（中略）何れもが台湾人で現在約百人がらみの大団体で、而も洗練された特殊な米作や耕作方法を見せて一般の興味をそそつてゐる。（中略）既に開田当初の成績は頗る良好なるに鑑み、近き将来には必ず八重山米が台湾人の手によつて目新らしく郡外に移出されるものと世間でも注目されてゐる

この当時、台湾では経済統制の一環として各地に林立していたパイン会社を統合し、台湾合同鳳梨缶詰株式会社が設立されていた。台湾でパイン栽培・加工に従事していた謝元徳や林発らは新たな生産拠

点として石垣島に着目。三五年には石垣島の嵩田に大同拓殖株式会社を設立し、小作契約を交わした三〇〇人以上の台湾人が海を越えてやって来ることになった。同じ頃、名蔵の大日本製糖会社の社有地には、陸稲栽培やサツマイモ澱粉の製造のために、六〇〇人の台湾人が自由移民として入植しつつあった[54]。

急増する台湾人入植者に対して、地元紙は深刻な危機感を表明した。「石垣島に於ける台湾移民の農業経営の現状は、八重山に於ける心ある士々の神経を痛く刺激してゐる」と憂える山中生は、こうした現象が「八重山農村青年男女の台湾出稼を中心とする離村傾向と極めて注目すべき対照をなしてゐる[55]」ことに注意を喚起する。これまで沖縄は海外移民によって過剰人口を送り出してきたが、国際情勢の推移次第では、将来もこれまでのように移民ができるとは考えにくい。そのために八重山開拓が計画されたにもかかわらず、「他の介入者によつて、開拓が始められ、しかも目抜きの場所が彼等の経営に移りつつある現状は（中略）到底黙視しえざる重大問題である[56]」と結論づけるのである。

こうした危機感は、台湾人に対する差別意識を助長するものとなった。玻名城長好の「台湾における先輩の御意見（二）」は、「台湾人問題」という見出しを立て、次のように論じている。

> 八重山郡は昔から南島の宝庫と言はれ　県当局亦此所に着目して振興計画には八重山開発問題が重用視されてゐると聞く　然るに郷里の青年男女が此の宝庫をすて郷里をあとにしてとう〳〵と郡外へ流れ出てゐるのに反して台湾人が多数入り込んでゐると聞く　島外に出てゐる台湾人は一体に質が悪い台湾でも一番悪いのは新竹から彰化までの間だ　員林の如き殊に知能犯の多い所だ　台ワン人の移住の歴史を見るに福建から台ワンへ渡つて来た時　彼らは全くのルンペンで一かい

の天びんとモツコとを持つて来たのである
所が彼らは生活の程度低く　水牛のように強い生活力を持つてゐる　今では全国的に有名な金持でも元を糺せばこのルンペンであつた　南京虫といふものはあらゆる消毒薬を使つても退治出来ないものである　根強くはびこつてからはこれを駆逐することは出来ない　雑草も二葉のうちに摘み取らなければ　くひを将来に残す　大体台ワン人はマラリアにもなれてゐる　八重山のやうに豊饒で安価な土地は台ワン広しといへども何所に言（ママ）つてもない　こんなよい所はないと続々と移住するのは彼らとして当然である　郡の将来を考へ彼らの将来をかんかへると今のうちに何とかしなければならぬ
大体官庁も警察も台湾人に対するハツキリした認識を持つてゐるだらうか？（中略）南島の宝庫を文化の程度の低い　生活の程度の低い彼らに占領されないように郷里を守つてほしい(57)

これまで論じてきたように、多くの沖縄人が台湾へ渡って行ったのは、そこが「生活の程度」が高く「あこがれ」の土地であったためだ。しかしここでは台湾人は「文化の程度の低い生活の程度の低い」存在とされ、「南京虫」や「雑草」、「水牛」に喩えられている。八重山で醸成された台湾人への警戒意識は、台湾現地での台湾人の「貧しさ」と、それと対照的な在台日本人の「豊かさ」を目のあたりにすることで、前者への蔑視へと変質するだろう。上記の新聞記事が「台湾における先輩の御意見」であったことは決して偶然ではない。植民地台湾での生活を体験し帰郷した沖縄人によって、台湾人に対する差別意識が増幅された可能性は否定できない。大浜英祐が「引揚者」において的確に描いたように、植民地というのは、「琉球人であることを、口にも顔にも出さないやうに」「強い」られた人々が、同時に「在住民にたいするくだらない優越感」を抱くようになる重層的な差別構造からなる空間である。「あこがれの台湾での生活」は、故郷では体験できない都会的な「楽しさ」を満喫できる場であり、その意味で「植民地は天国だった」。だが同時に、植民地での日常を通じて、植民者の帝国意識に八重山の人々も深く絡めとられることになった。

台湾人によって持ち込まれた水牛は、その圧倒的な作業効率のために石垣島の住民には脅威の存在となる。当時の八重山では畑を鍬で耕しており、水牛を操る台湾人には太刀打ちできなかったのである。台湾人は国籍上は日本人であったため、彼らの移住を法的に阻止することは不可能だった。そのため地元民の怒りは水牛へと転嫁されることになる。「水牛黄牛の移入は郡畜牛界を阻害す」(『先嶋朝日新聞』一九三七年八月六日)、「台湾より水牛四七頭大喜丸満載し来る! 県では断然移入禁止」(『先嶋朝日新聞』三八年一〇月三〇日)、「不都合な台湾人!! 家畜放し田を荒らす排撃の声轟然捲起る」(『海南時報』三九年一〇月八日)。地元紙は水牛の害を繰り返し報道し、台湾人への排外意識も高まっていった。

四〇年九月、伐採中の薪をめぐって、台湾人と地元住民との間で傷害事件が発生する。[58] 台湾人開拓者の作った農産物や商店の不買運動、さらには台湾人児童への暴力事件にまで事態は悪化した。[59] 台湾人は地元住民との関係改善を求めて、翌一〇月に「八重山台友会」(会員数四一九名)を結成し、日本語の学習や民俗習慣に関する講習会を開催することで現地にとけ込もうとした。地元紙によると、こうした動きの背後には八重山警察署の「指導」があったようである。時局柄「滅私奉公尽忠報国の精神を堅持し、皇国々民たるの実を挙ぐることに努め」、大麻奉戴などを決定するなど、台湾で進行中だった皇民化運動と同じような動きが、八重山においても顕在化することになる[60]。

しかしこうした努力にもかかわらず、林発ら主要メンバーが台湾疎開に行っている間に大同拓殖のパイン工場は軍によって解体され、建物も宿舎として接収されてしまう。「台湾人入植者達が十余年に亘り言語に絶する苦労と困難を乗り越えてようやく築き上げたパイン産業は、戦争の犠牲となって水泡に帰してしまった[61]」。それだけではなく、戦後に日本国籍を喪失した台湾人は公民権も失い、開拓した耕地も返還させられた。肥沃な名蔵の土地を失った台湾人は石だらけの嵩田地区に再移住し、新たな山林開墾から戦後を出発しなくてはならなくなったのである[62]。

注

(1) 岡本達明・松崎次夫編集『聞書水俣民衆史　第五巻　植民地は天国だった』草風館、一九九〇年。

(2) 水田憲志「沖縄県から台湾への移住」関西大学文学部地理学教室編『地理学の諸相』大明堂、一九九八年。以下本章の台湾在住沖縄人に関するデータは同論文による。

(3) 関口泰「沖縄及台湾雑感」『台湾時報』一九二〇年九月、二九―三〇頁。傍線は引用者。

(4) 一九四四年七月一四日、沖縄県内政部は「学童集団疎開準備ニ関スル件」を通達。宮古・八重山両郡では、支庁や町村当局が一体となって台湾への疎開が奨励された。しかしこの疎開は決して安全なものではなかった。石垣島から台湾に向けて同時に出航した第一千早丸と第五千早丸は、四五年七月三日に基隆沖で米軍機の襲撃を受け、多くの犠牲者を出している。大田静男「台湾疎開」、「尖閣列島遭難事件」(『八重山の戦争』南山社、一九九六年、二〇五―二一八頁)を参照。

(5) 『沖縄県史　第七巻　移民』(沖縄県教育委員会、一九七四年)所収の「付表」(六四―六七頁)による。当時の沖縄県庁のデータによるものだが、統計には含まれていない在台沖縄人もいたはずである。

（6）前掲注2の水田によれば、一九三五年の時点で県外に移住していた八重山出身者は一九五六人。そのうち台湾への移住者は一四八三人で、七五・八二％に達するという。

（7）「本郡女性の台湾進出　女中奉公が断然リード」『先嶋朝日新聞』一九三二年六月二八日。なお本章で引用した『先嶋朝日新聞』、『沖縄日報』、『海南時報』の記事は、『石垣市史　資料編　近代六　新聞集成Ⅲ』（石垣市史編集委員会、一九九〇年）、『石垣市史　資料編　近代七　新聞集成Ⅳ』（一九九一年）、『竹富町史　第十一巻　資料編新聞集成Ⅲ』（竹富町町史編集会、一九九六年）からのものである。

（8）台湾における八重山出身「女中」に関しては、浦崎成子の研究がある。「日本植民地下台湾における女子労働」（『沖縄・八重山文化研究会会報』一九九四年六月）や「植民地下台湾の女性労働」（『琉球新報』二〇〇〇年八月一二日）を参照。

（9）登野城ヨシ『ちるぐわー』自費出版、一九九六年、一九一―二〇頁。なお一九二七年の沖縄県の労働賃金（農作日傭）は、女性の場合には平均で三二銭だった。登野城ヨシの一五円という月給は、台湾ならではの高給だったのである。湧上聾人編『沖縄救済論集』（改造之沖縄社、一九二九年）所収「沖縄県統計集」の「労働賃金」（二八九―二九〇頁）を参照。なお注12であげる「台湾行きかぞえうた」のなかでも、「台湾ゆきて働けば、もらう月給は十五円」と歌われている。

（10）「南門街に於ける八重山乙女の行進曲――台湾土産は可愛坊や」『先嶋朝日新聞』一九二九年六月二〇日。なお傍点は原文。

（11）「女中奉公してゐる八重山産の乙女は台湾では悪評判だと」（『先嶋朝日新聞』一九三〇年八月二三日）という記事にも「近来八重山から台湾方面へ若き女が袖を連ねて便船毎に行く者が夥しくなり　主に竹とみ村字竹とみや其の他各町村の農民部落から行く女が多数を占めてゐる　台湾方面では基隆へ上陸早々八重山の人間が見当らないことはない殊に近来基隆台北方面では八重山と言へば女中を想起せしむるの傾向を示してゐる」というほど、八重山の若い女性は台湾をめざしたのである。

（12）大山正夫『昭和の竹富』自費出版、一九八五年、一〇九頁。
同書に収録された「台湾行きかぞえうた」（一〇七頁）も紹介しておこう。

一ツとせ　人々羨む台湾へ、婦人処女の区別なく、赴くところは台湾ぞ
二ツとせ　二人の親より金をとり、夜にしのんで逃げてゆく、果てはいづこよ台湾へ
三ツとせ　右も左もわきまえず、商船会社に走りゆき、湖南丸の切符買う
四ツとせ　世の中開けて有難や、台湾ゆきて働けば、もらう月給は十五円
五ツとせ　錨引乗せ船は出る、八重山後に名残り惜しい、竹富後にいざさらば
六ツとせ　向こうに見ゆるあの山は、台湾一の新高山、手前に見えるは金瓜石
七ツとせ　波の上より無事に着き、台北市内に来て見れば、一目見ゆるは総督府
八ツとせ　八重の潮路を乗り越えて、届く手紙のなつかしさ、思いははるか竹富へ
九ツとせ　この月たてば八ケ月、お腹の子供は四ケ月、郷里の親には何と申す
十ツとせ　とうとう仕事も定まりて、親子呼び寄せ台湾へ、ここぞ我等のふるさとぞ

(13)　一九二八年に台南で生まれた仲間功は、小学校四年生の時に父親の故郷の宜野座村に里帰りしたが、同年代の子供たちの貧しさに驚いたという。沖縄の農村の貧困ぶりは想像を絶するもので、それに比べると台湾の生活は衣食住のすべてに事足りていたという。仲間功「台湾での生活」『宜野座村誌　第二巻資料編一』宜野座村役場、一九八七年、二一五頁。

(14)　長期間の出稼ぎではなくても、八重山の人々にとって、台湾は一度は行ってみたい観光地だった。一九三九年に始まる「マーニ景気」によって思いがけない現金収入を手にすると、「男は日収七、回(ママ)もあるのでビールで気焔を上げるし、女は金が出来たら台湾見物に打揃つて出かけるというので出帆、毎(ママ)に押すな〳〵の盛況だ」という新聞記事（「農林漁業は荒廃し女は台湾見物」『沖縄日報』一九四〇年三月一四日）がある。「マーニ景気」とは、第二次大戦の勃発により、ほうきやたわし、ロープの原材料として南方から輸入していた製造用の植物繊維が入手できなくなり、その代用品として八重山の「マーニ」（くろつぐ）の需要が高まり、大好況をもたらしたことを指す。

(15)　一例をあげると、松本逸が記憶する朝鮮人の生活は次のようなものである。「部落の中は、散歩してほとんど歩いてみた。家と家との間は、狭さも狭さ、横にならないと通られん所が多いですよ。そんなに立て込んでいる。狭い道、そして小さい低い泥家。汚いことが、行って腰掛けるのもいやじゃ。あの部落は、あとでボチボチ満(み)ってき

た部落ですね。工場に抱きついてしもうとったんじゃな。子供たちは、裸、はだしで走り回っとった。栄養失調で、腹のふくれてるのも居るしな。鮮人たちの着物は、もう一生それで暮らすという着物たい。夏着、冬着て、持たんかったんですね。冬は、ボロなんかを下げて。ネズミの肉を食べるていうとったですよ」。前掲注1、一八三―一八四頁。

(16) 一九一一年に本島北部の宜野座村の貧しい家に生まれ、高等科に進むことができなかった金武節子は、本土の紡績工場へ出稼ぎに行く。やがて台湾で暮らしていた姉が病気になり、看病のため台湾へ向かうが姉は亡くなり、義兄と再婚することになった。夫の勤める製糖工場から使用人が派遣され、生活は快適だった。その一方で、台湾人の生活が質素なものだったことを彼女は書き残している。金武節子「本土出稼ぎと台湾での生活」『宜野座村誌第二巻資料編一』二二五―二二八頁。

(17) 台湾における沖縄人に対する重層的な差別に関しては、又吉盛清『日本植民地下の台湾と沖縄』(沖縄あき書房、一九九〇年)所収の諸論考を参照。

(18) 中間英「人間の壁」第三回『八重山文化』八重山文芸協会、一九四八年七月、三四頁。なお「／」は改行箇所。傍線は引用者。

(19) 小熊英二「沖縄ナショナリズムの創造」『〈日本人〉の境界』新曜社、一九九八年、二八五頁。

(20) 谷蔵三「引揚者　第一部　さかな」『八重山文化』一九四七年二月、二二頁。

(21) 前掲注12、一一九頁。

(22) 同前、一二七―一二八頁。

(23) 杉山平助「琉球の標準語」(『東京朝日新聞』一九四〇年五月二二日)。この文章は「琉球の標準語問題」というタイトルで、八重山の新聞『海南時報』にも転載された(一九四〇年六月一一日)。

なおこの方言論争のなか、東京で開業医をしている渡口精鴻が、台湾旅行での印象を語った「県民よ台湾に敗けるな！」が、『沖縄日報』に掲載されている(一九四〇年一月二二日)。同文は、「台湾は本県よりも生活程度が高い、農業でも富に於ても格段の差があり本県など問題にならぬ」と、台湾の優越性を認めながらも、「沖縄は台湾と比べて先進地だ。その先進地が後進の台湾に負けるとは余程考へねばならぬ。向ふには県人が沢山居るが程度が低く国語も知らぬと、向ふの土民が言ふてゐた。向ふでは何処の家でも国語をつかふように心掛けてをりまた奨励してゐる。これを見ても沖縄は発奮せねばならぬ」と結論づけている。このように植民地の沖縄人は、日本人だけでなく「向ふの土民」、すなわち台湾人の視線も強く意識せざるをえなかったのである。

(24) 沖縄人と「支那人」との近さをめぐる論議は、戦後の引き揚げ問題で再浮上する。この点に関しては次節でも簡単に述べる。

(25) 「国語醇正運動」に関しては、陳培豊『「同化」の同床異夢』(三元社、二〇〇一年、二六五—二六九頁) を参照。例えば劇作家の瀧澤千絵子は、「外地のことば」と題するエッセイ(『文芸台湾』、一九四二年六月、二二頁) のなかで、「外地に在ては最も正しい日本語」を使用すべしという持論から、台湾における「ヒドイ訛だらけの熊本弁」や「台湾の娘さんの言葉」の「聞き苦し」さに対して、嫌悪感を隠そうとしない。

(26) こうした記憶は枚挙にいとまがないほど、沖縄人の回想録や自伝のなかに書き残されている。例えば、昭和初期に基隆の質屋で働いていた嵩本正宜は、しばしば「琉球生蕃」と罵られ殴られた体験を持つ。嵩本正宜『蟻の詩』ミル出版、一九九五年、三七頁。

また与那国出身で台北の看護婦産婆講習所で学んでいた玉城喜美代も、「沖縄人」「琉球人」とさげすみの言葉を同僚から投げかけられたという。松田良孝「台湾・助産婦・参政権　玉城喜美代の半生」第三回『八重山毎日新聞』二〇〇一年一月一一日。

さらに先島出身者は、沖縄本島の出身者からも差別的な視線を感じていたようだ。「台北八重山郷友会」の結成を報じる一九三三年の新聞記事は、台北には県人会があるが、「どうしたものか吾々郷友とは精神的に相和し難いものがあつて郷友の出席者はないと云つてもよい(中略)剰へ一部の人間の口から宮古、八重山人はどうでもいゝと云ふような声を耳にしては県人会に親しめる筈がなく、むしろ或一種の反感さえ起こるのは理の当然」という声を伝えている。「[台湾支局通信]多年の渇望　台北八重山郷友会生る」『八重山新報』一九三三年一月二五日。

(27) 『台湾新生報』および副刊「橋」に関しては、彭瑞金「《橋》副刊始末」『台湾史料研究』第九号(呉三連台湾史料基金会、一九九七年五月)。および許詩萱『戦後初期台湾文学的重建——以《台湾新生報》「橋」副刊為主要探討対象』(台湾・中興大学中国文学系修士論文、一九九九年)、丸川哲史『台湾における脱植民地化と祖国化——二・

二八事件前後の文学運動から』（明石書店、二〇〇七年）を参照。

（28）林曙光「不堪回首話当年」（『文学台湾』第四号、文学台湾雑誌社、一九九二年九月）、「難忘的回憶」（同第九号、一九九四年一月）、「感念奇縁弔歌雷」（同第一一号、一九九四年七月）より。

（29）大田静男「台湾疎開」、「尖閣列島遭難事件」『八重山の戦争』南山社、一九九六年、二〇五―二一八頁。

（30）引き揚げを待つ沖縄人と台湾人の野球の試合は、フィクションではなく実際にあった出来事だった。太田守良「想い出、あれこれ」『琉球官兵顚末記』台湾引揚記刊行期成会、一九八六年、四二頁。

（31）「飢餓線上にさまよふ台湾の県人を救へ　沖縄同郷会台北で活躍」『沖縄新民報』一九四六年五月五日。

（32）「沖縄本島民ノ還送用配船ニ関スル件」『留台日僑会報告書　第四報』一九四六年五月二四日、『台湾引揚・留用記録　第一巻』ゆまに書房、一九九七年、一三七頁。

（33）「沖縄県民ノ状況ニ関スル件」『留台日僑会報告書　第五報』一九四六年六月六日、一五六―一五七頁。

（34）「春の新生八重山に自主再建の狼火　沖縄八重山宮良支庁長の初便り」（『沖縄新民報』一九四六年三月二五日）に以下のような記述がある。「台湾より帰る八重山郡民は軍官の命令により、台湾へ主として疎開したが敗戦の結果、台湾にも身の置きどころが無くなり救ひを求める悲報が続々として伝へられたのでこれが救出を急ぐこととなり応急措置として先づ石垣町有財産を処分して旅費を調達し船をしたてゝて疎開者の九十五％を迎へることに成功した」。

（35）『自由沖縄　九州版』第二号（一九四六年六月二五日）には、「琉球人は朋友　好意示す台湾人」という記事が掲載されている。同紙主幹仲宗根朝松の手記という形をとったこの記事は、敗戦後の台湾人の沖縄人に対する対応を、「こういふ乱世にあつても沖縄人に対しては珍しいほど好意をもつてくれた〝琉球人だ〟と名乗れば〝おゝ琉球か、琉球人はわれらの朋友、あなた方は台湾にゐてもゐゝよ〟と握手する」と伝えている。

（36）平良新亮「台湾で補充兵となる」『平良市史　第四巻資料編二』平良市役所、一九七八年、五五一―五五九頁。

（37）与那嶺栄幸「台湾での軍隊生活」『西原町史　第三巻資料編二』西原町役場、一九八七年、一五三―一五九頁。同じ回想のなかで、戦争に負けたのは沖縄に多くのスパイがいたためだと日本兵に言われ、与那嶺は大きなショックを受けている。

(38) 又吉盛清『台湾　近い昔の旅』凱風社、一九九六年、九〇頁。
赤嶺親助に関しては、崎原當弘の次のような記述もある。「児玉町で医博の肩書を持つ大きな病院を開業している南風原病院の院長（故人）や、赤〇某（那覇在）らが琉球人協会なるものを組織し、「偉大なる母の国、中華民国のふところに今吾々は帰った」と病院前に立看板を出し、読むに堪えない日本人の悪口を並べ立て、一躍戦勝国民になったつもりで、肩で風を切って出入りする姿は邦人のひんしゅくを買っていた」。崎原當弘「旧海軍駆潜艇に便乗」『市民の戦時・戦後体験記録　第二集』石垣市役所、一九八四年、二一六―二一七頁。ここでの「赤〇某」は赤嶺親助を指すと思われる。ここで批判されている「南風原病院の院長」とは、沖縄同郷会連合会副会長の南風原朝保のことだ。同連合会は沖縄人の早期引き揚げに努めており、崎原の回想の裏付けは今のところ確認できていない。

また戦後まもなく台湾の左翼グループによって創刊された雑誌『政経報』には、「在台一琉球人」による「研究資料　琉球略史　琉球圧制小史」（第二巻第二期、政経報社、一九四六年一月、一五頁）が掲載されている。同文は中国と琉球の五〇〇年におよぶ密接な歴史に言及することで、「中国政府は連合国に対して琉球の領有を要求すべきである」と主張し、同時に「琉球人の境遇は台湾人と大差はない」と結論づけている。
(39) 宮城文「惨めな境遇の台湾疎開」前掲注38、『市民の戦時・戦後体験記録　第二集』九〇頁。
(40) 山城ミエ「敗戦を台湾で迎えて」前掲注38、『市民の戦時・戦後体験記録　第二集』九六頁。
(41) 「沖縄籍民調査書」『琉球官兵顚末記』三一二―三一三頁。なお「／」は改行箇所。
(42) 同前、三一八頁、三五二頁。
(43) 繁夫「船は行く」「台北集中営々内誌」『琉球官兵顚末記』三七九―三八〇頁。なお文中の「／」は改行箇所。
(44) 田里維成「四十年前の台北集中営の想い出」『琉球官兵顚末記』二五六―二六六頁。なお田里維成は注41の「沖縄籍民調査書」を執筆した人物である。
(45) 「琉僑還送ニ付テ」『留台日僑会報告書　第十報』一九四六年一一月二〇日、『台湾引揚・留用記録　第三巻』六二―六五頁。
(46) 「沖縄籍民ノ還送ニ付テ」『留台日僑会報告書　第十三報』一九四六年一二月二七日、『台湾引揚・留用記録　第四巻』二〇三―二〇四頁。

(47) 基隆港で日本への引揚者を送還する業務に携わった比嘉賀友によれば、先島方面には日本本土と同じ船で引き揚げが可能であったが、台湾に長く住んでいた人の高価な荷物に対して、沖縄からの疎開者の哀れな姿が対照的で、所持品も使い古されたタライや鍋、釜などを後生大事に抱えていたという。比嘉賀友「薬と兵隊回想記」『琉球官兵顚末記』一二八―一二九頁。

なお一九四七年六月一三日の『うるま新報』に掲載された「交換はダメ!! 台湾引揚者の旧円無効」によれば、「台湾よりの引揚者が持参した旧円及び台湾銀行発行券は相当の額にのぼるものとみられており 交換未払のため一時は全員無償で配給を受けその後就職■により生活能力なく且扶養者なき者の外は逐次救済より除かれていた現状でありその新円交換の払戻しは引揚者全員が一日千愁の想いで待ちこがれていたところであるが軍政府では六月四日知事宛に右新円への交換は認可されない旨指令を発した」という。しかも「法定貨幣にあらざる右の貨幣を所持することは既報の貨幣に関する特別布告の違反となり特別軍事法廷で定罪の上処罰されるので所持者は来る六月三十日までに民政府財政部長に納入せねばならぬ」ものとされた。

(48) 「ジープ」『八重山文化』一九四六年九月、八頁。

(49) 高江洲八重子「つれづれに」『八重山文化』一九四七年六月、一九頁。

(50) 成底秀子「友と別る」『八重山文化』一九四七年二月、一七頁。成底は同号の『八重山文化』に、台湾からの引き揚げ体験を描いた以下の三首の連作「基隆港にて」も発表している。

手を挙げて調べられ居り悲しくも敗戦の吾つゝましく伏す

戦ひに負けし吾等の悲しみを笑ふ如くに日はかげりゆく

春光の波に輝く岸壁に艦は浮かびて日は静かなり

(51) 彭瑞金『葉石濤評伝』(春暉出版社、一九九九年、二二七―二四五頁)を参照。

(52) 葉石濤『異族的婚礼――葉石濤短篇小説集』皇冠出版社、一九九四年。なお翻訳は引用者による。

(53) 葉石濤の文学的戦略については、蕭阿勤『重構台湾――当代民族主義的文化政治』(聯経出版、二〇一二年)の第四章「確立民族文学」を参照。

(54) 林発『沖縄パイン産業史』同書刊行会、一九八四年、七—二二頁。
(55) 山中生「沖縄振興と八重山の重要性(二)」『海南時報』一九三六年六月二三日。
(56) 山中生が危惧したように、石垣島に渡って来た台湾人の活躍はめざましく、台湾から運んできた水牛によって開墾地を広げていた。こうした動向に対して「台湾人労働者の八重山進出」によって、「将来の八重山は台湾の八重山化する虞れ」が地元紙で喧伝された。「台湾人の貸地開墾は八重山の重大問題」『先嶋朝日新聞』一九三六年一一月九日。
(57) 玻名城長好「台湾における先輩の御意見(二)」『海南時報』一九三七年五月一一日。
(58) 「又もや台湾人が乱暴極まる傷害事件　断固たる処置を要望」、「乱暴な台湾人　断乎放逐されん」『海南時報』一九四〇年九月二九日。
(59) 西表信「台湾人移住者と地元民の対立」『南嶋昭和史』月桃舎、一九八二年、三四頁。
(60) 「八重山台友会誕生」『海南時報』一九四〇年一〇月二三日。
(61) 前掲注54、八六頁。
(62) 『嵩田　五〇年のあゆみ』嵩田公民館記念誌編集委員会、一九九六年、二三頁

第二章　萬華と犯罪
——林熊生「指紋」を読む

はじめに

一九四三年一一月一三日、「本島文学決戦態勢の確立　文学者の戦争協力」を議題とした台湾決戦文学会議が開催された。この時期の台湾の文学界では、周金波や陳火泉らの「皇民文学」が注目を集めていた。台湾人はいかにして日本人になり「皇民」となるのか、というアイデンティティをめぐる息づまる葛藤と大東亜戦争への協力を、彼らは文学作品のなかで表現していたのである。

決戦会議の直前に、台北帝国大学医学部の金関丈夫が林熊生というペンネームで執筆した探偵小説『船中の殺人』が東都書籍から刊行された。ここには四一年八月から『台湾警察時報』に連載された表題作と、書き下ろしの短編「指紋」が収録されている。「指紋」は、同時期の皇民文学とはまったく異なる角度から、アイデンティティ——ここでは司法的同一性——をテーマとしたものであった。

まず作品のあらすじを紹介しておこう[1]。

一九三二年、当局の執拗な追及をかわして廈門に逃れた陳天籟は、香港で金庫破りの技術を身につけ、劉永泰という偽名を用いて八年ぶりに台湾に戻って来る。彼は、大稲埕の太平町にある昭和信託の金庫から一万円近い現金を盗み出すことに成功するが、現場に指紋を残すという初歩的な失敗を犯したうえ、その直後に「彼の前身を知つてゐる」今井刑事に太平町の人通りで顔を見られてしまう。

指紋から身元が割り出されることを恐れた陳天籟は、もぐりの医者に他人の指紋の移植を依頼する。「緑町の仁濟寮」に収容されていた乞食を萬華の料理屋に呼び出し、移植手術が行われた。手術後、乞食はポケットからダイヤの指環を取り出し、それを陳に買ってほしいと要求する。

手術が成功し、すっかり安心した陳天籟のもとに、ある夜、今井刑事がやって来る。今井は、劉永泰を名乗る人物こそ陳天籟であり、金庫破りの犯人だと確信しているが、移植手術を受けた指紋は、当然ながら金庫に残されたそれと一致しない。まんまと警察の目を欺いた陳天籟だったが、最後に大きなどんでん返しが用意されていた。意気阻喪する今井のもとに、新たな情報がもたらされる。昨年の寡婦殺しの現場に残された指紋と、陳の指紋が一致したというのである。陳が乞食から買い取ったダイヤの指輪は、まさにその時の盗難品だった。

指紋の移植という奇想天外な方法[2]で金庫破りの容疑を切り抜けながらも、身に覚えのない殺人事件の被疑者にされてしまう展開の意外性は見事であり、勧善懲悪的な満足感を読者に与えることにも成功している。

だが、どうして萬華が作品の舞台として選ばれたのか。また意表をついた結末から、いかなるメッセージを読み取ることができるだろうか。

こうした疑問に答えるためには、「指紋」というテクストに刻み込まれている微細な痕跡を、当時の歴史的文脈のなかで考察することが必要である。本章はそうした作業を通じて、決戦期台湾の「イデオロギー的力としての文化[3]」の一端を読み解くことを目的とする。

1　大衆文学／探偵小説の誕生とその機能

近代日本の探偵小説は、一九二〇年代に誕生した「大衆文学」のジャンルのひとつとして流行した。そもそも「大衆」という概念が「三人以上の僧の集団」を意味する仏教用語「だいしゅ」から今日的な意味へ転換したのも、同じく一九二〇年代のことだという[4]。

「「大衆」ということばには〝庶民性〟の概念と〝多数性〟の概念とが同時に含まれている」ことを指摘するセシル・サカイは、「大衆文学はひとつの重要な社会現象であり、大量読書の実践および日本の出版界の驚くべき発展と密接に結びついている。実際、日本では明治時代以来、大衆のあいだでの読書習慣の普及が印刷技術の進歩や出版産業システムの確立をもたらし、そのことによって、〝本の市場〟がさらに広がるという結果を生んできた[5]」と述べている。

栗原幸夫は「大衆的読者の出現」を重視し、混同されがちな大衆文学と通俗文学を明確に区別したうえで、「文学における大衆的読者の出現、そしてそのあたらしい読者層の要求に答えるべく登場したのが明治以来の「通俗小説」とは異なった、モダンな感覚をもった「大衆文学」であった[6]」という。「原敬内閣が一九一九年度予算で立てた高等教育諸機関の創設・拡充六ヵ年計画の実施」に着目する池田浩士は、「急増したこれらの知識階層は、（中略）大衆文学の読者の、少なくとも主要な一部分だった[7]」と指摘した。

要約すると、メディアの発達と教育制度の普及拡充によって飛躍的に増大した読者層の存在が、大衆文学が成立するための不可欠の条件であった。大衆文学の一ジャンルとしての探偵小説も、こうした社会変動の産物だったのである。

黒岩涙香による西洋の作品の翻案が絶大な人気を博したように、明治二〇年代には探偵小説の受容が始まっていた。大正期になると谷崎潤一郎や芥川龍之介、佐藤春夫らが、翻案ではない探偵小説の創作に着手するようになる(8)。

日本の探偵小説史上、一時代を画した江戸川乱歩のデビュー作「二銭銅貨」が『新青年』に掲載されたのは、関東大震災が「帝都」を襲った一九二三年のこと。ちょうど大衆文学の登場と重なっている。乱歩を「日本に於ける真の近代的探偵小説家」として高く評価した平林初之輔が、探偵小説が発達するための「社会的条件」として、「犯罪とその捜索法とが科学的になることであり、検挙及び裁判が確実な物的証拠を基礎として行はれ、完成された成文の法律が国家の秩序を維持してゐること(9)」を挙げているのは重要だ。乱歩作品の人気は、二〇年代の日本にそうした「条件」が整ったことを意味しているからである。

関東大震災とその後の「帝都復興」によって、東京や大阪などでは大都市化が急速に進行し、「人びとの移動性が増大することによって都市では匿名的な出会いが頻発した。隣にいる人物が何者かわからないという状況がふつうのことにな」っていく。そうした「都市の不安定な関係をいくばくかでも安心なものにすべく採用された方法、それが〈探偵〉的な認識のかたち」だと社会学者の永井良和はいう。

永井はそうした認識の具体例として、「警察制度における犯罪捜査の科学化、大衆文化における探偵ブームの勃興、興信所や私立探偵の成立と展開など[10]」を挙げている。一九二〇年代に流行した探偵小説は、大震災後の急速な都市化にともなう大衆の不安を養分として成長したのであった[11]。

こうした背景のもとで大衆の人気を獲得した探偵小説は、どのような社会的機能を果たしていたのだろうか。以下に引用する高山宏の「緋色の研究」論は示唆に富む。

> 医師/作家であったコナン・ドイルがヴィクトリア朝人の心性の奥底に澱んだ原記憶としての流行病禍への恐怖を、犯罪という社会的病理を癒すという形で、「推理小説」という〈発明〉を通して少しずつ悪魔祓いしていったのである。そこでは犯罪者という存在が、病、死といった、社会が成り立つためにはネガティヴなものと感じられるもの一切の換喩と化した。それをホームズが調伏した。社会病理を「解決」するホームズの一種の「医」の行為を、その語る分身たるワトスンが医師であることが代償的に表現していた[12]。

高山によれば「近代的な大衆の興味と不安をわかりやすいかたちにコード化」した探偵小説は、「社会の不安を和らげ、再統合をはかるために語られ[13]」たという。さらに「不安の消費を通じて、近代社会の社会性が再確認され、権力の監視機能が中継され」るという指摘もある。

探偵小説を読む際には、作者が張り巡らせた謎の解明に、作中の探偵だけではなく読者自身も「謎の解明に参加するというかたちでの作品への参加[14]」が求められる。これこそ探偵小説の醍醐味だろう。平林初之輔の乱歩論を補足すれば、大衆文学としての探偵小説が誕生し流行するためには、作品の読みに積極的に介入しうるリテラシーを持った厚みのある読者層が存在することが不可欠の「社会的条件」だったのである。

本章は、「指紋」が刊行されて七〇年以上を経た今日において、一読者である筆者が、作者自身も想定していなかったであろう謎を読み解くための参加の記録である。

2 「指紋」の位置

ここまで日本内地の大衆文学／探偵小説が、どのような社会的背景のもとで誕生したのかを見てきた。近年、中島利郎[15]、浦谷一弘[16]、呂淳鈺[17]らによって、植民地期台湾の探偵小説に関する研究が始まり、そこでは金関丈夫の作品が特に重視されている。しかしこれらの先行研究において、「指紋」はほとんど論じられていない。管見の限りでは、中島利郎が「日本統治期台湾探偵小説史稿」の注で、「尚、『船中の殺人』には、「指紋」という短篇探偵小説も収録されているが、これは指紋の移植をテーマにした作品で医学者ならではモチーフとなっている[18]」と言及しているにすぎない。

まずは金関丈夫が執筆した探偵小説を発表順に並べてみよう[19]。

この表からも分かるように、作品数はけっして多くない。代表作の「曹老人」シリーズも、植民地期に発表されたのは三作に過ぎず、それが単行本にまとめられるのは戦後になってからだ。

ところで「船中の殺人」が『台湾警察時報』に発表されたように、植民地期台湾の日本語探偵小説は、

年月日	タイトル	掲載誌	号数	備考
1941年8月15日	船中の殺人	台湾警察時報	309号	
1941年9月	船中の殺人	台湾警察時報	310号	
1941年10月	船中の殺人	台湾警察時報	311号	
1941年11月15日	船中の殺人	台湾警察時報	312号	
1941年12月15日	船中の殺人	台湾警察時報	313号	
1943年8月1日	曹老人の話　第一話	台湾公論	8月号	「信心深い泥棒のこと」
1943年10月1日	曹老人の話　第二話	台湾公論	10月号	「光と闇」
1943年10月24日	『船中の殺人』			東都書籍株式会社（「船中の殺人」「指紋」）
1943年12月1日	慰問読物・曹老人の話　第三話	台湾公論	12月号	「入船荘事件」
1945年11月	『龍山寺の曹老人　第一輯』			東寧書局（「許夫人の金環」「光と闇」「入船荘事件」を収録）
1945年12月	『龍山寺の曹老人　第二輯』			東寧書局（「幽霊屋敷」「百貨店の曹老人」を収録）
1947年1月26日	『龍山寺の曹老人　謎の男』			大同書局（「謎の男」「観音利生記」を収録）

警察関係者を主要な作者／読者とし、『台法月報』や『台湾警察時報』など警察関係の刊行物に掲載されることが多かった。これらの雑誌の購読者は四三年の時点でおよそ八〇〇〇人ほどだという。「台湾の探偵小説は、純文芸に比するほどの読者をもっていたことが解る。しかし、その読者は非常に限定された読者であって、日本人の作者が限定された読者（大部分が日本人）のために書いたものが台湾の探偵小説であ」[20]り、大衆的読者に支持された内地のそれとは大きく異なっていた。こうした状況のなかで創作された『船中の殺人』と「曹老人の話」を、中島は「台湾において不特定の読者を対象にした最初の作品」として高く評価する。

すでに見てきたように「社会の不安を

和らげ、再統合をはかる」ことが、探偵小説に求められた機能であった。医師でもあったコナン・ドイルの作品は、「犯罪という社会的病理を癒す」ためにネガティヴなものの換喩として犯罪者を描いた。事件の解決を社会的病理に対するホームズによる「医の行為」とみなし、その過程を医師ワトスンが語ったもの、という高山宏の指摘は重要だろう。「指紋」の作者である金関丈夫が解剖学を専門とする植民地大学の医学部教授であったことは、けっして偶然ではないのである。

「探偵小説はあくまでも共同体の〈中心〉に位置するものが、〈周縁〉に位置するものとそれをめぐって生起する出来事を一方的に〈謎〉と定義し、名探偵が事件の〈謎〉を解くことによって、共同体の〈秩序〉を回復する物語」だと論じる浦谷一弘は、回復される「共同体の〈秩序〉」とは、「おおむね登場人物もしくは作者が帰属する共同体の秩序」[21]であるとも述べている。そうだとすると、事件を解決する探偵と犯罪者の設定は、回復される「共同体の〈秩序〉」とは、誰のためのいかなる〈秩序〉なのか、という問いと切り離せないだろう。

台湾の日本語探偵小説のなかで、初めて不特定の読者を対象とした金関丈夫の作品は、木暮刑事が難事件を解決する「船中の殺人」に始まり、台湾人の名探偵が活躍する「曹老人」シリーズへと到る。刑事も殺人犯も日本人として設定された前者に対して、後者は犯人も台湾人だった。そのなかで日本人の今井刑事が台湾人の犯人を追う「指紋」は、登場人物の設定という点でも、金関丈夫の短い探偵小説創作史の転換点に位置している[22]。

それでは「指紋」というテクストが回復しようとした「共同体の〈秩序〉」とは、いかなるものだったのか。次の節では、作品に描かれた萬華のイメージを分析することで、この問題にアプローチする。

3　上書きされる萬華のイメージ

探偵小説によって回復が図られる「共同体の〈秩序〉」は「おおむね登場人物もしくは作者が帰属する共同体の秩序」だという浦谷一弘の考察に従うならば、「指紋」が回復しようとする「共同体の〈秩序〉」は、植民地台湾のそれということになるだろう。この節では作中の萬華の描写を考察することによって、浦谷の見解が妥当であることを論じる。

小説は、萬華の陰惨な片隅の描写から始まる。

萬華の龍山寺町二丁目あたりの、昼も薄暗い、じめじめした、とある路地の中に、一軒の小さな料理屋があつた。夕闇が迫る頃になると、蒼白い闇の女が、狭い亭仔脚の間に物の怪のやうに佇む、陰惨そのものゝやうな一角であつた。[23]

大稲埕の金庫破りの計画を、陳天籟がかつての仕事仲間に持ちかけるのは「萬華の細民窟」であり、犯罪現場に残してしまった指紋から逃れるための手術も、萬華の怪しげな料理屋で「免状のない、もぐりの医者」によって実行される。

だが、なぜ萬華が舞台なのだろうか。その謎を解くためには、「共同体の〈秩序〉」を維持する側の日本人が形づくった萬華のイメージを検討する必要がある。

一九三〇年一月に総督府に招待され台湾を訪れた林芙美子が帰国後に発表した「台湾風景――フォルモサ縦断記」と題する紀行文を見てみよう。「まざまざと官僚臭い、台北城内の街」に対して「城外は、万国旗のやうな風景だ、台湾の動脈が踊つてゐる」という林芙美子は、旺盛な好奇心の赴くまま大稲埕や萬華の貧民街に足を伸ばす。彼女が書き残した萬華の「風景」とは次のようなものだった。

淡水河に添つて、終日私は歩いた。

そして私が行き当つたのは、萬華女紅場、内地から出稼的に流れて来る娼婦の街衢。演舞場のやうなかまえの家もある。白い瞳に眉の美しい台湾娘が、赤い紙をべたべた貼つた歪んだ貸席の窓から、西瓜の種を投げてゐた。(中略)

案内役の学生Sさんは、愛々寮も見てゐらつしやいと云ふ、萬華の駅から近い乞食の部落で、大稲埕と同じくこれも、台北のXである。

海賊上りの老いた支那人、子供の時から毛韮中毒で生長の止つた、廿(はたち)の一寸法師、終日鉄格子の中でゲラゲラ笑つてゐる男、その外狂人の娼婦、癩病患者、阿片癮者、様々の敗残者が、山窟の巣のやうに、破れ風琴のやうないとなみをしてゐた。

彼等の食事は日が十五銭位だと云ふ、アンペラ一重の不浄場の横には、二三匹の黒豚が目も見えない程にベトベトの雑水に汚れて、ウイリウイリ鳴いてゐた。(24)

貧民街に生きる「様々の敗残者」の姿を露悪的な文体で描いた「台湾風景」に対して、「シュール、リアリズムばりの形容詞を羅列した中学生の旅行記以外の何物でもない」と反発した台湾人の高校生「桃源生」は、「あなたは凡ゆる醜悪な語でそれを形容してくれましたが何故もう一歩進んで「どうして斯うも醜いのだらうか？」といふ事を解剖してくれなかつたのです[25]」と問いただす。しかし林芙美子の描いた萬華像はけっして突出したものではなかった。「島都」台北は、林の訪台前後の一九三〇年代に急速に都市化が進行し、華やかなモダン風景が出現すると同時に、それとは対照的な「どん底生活」が大稲埕や萬華の台湾人居住地域を中心に広がっていく。こうした下層社会の住民は社会の安全を脅かす存在と見なされ、その危険性が統治者の側から繰り返し語られていた[26]。

林芙美子の来台から一年後、一九三一年に出版された『台北市史』には、艋舺（一九二〇年に「艋舺」から「萬華」に改名）の「恐し」さが次のような言葉で表現されている。

闇に働く白粉の女は無論貧民の女性で、下層社会の妻女が小料理屋に売られた酌婦であつて、真に憐むべき虐げられた女性である。（中略）而してこれ等の私娼は台湾人街に限り活動するので、艋舺は遊郭附近から龍山寺町老松町辺の闇い街であり、大稲埕は太平町の江山楼を中心とする附近一帯で、此処は娼家が許されて居ながら、この一面は盛であつて彼女等は毎夜猛烈に活躍して居るから甚だ恐しい、この両所が台北の台湾人街に於ける魔窟で、盛な人肉の市が毎夜開かれ、浮れ男の財布の金を捲きあげて居る。而して恁うした私娼の情夫は多く例の老鰻であるから一層危険が伴ひ、この界隈に刃傷沙汰の絶えないのも恁うした一因が存するのである[27]。

「台湾人街に於ける魔窟」と表現された「龍山寺町老松町辺の闇い街」に、「指紋」の舞台となった「萬華の龍山寺町二丁目あたりの（中略）陰惨そのもの、やうな一角」は位置している。

萬華は「「遊郭」の代名詞」としてイメージされていたが、日本人が「日常の娯楽空間」として足を踏み入れたのはその一部に過ぎなかった。[28]台北のガイドブック的な役割を果たした橋本白水の『島の都』（一九二六年）でさえ、「正真正銘の台湾人の集住地域である入船町、龍山寺町、堀江町、緑町などの地域には全く触れ」ておらず、「在台日本人は萬華において「本島人」の空間に殆ど足を踏み入れないことが分かる」[29]という。

「指紋」が背景とした「龍山寺町二丁目あたり」とは、日本人にとって謎に満ちた危険な空間であった。そこで計画され実行にうつされた猟奇的な犯罪は、同時代の読者には、よりリアリティをもって受けとめられたはずである。

主人公に指紋を提供する対象者を、「緑町の仁済寮」に収容された乞食のなかから物色するという設定も、見過ごすことができない問題を含んでいる。

「緑町の仁済寮」のモデルは、一九二三年に社会事業家の施乾が設立した貧窮民の収容施設「愛愛寮」である。林芙美子が「萬華の駅から近い乞食の部落」と表現し、「様々の敗残者が、山窟の巣のやうに、破れ風琴のやうないとなみをしてゐた」と書いた所だ。それに対して桃源生が反駁したことはすでに触れた。桃源生は「あなたはその外観だけの醜さしか見てゐません。そこでは施氏が如何に苦心をして乞食撲滅を計つてゐられるかにあなたの筆はかき及んでゐない[30]」と批判したのである。

ところで植民地統治の第一線に立ち、台湾人の動向を監視していた総督府警務局は、貧しい人々に厳しい視線を注いでいた。一九三五年に刊行された『台湾の警察』は「浮浪者即ち無頼漢の取締は台湾に於て警察上注目すべき現象の一つ」としたうえで、「如是歴史と環境とに禍せられたる浮浪者を改過遷善して忠良の善民に導くことは単に警察の取締のみを以てしては不充分である。社会教育其他環境素地の改善に俟つことが多い。台湾に於ては之等の者の矯正策としては尚幼少の頃より漸次視察を加へ或は感化院に収容し或は州庁に於ては不良少年取締又は矯癖の名目の下に之が取締法を制定して監視してゐる[31]」と述べている。

植民地社会の統治者にとって「浮浪者即ち無頼漢」たちは、「闇に働く白粉の女」(『台北市史』)と同じく監視と矯正の対象だった。彼らの下層階級観を考える際に、方面委員制度の創設者である小河滋次郎の発言は注目に値する。

ひとり貧民窟に限らず、市の場末なり、接続町村なりにおける無秩序、無節制なる無産階級者の生活状態は、その総てがほとんど絶海の孤島に新開された殖民地のごときものであって、文明都市として、また帝国商業都市としての体面を傷うの大なるは言うに及ばず、都会生活の安寧秩序を破壊し脅威するところのすべての根源もまた、この地域内に伏蔵醞醸せられておる[32]。

「無産階級者の生活状態」を「殖民地のごときもの」と喩え、それが「都会生活の安寧秩序を破壊し脅威するところのすべての根源」だと考える小河の貧民／植民地観は、『台北市史』や『台湾の警察』

とも通底している。一九一八年に富山県で勃発した米騒動をきっかけとして都市の下層民対策として創設された方面委員制度は、台湾にも二三年に導入され、貧困者に対する「指導援助を通じて治安の機能も果たすようになってい[33]」た。

すでに見てきたように、探偵小説は「不安の消費を通じて、近代社会の社会性が再確認され、権力の監視機能が中継されるという側面」(内田隆三)を持っている。『民俗台湾』の主宰者として、消滅の危機に瀕する萬華の民俗を記録しようとした金関丈夫が「指紋」の舞台として選び、作品に描いた萬華や愛愛寮のイメージは、植民地〈秩序〉の担い手である日本人の先行テクストが喚起するそれを逸脱するものではなかった。むしろそうした先行イメージを利用し、それに上書きすることによって権力の監視機能と結託し、貧民窟で計画された台湾人の犯罪を日本人が調伏するという〈秩序〉回復の物語を成立させたのである。

4 指紋と司法的同一性

小説のタイトルとなった指紋とは、金関丈夫にとっていかなる意味を持っていたのか。また、指紋を証拠として犯人を特定する「科学捜査」によって、寡婦殺しの真相が裏切られてしまう皮肉な結末を、どのように考えればよいのだろうか。

渡辺公三の浩瀚な研究によれば、指紋は一九世紀後半に大英帝国統治下のインドで「発見」された。[34]民事裁判所に持ち込まれる証書の多くが偽造されていることに気づいたベンガル州の徴税官ウィリアム・ハーシェルが、公文書の信憑性と記載者の同一性を保証するために、指紋の採用を州政府に請願したのが一八六二年ないしは六三年のことだという。インドで始まった指紋の活用術は、同じイギリス植民地であったケニアにも導入された。一九一五年に制定された「原住民登録法」によって、指紋を押捺した証明書の携帯が黒人に義務づけられるようになったのである。[35]

植民地で発見された指紋は帝国本国へと還流する。ダーウィンのいとこで優生学の提唱者でもあったフランシス・ゴルトンは、ハーシェルの資料を活用しながら彼自身が開拓者であった遺伝学や統計学の知見を組みあわせ、その成果を一八九二年に『指紋』として刊行した。[36]「万人不同性」、「終生不変性」、「分類可能性」という特徴を兼ね備えた指紋は、犯罪者の身元（＝司法的同一性）確定に役立つだけでなく、一九世紀の人類学が課題とした「人種的同一性」を検証する手段としても期待された。[38]ゴルトンは「指紋をヒトの遺伝の指標として利用することも考えており、人種による指紋の違いや、さらには階級差による違いさえも研究していた」[39]といわれる。

一九〇二年、ロンドン警視庁は指紋法の導入を決定。日本でも一九〇八年に指紋法が実施され、全国の監獄で新たな受刑者に対する指紋採取が始まった。[40]日本における指紋法の当初の目的は「累犯の発見」にあり、制度導入の時点では「犯罪捜査への貢献という面は重視されて」いなかった。犯罪現場に残された指紋によって犯人が逮捕されたのは、一九一一年に東京で発生した強盗殺人事件が最初だという。[41]

日本の植民地では、一九一〇年九月に朝鮮総督府司法部で、台湾ではその二年後の一二年七月に総督府法務部によって監獄指紋制度が導入された。[42]一九一〇年代以降の『台湾日日新報』には、指紋を証拠とした犯人逮捕を報じる記事がいくつも掲載されるようになる。

一九一四年六月三日の「指紋の効能　台南博物館の賊捕はる」という記事は、台南博物館に忍び込み、銀製品を「窃取したる」「賊」が現場に指紋を残しており、それを「パラピン紙に取り台南監獄に送りて指紋原紙に照合せるに右は赤嵌楼街金銀細工職才吉（二四）の左の拇指の指紋と同一なるを発見」し、逮捕に到ったと報じている。

このほかにも「遊郭で大持ての色男、実は大泥棒　指紋が動かぬ証拠」（一九二〇年三月一六日）や「指紋が手掛りで大泥棒捕まる　南部で三十数件盗んだ男」（三一年八月一三日）、「庄役場に忍入り二百円盗む　指紋がピッタリ合ひ犯人グウの音も出ず」（三三年五月三日）など、この手のニュースは枚挙にいとまがない。ただ三八年以後は、指紋を証拠として犯人逮捕に到った事件を「科学捜査に凱歌」と表現している点が注目される。[43] ここでは「科学捜査に凱歌　変装と偽名で逃げ廻つた犯人　三年目に指紋で逮捕」（三八年一〇月七日）の記事を全文紹介しよう。


【台南電話】足掛け三年間全島を巧なる変装と偽名で逃走中の詐欺脅迫犯人が指紋鑑定で取押へられた科学の凱歌　台中州員林郡田中庄大新三八五楊秀林（二七）は今を去る昭和十年三月十三日詐欺脅迫犯人として台中署で取調中台北方面の実地捜査に連行、帰路の際台中市附近に於て刑事の隙に乗じ捕縛の儘闇夜に紛れて逃走して以来消息を絶ち、台中署では全島各地に捜査手配を依頼してゐたが去る九月三十日嘉義署の千野、陳両刑事が市内にて挙動不審者台中州員林郡二水庄大邱園一二五頼茂已（三二）を検挙したがその供述に不審の点あり直ちに同人の指紋を取り一日警務局宛鑑定方依頼してゐた所前記住所氏名何れも偽称で三日に至り台中署で捜査中の逃走犯人楊秀林なる事が指紋に依り判定され近く身柄を台中署宛送致する事になつた

巧妙な変装と頼茂已という偽名により警察の目をかいくぐってきた犯人が、指紋の鑑定によって楊秀林との同一性を証明され逮捕に至る顚末を、新聞は「科学捜査に凱歌」と誇らしげに謳っている。ここで探偵小説が発達するための社会的条件として、「犯罪とその捜索法とが科学的にな」り、「検挙及び裁判が確実な物的証拠を基礎として行はれ」ることを、平林初之輔が挙げていたことを思い出そう。「明治末までの警察は（中略）、捜査員の「カン」や、容疑者を責めたうえで得た「自白」に基づいて事件が処理され」ていたが、「犯罪学や指紋法のような「科学」の知見」は、「裁判や警察の制度全体を科学化」[44]へと導いたのである。

事件現場に残された指紋に基づき犯人を特定するという科学捜査は、指紋の「万人不同性」、「終生不変性」、「分類可能性」という特徴を前提としてはじめて成立する。もし現場に残された指紋が偽造されていた場合、科学捜査はその根拠を失ってしまうだろう。しかしロンドン警視庁で指紋法が導入されてまもない一九〇七年に、オースティン・フリーマンは偽造指紋をテーマとする『赤い拇指紋』を発表[45]。その後もヴァン・ダインが述べたように（注2を参照）、「偽の指紋」というトリックは、推理小説のなかでは「あまりにもしばしば使用されてき」た手法だと指摘されるほどありふれたものとなっていた。

金関丈夫の「指紋」でも、金庫破りを犯した主人公が嫌疑をそらすために指紋を偽造する。フィクションの世界では珍しくもない行為によって、彼は身に覚えのない殺人事件の犯人と見なされてしまう。

だがこの結末は、科学捜査の敗北なのだろうか。

この問いに答えるにあたって、金関丈夫にとって指紋とはどのようなものだったのかを検討しなければならない。

すでに紹介したように、『指紋』の著者であるゴルトンは、指紋の調査を通じて「人種による指紋の違いや、さらには階級差による違い」を明らかにしようとした。ゴルトンの試みは失敗に終わるが、骨格・頭型・毛髪・指紋など身体のさまざまな部位の計測を通じて人種や民族の同一性と差異を検証することこそ、金関が従事した人類学研究だったのである。

近代日本の人類学史を検証した坂野徹は、「台湾時代に金関の教室で実施された人類学研究は、大きく生体計測調査と骨格の採集・計測に分けられるが、これらは植民地としての地の利を生かした非常に網羅的な調査だったといってよい[46]」と指摘している。金関自身、戦後に執筆した「台湾における体質人類学方面の研究概説」のなかで、台北帝国大学医学部の実践として、「一九三六年にこの学部が設立されると、森於菟博士、忽那将愛博士、宮内悦蔵氏、及び金関が前後して着任し、台湾における体質人類学の調査が、初めて系統的に着手されるに至った。（中略）金関、忽那将愛博士及び宮内悦蔵氏とその門下生は、台湾各種族の人類学的調査を専攻し、骨骼、生体、軟部、手足理紋、血液型等の諸方面にわたって、多数の業績を発表した[47]」と自賛している。

台北帝大に赴任する前に発表した「日本人の人種学」（一九三一年）において、「今日の解剖学者にして全く人種解剖学に従事せざるものは殆ど稀」だと述べた金関は、「今日の人種学はまず人種解剖学である」としたうえで、人種学を次のように定義する。「ある人類集団の特質をその人種性において闡明せんとする学問である。その集団とは多く地域的集団であり、そしてその人種性とは、これも簡単にいえば、肉体的並びに精神的遺伝素質及びその複合にして、その集団に共通的なるものである」と。金関にとって人種学とは、ある人類集団の生物学的な同一性と差異を明らかにする学問であり、「台湾各種族」間のそれを検証するために「掌指部理紋及び指紋」の調査は不可欠のものであった[48]。

金関は、こうした研究は大東亜戦争期における「異民族統治に必要な基礎科学[49]」だと自負していた。彼の知的営為は、共栄圏を構成する諸民族の身体的特徴を正確に計測することによって彼らの同一性と差異を判定し、それぞれにふさわしい「労力資源」としての有用性を明らかにすることに向けられたのである[50]。

ここまで述べてきたことを簡単に整理しよう。一九世紀に大英帝国の植民地で発見された指紋は、ある個人がその本人であること（司法的同一性）を証明するツールとして犯罪捜査に活用された。金関丈夫ら人類学者には、ある人間集団（人種・民族）の同一性と差異を検証する材料となり、大東亜共栄圏における異民族統治への応用も期待されたのである。

司法的同一性を担保する指紋がその機能を果たすためには、それが偽造されていないことが前提となる。逆にいえば偽造も可能な指紋のみを根拠とした「科学捜査」は、誤認の可能性を完全に排除することは困難だろう[51]。それでは司法的同一性を保証するために、指紋以上に確実なものはないのだろうか。警察の犯罪捜査にも協力していた金関丈夫にとって、それは死者の骨であった。

単行本『船中の殺人』と同じ一九四三年一〇月に刊行された『台湾探偵実話』の「白骨事件」に、萬華で発生した殺人事件の解明にあたって決定的に重要な役割を果たす金関の姿が描かれている[52]。

一九三二年の殺人事件が発覚したのは、五年後の三七年のこと。「被害者は白骨化して他の数千体の骨と共に捨て置かれたが、その中から金関は被害者の骨を選び出し、被害者確定に協力している[53]」。中島利郎は「金関はおそらくしばしばこのような形で警察の捜査に協力していたのではないか[54]」と推測している。金関が白骨の鑑定を行う場面を『台湾探偵実話』から引用しよう。

「一応見せて頂きます」

金関博士は、机の上に置かれた白木の箱を引き寄せ、蓋を払ひ、一つ一つ骨片を取り出しては、ぢつとそれに見入つた。北川検察官を初め同行の捜査係員一同は固唾を呑んで其の有様を見つめる。

「背丈の低い人ですネ、五尺一寸位。性質は温順の方……まだ若い四十五、六の人」

一片の骨を掌に乗せてゐた博士は斯う言つて口をきつた。さながら生きてゐる人を指して話すやうである。

「おや、待つてくださいヨ、之は本島人の骨のやうですが……それも女の人の……いや、之は充分研究させて頂きませんと……」

之を聞いた一行は愕然とした。さうして、唯々諾々と御互の視線を交換した。

「本島人と内地人とが、骨の上でも判りますか?」

「それは判ります」

「背丈けも、体格も、年齢も、性別も、死後経過年も……性質まで判りますか?」

「詳細に研究すれば判ります。若し生前の写真でもありましたら引伸ばして研究すれば写真の主の骨であるかどうかといふことも判るでせう[55]」

「骨に関しては我国屈指の学者」の金関は、骨の鑑定によって生前の「性質」まで判別できるという。その真偽はともかく「此の骨が千人分なら千人の骨に別けて見せます」という絶対的な自信は、「学術的に堂々と証明された」ものとして権威づけられている。個々人の司法的同一性を正確に弁別するには、偽造の可能性を完全には否定できない指紋ではなく、死者の白骨こそが自分が何者であるのかを最も雄弁に語るものだと金関は考えていたのではないだろうか。

小説「指紋」に登場する人物は、偽名を使い、偽の旅券を持ち、もぐりの医者による指紋の偽造手術を受けるなど、近代の法が前提とする同一性や信憑性をことごとく裏切る存在として描かれている。しかし主人公の陳天籟は、移植した偽物の指紋に名指されることで、身に覚えのない殺人犯としての嫌疑から逃れる術を失ってしまうのだ。

こうした結末は、科学捜査を標榜していた警察にとっては敗北なのかもしれない。しかし「骨に関しては我国屈指の学者」である金関からすれば、敗北したのは中途半端な鑑定能力しか備えていない指紋やそれに依存している警察の「科学捜査」に過ぎず、科学捜査そのもの、ひいては彼の人種学が敗れたわけではないのである[56]。

おわりに

一九世紀後半のフランスで盛んになった人種論的人類学は、「国民国家の担い手の範囲を決めること」、つまり「「誰」がフランス人なのかを決めること」を重要な任務としていた。帝国主義の時代にあって、人類学には人種の外延――「われわれ」と「かれら」との境界――を「科学的」に弁別することが求められた[57]。そのために、さまざまな人間集団の身体の各部位が、測定され、分類され、序列づけられたのである。

台北帝国大学における金関の人種解剖学も、日本の勢力圏が南方に大きく拡大される時代のなかで、労力資源の動員を含めた「異民族統治に必要な基礎科学」と自負されていたことはすでに見てきた。冒頭で紹介したように、同時期にもてはやされた周金波や陳火泉らの皇民文学は、自らのアイデンティティに苦悩したあげく、志願兵となり「血を流す」ことで、日本人と台湾人の間に横たわる「血液」という「宿命的な障壁」を乗りこえようとする試みであった。

デビュー作「水癌」(『文芸台湾』一九四一年三月)において、「俺の身体に流れてゐる血」を「清め」、「同族の心の医者」たらんと決意する主人公を描いた周金波は、続く「志願兵」(『文芸台湾』四一年九月)では、志願兵に血書志願し「血を流す」ことで日本人になろうとする人物を肯定的に表現する。周は日本人の家に入籍することで「血液のきり換へ」を果たし、「確固不動の日本人的信念を獲ち得」ようとする「ファンの手紙」(『文芸台湾』四二年九月)という奇妙な小説も残している。

皇民文学の代表作と見なされた陳火泉の「道」（『文芸台湾』四三年七月）は、「日本人の血統」を持たない主人公が「天皇信仰」によって「人種の根源の相違」の超克を目指したものの一度は挫折し、最終的には志願兵になる（血を流す）ことで、「血の歴史を創造」しようと決意する物語である。作者を彷彿とさせる主人公の「日の本の民とは思ふ現身にその血なきこそ物悲しけれ」という短歌には、日本人の「血」を持たない者の悲痛な思いが読みとれるだろう。陳火泉は「張先生」（『文芸台湾』四三年一一月）も、「精神的血液としての国語」を通じて「日本人としての心」を台湾人に教え込もうとする教員を描いているが、「光輝ある日本歴史を自分の祖先の歴史として語れない悩み」すなわち「高貴な血の素質の問題」を解決するために、ここでも主人公は志願兵に志願するのである。

繰り返しになるが、周金波や陳火泉の皇民文学において、彼ら自身の「血」は否定されるべきものとして描かれている。日本人と対等の「皇民」となるためには「血の切り換え」が求められ、志願兵に志願し「血を流す」ことが模範的な解決策とされていた。

「帝国の暴力によって少数者の地位に貶められた「残余」を帝国の暴力の加害者に鍛え上げることによって統合すること、帝国のなかで植民地支配を被っている個人を、志願して植民地支配の担い手になる人間に変身させること」で、帝国的国民主義が再生産されることを指摘した酒井直樹は、被植民者が「植民地支配の加害者となるのは、なによりもまず、「愛国者」としてであり、「まっとうな国民」に自己確定するためなのである」[58]とも述べている。皇民文学を読み解くにあたって、酒井の論は示唆に富む。

この当時、嘱託として台北帝国大学に所属し『民俗台湾』にも参加していた陳紹馨は、大東亜文学賞を受賞した庄司總一の『陳夫人』を論じるなかで、日本人と台湾人の「所謂血の相違は、多くの場合異った運命共同体における文化的歴史的形象の相違」にすぎず、「より大きな運命共同体に完全にとけ込」むことで、「「血」は超えられ[59]」ると結論づけた。陳紹馨のいう「より大きな運命共同体」とは、もちろん大東亜共栄圏のことである。だが、人間集団の同一性を解剖学的な知によって確定しようとする金関にとって、こうした発想はとうてい受け入れがたいものだった[60]。

本章の冒頭で、小説「指紋」は、同時期の皇民文学とは異なる角度からアイデンティティをテーマとした作品だと述べた。金関丈夫にとってのアイデンティティとは、指紋や骨などの身体的な部位の同一／差異によって決定される生物学的なものであり、「日本人に立派になり得る信念」(周金波「志願兵」)や「より大きな運命共同体に完全にとけ込」むこと(陳紹馨)などで超越できるものではなかったのである。

指紋の偽造によって、ひとたびは司法的同一性の網をかいくぐったかに見せながら、より深刻な「悲劇」へと転落する「指紋」の結末からは、個人の信念によって「宿命的な障壁」である生物学的な同一性を乗りこえようと試みる同時代の皇民文学に対する、金関丈夫の辛辣な視線を読みとることはできないだろうか。

注

(1) 本章では、ゆまに書房から復刻された林熊生『船中の殺人　龍山寺の曹老人　第一輯・第二輯』(二〇〇一年)をテクストとして使用する。

(2) だが一九二八年の時点でアメリカの探偵作家ヴァン・ダインは、「あまりにもしばしば使用されてきて」、「自尊心のある推理小説作家ならだれしも、今では、使うことをいさぎよしとしない、いくつかの手法」のひとつとして、

「偽の指紋」を挙げている。ヴァン・ダイン「推理小説作法の二十則」『ウインター殺人事件』創元推理文庫、一九六二年、一六五—一六六頁。

(3) ここでは「文化とは、比喩的にいえば、ある歴史的段階の、ある社会のなかに生きる人びとの感情なり認識なり表象なり行動なりを、その人びと自身が意識するにしろ意識しないにしろ、その社会に特有の、ある一定のパターンへと方向づけるイデオロギー的力が多様に交錯する磁場のようなものです」という丹治愛のドラキュラ論を念頭に置いている。丹治愛『ドラキュラの世紀末』東京大学出版会、一九九七年、二二〇頁。

(4) セシル・サカイ(朝比奈弘治訳)『日本の大衆文学』平凡社、一九九七年、一一頁。

(5) 同前、一〇頁。

(6) 栗原幸夫「「大衆化」とプロレタリア大衆文学」池田浩士編『文学史を読みかえる二「大衆」の登場』インパクト出版会、一九九八年、二一二頁。

(7) 池田浩士「行動する想像力——大衆小説の読者」『大衆小説の世界と反世界』所収、現代書館、一九八三年、六五—六六頁。

(8) 前掲注4、一五〇—一五八頁。

(9) 平林初之輔「日本の近代的探偵小説——特に江戸川乱歩氏に就て」『新青年』博文館、一九二五年四月。ここでは『平林初之輔文芸評論全集 下巻』(文泉堂書店、一九七五年、二二〇—二二七頁)より引用した。

(10) 永井良和『尾行者たちの街角』世織書房、二〇〇〇年、五頁。

(11) 内田隆三も「探偵小説という言説が近代社会の大衆の不安に関係しており、またその言説が近代的な大都市の文化感性を表現するという構造上の問題にも起因している」と述べている。『探偵小説の社会学』岩波書店、二〇〇一年、一九頁。

(12) 高山宏「探偵と霊媒——アガサ・クリスティー『死の猟犬』」『殺す・集める・読む——推理小説特殊講義』所収、創元ライブラリ、二〇〇二年、二〇三頁。

(13) 前掲注11、四頁、二二〇頁。

(14) 前掲注7、一〇二頁。

(15) 中島利郎「日本統治期台湾の探偵小説」(林熊生『船中の殺人　龍山寺の曹老人　第一輯・第二輯』ゆまに書房、二〇〇一年)所収。

(16) 中島利郎「日本統治期台湾探偵小説史稿」『台湾探偵小説集』緑蔭書房、二〇〇二年。

(17) 浦谷一弘「植民地統治期〈台湾〉の探偵小説――林熊生『龍山寺の曹老人』」『花園大学国文学論究』第三二号、二〇〇四年一二月。

(18) 呂淳鈺「日治時期台湾偵探敘事的発生與形成――一個通俗文学新文類的考察」政治大学中国文学系碩士論文、二〇〇四年。

(19) 前掲注15、中島(二〇〇二年)、三九七頁。

(20) 前掲注17の一八四―一八六頁などをもとに作成した。

(21) 前掲注15、中島(二〇〇二年)、五頁。

(22) 前掲注16、七二―七五頁。

(23) 呂淳鈺も金関の作品を論じるなかで「台湾で生まれた探偵物語は、主な登場人物として探偵と犯罪者が日本人あるいは外国人という設定から始まり、探偵は日本人・犯罪者は台湾人という組み合わせを経て、最後はどちらもが台湾人になった。(中略)人物の身分は、台湾の探偵物語に対する作家の想像を含んでいる」と指摘している。前掲注17、一〇二頁。

(24) 前掲注1、一七九頁。

(25) 林芙美子「台湾風景――フオルモサ縦断記」『改造』改造社、一九三〇年三月、一四七―一四八頁。

(26) 桃源生「林芙美子の「台湾風景」を駁す――改造三月号」『台湾民報』一九三〇年三月八日、一一頁。

(27) 下層社会に対する統治者の視線に関しては、星名宏修「従一九三〇年代之貧困描写閲読複数的現代性」(陳芳明主編『台湾文学的東亜思考――台湾文学芸術與東亜現代性国際学術研討会論文集』行政院文化建設委員会、二〇〇七年)を参照のこと。

(28) 「台北の享楽境と柳暗花明の巷」田中一二編纂『台北市史』台湾通信社、一九三一年、六二四―六二五頁。

(29) 顔杏如「「島都台北」に生きる――植民地台湾における日本人の外地経験と異文化接触」東京大学大学院総合文

化研究科地域文化専攻修士論文、二〇〇三年、六二頁。

(29) 同前、六七頁。一九三〇年の時点で、龍山寺町の住民のうち「内地人」の割合は、わずか八・六九%にすぎない。台北市全体の内地人は二九・三七%である。この数字からも、龍山寺町が「「本島人」の空間」であったことが確認できる。同前、三〇—三一頁。

(30) 前掲注25、一一頁。

(31) 『台湾の警察』台湾総督府警務局、一九三五年、九二—九三頁。

(32) 小河滋次郎「方面委員制度(一)」。芹沢一也『〈法〉から解放される権力——犯罪、狂気、貧困、そして大正デモクラシー』新曜社、二〇〇一年、一七八頁より再引用。

(33) 大友昌子「台湾窮民の生活と社会事業——台湾における一九二〇年代~一九三〇年代「社会事業」からの一考察」台湾史研究部会編著『台湾の近代と日本』中京大学社会科学研究所、二〇〇三年、一六五頁。
都市化の進展にともなう「〈探偵〉的な認識のかたち」を論じた永井良和は、「大衆文化における探偵ブームの勃興」などとあわせて、「個人や世帯を調べる新しいエージェント」としての方面委員の役割に着目している。前掲注10、二〇八頁。

(34) 渡辺公三『司法的同一性の誕生——市民社会における個体識別と登録』言叢社、二〇〇三年。とりわけ「近代システムへの〈インドからの道〉」を参照。
「指紋という、しばしば意識されないままに本人の身元を無言のうちに告知する細部。この細部に宿される、国家という個体識別と登録、判別の装置のありかたを、その発見と制度化の背景にあった「人種」概念と、人種を解明する科学と位置づけられた人類学の言説、さらに都市化、植民地経営といった西欧社会の歴史的条件に対処するために生み出された法学や行刑学の言説から解明するために、いくつかの知の系譜を描き、そこから何枚かの人々の群像のタブローを構成した」(二二頁)同書は、本章を構想するにあたって最も重要な示唆を与えてくれた。

(35) 同前、一四二頁。

(36) 同前、一三四—一四一頁。

(37) 金英達『日本の指紋制度』社会評論社、一九八七年、二三—二七頁。

(38) 前掲注34、二一―二二頁。
(39) 橋本一径「個を複製すること――一九世紀ヨーロッパにおけるアイデンティティを宿す身体の誕生」『表象文化論研究』第一号、東京大学大学院総合文化研究科超域文化科学専攻表象文化論、二〇〇三年三月、二六頁。
(40) 前掲注34、三四六―三四七頁、三七一頁。日本における指紋制度の変遷については、注38の金英達『日本の指紋制度』を参照。
(41) 前掲注10、一〇八―一〇九頁。
(42) 前掲注37、七四頁。
(43) 「科学捜査に凱歌　変装と偽名で逃げ廻つた犯人　三年目に指紋で逮捕」(一九三八年一〇月七日)、「指紋から足がつき前科八犯の男御用　北署で科学捜査に凱歌」(一九三九年二月一八日)、「科学捜査に凱歌　指紋から忽ち犯人検挙」(一九四〇年一月一八日)など。
(44) 前掲注10、一一三頁。
(45) 前掲注37、三一頁。注39、二〇―二一頁。
(46) 坂野徹「漢化・日本化・文明化――植民地統治下台湾における人類学研究」『帝国日本と人類学者――一八八四―一九五二年』勁草書房、二〇〇五年、二六二頁。
小熊英二も、「当時は形質人類学・文化人類学・民俗学の分化も不完全であり、十分に体系化した学問とは言いがたい状態にあった。一九三八年にできた人類学科は理学部の形質人類学科であり、文化人類学や民俗学が大学に独立した位置を占めるのは戦後のことである。その形質人類学すら、担い手の多くは、金関丈夫やその師である清野謙次のように、医学部の解剖学者や病理学者がいわばサイドワークとして行っていたものであった」と述べている。小熊英二「金関丈夫と『民俗台湾』――民俗調査と優生政策」篠原徹編『近代日本の他者像と自画像』柏書房、二〇〇一年、二九頁。
(47) 金関丈夫「台湾における体質人類学方面の研究概説」『民族学研究』第一八巻一・二号、一九五四年三月。本論では金関丈夫『形質人類誌』(法政大学出版局、一九七八年、九一頁)より引用した。
(48) 金関丈夫「日本人の人種学」岩波講座『生物学　第一〇』一九三一年。同前『形質人類誌』の二三五頁および二七四―二七七頁より引用。

金関の研究に対する坂野徹の次の評価を、筆者も妥当なものだと考える。「台湾に関わりのあった当時の日本人のなかで、金関が台湾人に対する偏見の少ないヒューマニストであったというのは関係者のほぼ一致する評価であり、彼をいわゆる（人種）差別主義者とみなすことは出来ない。だが、それでも金関の教室で進められた大量の生体計測や骨格の採集・計測の背景に、当時の言葉を使えば、「内地人」（日本人）としての金関と、「本島人」（漢族系台湾人）、「高砂族」（原住民）とのあいだに隠然たる権力関係が存在したことは否定できないだろう」。前掲注46、二六二―二六三頁。

(49) T・K「編輯後記」『民俗台湾』第一七号、一九四二年一〇月、四八頁。T・Kとは、金関丈夫のペンネームである。

(50) 金関が海南島の黎族を対象に行った報告書が、海南海軍特務部政務局第一調査室から『海南島漢族及ビ黎族ノ體力比較ニ關スル調査報告書――黎族及其環境調査中間報告第三輯』として一九四二年に刊行されている。報告書の「序言」で、金関は「労力資源トシテ海南島漢族及ビ黎族ノ体力ヲ基礎科学ニ精査シテ比較研究スルコトハ本島■〔不明〕ノ工業問題対策上決シテ忽セニスルコトハ出来ナイ　余ハ昭和十七年四月以降本島黎族ノ人類学的研究ニ従事スルニ当リ特ニ本問題ニ主題ヲ置キタル一研究ヲ行ツテ、斯方面ノ研究ニ対スル一ノ先駆的試験ヲ行ツタ」と述べている。

(51) 一九世紀末に指紋が「発見」された時には、「「信用のおけない」証人たちの言葉を当てにする必要がない」、「科学的捜査法」を可能とする画期的なツールとして採用された。橋本一径「モルグから指紋へ――一九世紀末フランスにおける科学捜査法の誕生」『レゾナンス』第四号、東京大学大学院総合文化研究科フランス語系学生論文集、二〇〇六年九月、二二頁。

(52) 江間常吉「白骨事件」『台湾探偵実話』日本出版配給株式会社台湾支店、一九四三年、四―七〇頁。

(53) 前掲注15、中島（二〇〇二）三九六―三九七頁。金関が警察の捜査に協力していたことは、この論文で知った。

(54) 同前、中島（二〇〇二）三八五頁。

(55) 前掲注52、五九―六〇頁。

(56) 金関は『台湾警察時報』に発表した文章で、「台湾には数種の民族、すなわち日本系台湾人、いわゆる福建系台湾人また広東系台湾人、および高砂系台湾人が現存している。(中略) これらの民族にはそれぞれその民族性に起因する風習があり、その風習よりして、生前或いは死後の人骨に特有の様相を呈する場合がある。だから逆にかかる特殊の様相を呈する人骨から推して、その個体の所属民族を判定することが出来る。またこれが性、年齢、死後の経過、或いは個体ないし階級鑑別の資料たり得る可能性も充分にあるであろう。本篇においてはかかる判定を可能にする如き事例を挙げて、台湾における実地警察官諸氏の参考に資したいと思うのである」と述べている点からも、警察との協力関係は確認できる。しかも金関がここで語っているのは、ほかでもない人骨鑑定の有効性なのである(金関丈夫「台湾における人骨鑑定上の特殊事例」『台湾警察時報』一九四〇年二月。ここでは『形質人類誌』三〇頁より引用した)。

(57) 渡辺公三「帝国と人種」、前掲注34『司法的同一性の誕生』二二六頁。

(58) 酒井直樹「競合する帝国=帝国主義者のコンプレックス」『希望と憲法——日本国憲法の発話主体と応答』以文社、二〇〇八年、一六〇頁。傍点は原文。

(59) 陳紹馨「小説『陳夫人』第二部にあらわれた血の問題」『台湾時報』第二七六号、一九四二年一二月、一一六頁。

(60) 皇民化政策に対する金関丈夫のスタンスについては、「「血液」の政治学——台湾「皇民化期文学」を読む」(『日本東洋文化論集』第七号、琉球大学法文学部、二〇〇一年三月)で論じた。

第三章　司法的同一性と「贋」日本人

――林熊生「指紋」を読む・その二

はじめに

年になんどか台湾へ行く。

日本を離れ、帰国する際に欠かせないのがパスポートだ。日本国旅券の表紙には菊の図柄が描かれているが、これが天皇家の紋章に似せたものであることはよく知られているだろう。表紙をめくると、「日本国民である本旅券の所持人を通路故障なく旅行させ、かつ、同人に必要な保護扶助を与えられるよう、関係の諸官に要請する」という外務大臣名の要請文が印刷されている。外務省のＨＰによれば、「パスポート（旅券）は生命の次に大切なもの[1]」であるらしい。

国境を往来する人びとは、パスポートによって（それを発給しないことも含めて）国家に移動を管理される。パスポートという書類の誕生とその歴史をたどることで、国民国家という思想が制度化される過程の解明を試みたジョン・トーピーは、次のような興味深い指摘を行っている。

近代国家と、近代国家をその構成要素とする国際的な国家システムは、個人や私的な団体から合

法的な「移動手段」を収奪してきた（中略）

この過程の結果、人びとは、特定の空間を移動する自由を奪われ、国家と国家システムの与える移動の許可に依存するようになった。こういった許可権限は、それまでは広く私的な権力に握られていたものである。この過程の重大な一面は、「身元（アイデンティティ）」の所有においても、人びとが国家に依存するようになったことである。[2]

トーピーによれば、国家によるパスポート管理に対して、人びとはしばしば「身元」を偽ること、つまりパスポートの偽造によって対抗してきた。フランス革命の混乱を避け国外に脱出した多くの亡命者は、テルミドールの反動以降ふたたびフランスに戻って来る際に、パスポートの偽造を行った。大量に偽造されたパスポートは値崩れを起こし、「ほとんど誰でも入手できるようになった」という。さらにトーピーは、「詐欺と捏造が、国家によるこの種の書類の義務化に対する、多かれ少なかれ自然な反応であるというのは自明のこと[3]」だとまでいう。

本章は偽造旅券に焦点をあてることで、金関丈夫の「指紋」を別の角度から考察する。論文タイトルの「司法的同一性」については説明が必要だろう。ここでは前章でも参照した渡辺公三の『司法的同一性の誕生——市民社会における個体識別と登録』に倣っている。「あなたは何者か」「あなたは誰なのか」という問いを、渡辺は「同一性」（アイデンティティ）への問いとしたうえで、「犯罪者の確定された、「身元」という意味でのアイデンティティ」として「司法的同一性」を定義する。

「犯罪者が誰であるかを、逃れようのない形で明らかにする。こうした身元確定の技術」の発明が、犯罪者のみならず兵士や植民地の「異人」個々人を識別し登録するシステムに転用されていく。そして「異人」に対して「君たちは一体何者なのか」と問う役割は、人類学者に与えられたという。[4]

前章でも述べたように、この小説に登場する人物は、偽名を使い、偽の旅券を持ち、もぐりの医者から指紋の偽造手術を受けるなど、近代の法が前提とする国民ひとりひとりを識別し登録するシステムをことごとく裏切る存在として設定されている。しかし主人公は、移植した偽物の指紋に名指されることで、身に覚えのない殺人犯としての嫌疑から逃れる術を失ってしまう。指紋の偽造によって警察の捜査網をひとまずはすり抜けたかのように見せながら、金関は思いもしない悲劇へと主人公を突き落とす。その結末には、同時代の皇民文学に対する金関の辛辣な視線を読みとれるのではないか、というのが前章の結論であった。

1　台湾籍民と廈門

まずは「指紋」のあらすじを簡単にふりかえっておこう。

一九三二年、台湾人の犯罪者陳天籟は当局の追及をかわして廈門へと逃亡する。廈門で「有名なギヤング団」に加わるが、一年後には香港に移り金庫破りの技術を身につける。マカオと香港を行き来しながら荒稼ぎをしていた陳天籟は、香港で知り合った台湾籍民の貿易商劉永泰の名前を用いて、八年ぶりに台湾に戻って来た。まもなく金を使い果たした陳天籟は、大稲埕にある昭和信託の金庫から大金を盗み出すものの、犯行現場に指紋を残すという「空前の失敗」を犯したうえ、「彼の前身を知つてゐる」今井刑事に、太平町の人通りで顔を見られてしまう。

金庫に残された指紋から身元が判明することを恐れた陳は、もぐりの医者の周混源に、他人の指紋を移植するよう依頼する。「緑町の仁濟寮」に収容されていた乞食を萬華の料理屋に呼び出し、移植手術が行われた。手術後、乞食はポケットからダイヤの指環を取り出し、それを陳に買ってほしいと要求する。

ある夜、手術を終えた陳天籟のもとに、今井刑事がやって来る。今井は、劉永泰を名乗る人物こそ陳天籟であり、金庫破りの真犯人だと確信しているが、当然ながら彼の指紋は金庫に残されたそれと一致しない。まんまと警察の目を欺いた陳天籟だが、最後に思いがけない結末を迎えることになる。呆然とする今井のもとに、新たな鑑定結果がもたらされる。昨年の寡婦殺しの現場に残された指紋と、「劉永泰」のそれが一致したというのだ。陳が乞食——実はもぐりの医者周混源の兄——から買い取ったダイヤの指輪は、その時の盗難品だったのである。

それにしても、陳天籟はなぜ廈門に逃亡したのか。彼が香港で知り合った台湾籍民の貿易商とはいかなる人物なのだろうか。テクストの内部をどれだけ丹念に探っても、これらの問いに答える糸口は見いだせない。だが日清戦争以後、半世紀におよぶ帝国のネットワークが形成した歴史的な文脈のなかに作品を配置することで、その答えが浮かびあがってくる。

まず台湾籍民と廈門について論じておこう。中村孝志によれば、籍民とは「中国民族で外国の国籍をもち、その所属国領事の保護の下に中国官吏の管轄をうけぬものを指」す。「日清戦争の結果、日本の台湾領有より生じた日本籍をもつ台湾籍民なる新しい型のものが生れて外国籍民の中に加わるようになった」[5]のである。台湾籍民についての定義は明確だが、こうした「新しい型」の人びとが誕生した経緯を、もう少し丁寧におさえておく。

一八九五年四月一七日に日清戦争の講和条約が締結され、五月八日に批准書が交換された。台湾民主国が壊滅した直後の六月一七日、台湾総督府は始政式を挙行する。同年一一月一八日、総督府は「台湾及澎湖列島住民退去條規」を発布。批准書交換時に台湾に在住していた者を「台湾住民」とし、二年後の一八九七年五月七日までに「台湾総督府管轄区域外ニ退去セサル」者は、「日本帝国臣民ト視為」すと宣言した。およそ二八〇万人の台湾住民のうち、この二年間に立ち去ったのはわずかに五四六〇人にとどまったという。不動産だけでなく台湾の生活基盤をすべて犠牲にすることによってのみ、「日本帝国臣民ト視為」されることを回避しえたのである[6]。こうした暴力的な手続きを経て台湾住民の国籍問題は確定したかにみえた[7]。

だが、ここで注意しておきたいことがある。「日本帝国臣民ト視為」すというものの、日本で国籍法が施行されたのは一八九九年四月のことであり、中国の国籍法はさらに一〇年後の一九〇九年三月に「大清国国籍条例」として制定されている。つまり台湾住民の国籍は、日清両国で国籍法が制定される以前に確定されたということである[8]。一八九〇年に施行された「大日本帝国憲法」は、「日本臣民たるの要件は法律の定むる所に依る」とする。その法律すなわち国籍法がつくられたのは九年も後のことだ[9]。

台湾籍民の分布概況

	廈門	福州	汕頭	広東	香港	南洋
1907		340				
1917	2883					
1920	3765					
1926	6832					
1929	6879	1121	450	37	85	
1933	9000		436	70	42	1056
1935	7356	1971	496	147		
1937	10217	1777	605		170	

前掲注5の戴國煇論文，11頁より一部抜粋

国籍法は、同年七月に外国人居留地が廃止されることに伴う「内地雑居」を目前にひかえ、国民と外国人を法的に区別する必要に迫られて制定された[10]。

ともあれ一八九七年五月に台湾住民が日本帝国臣民に組み込まれることで、日本の国籍を持ち、「所属国領事の保護の下に中国官吏の管轄をうけぬ」台湾籍民が、廈門や福州などの対岸地域に出現した。台湾籍民は日中両国の間でさまざまな問題を引き起こすことになるが、その根本的な要因は彼らが享受した治外法権という特権にあった。

一八七一年に締結された日清修好条規では、両国が互いに領事裁判権を保有していたが、日清戦争以後、清国は日本における裁判権を放棄する。この権利を保留しつづけた日本は、一八九九年に「領事館ノ職務」を制定し、在華日本人が被告とされる民事刑事商事案件や日本人の非訴訟案件に関して領事館の裁判権を規定した。また福建省や広東省の領事裁判権は、華南各地の領事の協力を得ながら、台湾総督府の法院が行使することになった[11]。

領事裁判権をはじめとする治外法権の「恩恵」に、新たに帝国臣民となった台湾籍民もあずかることになった。やや年代は下るが一九二〇年代の半ばに、廈門領事の井上庚二郎は以下のような報告を行っている。

蓋シ支那ニ於ケル外国人ノ有スル治外法権ノ恩恵ハ、具サニ支那人ヲシテ外国籍ノ有難味ヲ痛感セシメタルヲ否ム能ハス、彼等ノ親戚タリ隣人タル台湾籍民カ、単ニ領台当時台湾ニ在住シタリテフ偶然ナル事実ニ因リ、身体財産上霄壌ノ差アル帝国政府ノ保護ヲ享受スルコトヲ日常目前ニ看取シ居ル廈門人士カ其誅斂飽クナキ地方政府ノ悪政ヲ呪詛スル半面ニ於テ、何トカシテ台湾籍ヲ獲得セムト企画スルコト、利己主義ヲ以テ終始スル支那人トシテ寧ロ当然ノ帰趨ト謂ハサル可ラス（中略）

抑々領事裁判権ノ個々ノ籍民ニ与フル特恵ハ主トシテ其消極的作用ニ存ス、例之支那側司法権及警察課税等ノ行政権ニ服サヽルコトニ在リ、（イ）支那司法制度ノ善悪ニ付テハ此ニ之ヲ論及セサルモ、廈門ニ於ケル現状ニ付テ之ヲ観レハ籍民カ支那司法権ノ適用圏外ニ置カレタルコトハ彼等ニ取リ絶大ノ幸福ナリト云ハサル可ラス[12]

「誅斂飽クナキ地方政府ノ悪政」を小気味よさそうに語る、帝国政府の官僚らしい筆致である。それはさておき台湾籍民の「特恵」を目の当たりにした「廈門人士」が、「何トカシテ台湾籍ヲ獲得セムト企画」するのは、なんら不思議なことではないだろう。彼らがことさら「利己主義ヲ以テ終始」していたというより、「外国籍」などという概念のためにかくも不公平な事態が引き起こされているとすれば、それなりの対策を「企図」するのは「寧ロ当然」ではないだろうか。

また「領事館ニ於テモ政策的見地ニ基キ之等支那人ノ台籍獲得ヲ容易ナラシメタリト覚シキ節ナクムハ非ス」という指摘があることも見逃せない。「大部分ハ当地方ニ於ケル政治的又ハ経済的有力者ニ属シ」ている「所謂厦門籍民ト称セラルル一種特殊ナル籍民」が、領事館の後押しもあって作り出されたことを領事自身が認めているのである。[13]

中村孝志によれば、一九一〇年の時点で領事館に登録された台湾籍民は、華南一帯で二〇〇〇人余り。領事館への未登録者やその家族を加えれば六〇〇〇から七〇〇〇人を下まわらないが、その大半は領台当時の戸籍の不備に乗じて日本国籍を取得し、台湾人を詐称した仮冒者だという。とりわけ厦門ではその増加ぶりが顕著であった。[14]

日本国籍を保有することで治外法権などの特恵を享受した台湾籍民に対して、当局はどのように対処しようとしたのだろうか。ここで注意が必要なのは、籍民に対する見方が領事館と台湾総督府とでは微妙に異なっていたことである。

第二代台湾総督の桂太郎が、台湾を拠点とした南進論を提唱したことはよく知られている。彼の南進論とは、中国大陸南部への勢力拡大であり、[15]第四代総督の児玉源太郎も対岸経営に強い関心を抱いていた。そのために厦門や福州に在住する帝国臣民たる台湾籍民を効果的に活用することが、総督府にとって重要な課題となった。児玉総督は一八九九年六月に作成した「台湾統治ノ既往及将来ニ関スル覚書」のなかで、日本の勢力を同地域に扶植するために、施行されたばかりの国籍法とは別に「台湾帰化法」を制定し、厦門などの清国人を新たに「台湾籍民」として取り込む必要性も示していた。[16]仮冒者を含め多くの台湾籍民が居住していた厦門は、大陸との交易の中継港であると同時に、華南から東南アジアへと日本の勢力を拡大するための拠点になると総督府は考えていたのである。[17]

しかし、台湾籍民にカウントされている者のなかには、多くの「清国法網ヲ脱スル為」の仮冒者、つまり「贋台湾人」が含まれていることを承知していた廈門などの領事館は、「寸毫モ忠君愛国ノ観念有ニ非」ざる彼らに日本国籍を与えることに対して否定的だった。領事たちの報告からは、南進政策のために仮冒者を含めた台湾籍民を積極的に利用しようとする総督府とは異なる認識が読み取れる[18]。

ただし、総督府と領事館の間で台湾籍民に対して見解の相違があったとはいえ、どちらも日本帝国の統治機構の一部として、南支南洋に日本の勢力を広げていくことに異論があるわけではなかった。実際に廈門領事の井上庚二郎は「領事館ニ於テモ政策的見地ニ基キ之等支那人ノ台籍獲得ヲ容易ナラシメタリ」という報告を行っている。一九三六年に小林躋造が台湾総督に任命され、これまで以上に積極的な南進政策が採用されると、廈門・福州・汕頭・広東・雲南・香港・海口（海南島）などの領事が、総督府の事務官や嘱託を兼任するようになる。そして「この組織的な紐帯が、日本軍の華南、南洋における作戦や資源開発の基盤[19]」になると同時に、籍民管理の責を負うことになったのである。

ここで対岸の領事たちの台湾籍民に対する認識を紹介しておこう。

一九〇八年三月、福州領事館代理領事の佐野一郎は、在留台湾籍民のうち本当の台湾籍民は一―二割にすぎず、過半は台湾とはほとんど関係のない純然たる福州人であるとの報告を行っていた。「無頼の徒、商業失敗者が官憲の手を逃れて台湾に渡り、数日ならずして台湾籍民として旅券を携帯して帰来している例」もあり、「関係筋に若干の賄賂をして、甚だしき場合は自己の写真を送り通信のみで旅券を不当に入手している」と推測している。旅券売買の噂についても「真偽の保証はなし得ないが、一九〇二、三年ごろまでは五円くらいを出せば台湾籍は得られたが、その後一〇円となり、現在では一〇〇円以上出さねば獲得困難と伝えられる[20]」という。

井上庚二郎の「廈門ニ於ケル台湾籍民問題」は、台湾籍民が享受した「特恵」を具体的に語ると同時に、「当市ニ於ケル阿片業者ノ約半分ハ籍民ニシテ之ニ因テ生活スル者ノ総数二千ヲ超エ、実ニ在住籍民ノ四分ノ一ハ阿片ヲ以テ生計ヲ営ミ居ル」という驚くべき実態とあわせて、以下のような報告を行っている。

我台湾籍民ハ(イ)新来者ニシテ且無資力者多キ為永年確立シ居ル普通商業団体ニ喰入リテ彼等ト競争スルノ困難ナル反面ニ於テ(ロ)治外法権ヲ享有シ支那ノ税権裁判権ニ服従セサル有利ナル地位ニ在リ、従テ所謂正業ノ範囲ニ入リ得サル阿片ノ取引ノ蔭ニ隠レテ巧ミニ生計ヲ営ミ漸次相応ノ資力ヲ得来ル者多ク、(中略)治外法権ノ与フル特恵地位ヲ悪用セムトスル支那人ニ対シ籍民ノ名義ヲ貸与シ毎月数十元ノ名義貸料ヲ領収シ所謂座シテ左団扇ノあぶく銭ヲ獲得シ居ル者又鮮カラス[21]

ここで紹介したのは福州と廈門の例だが、台湾籍民に対する領事館の報告は、概して否定的なものが多い。その一方で、「排日運動、日貨のボイコットの鎮静」に台湾籍民が果たした「貢献は極めて顕著」だとする好意的な見方も存在した。『全閩新日報』を主催する宮川次郎は、「是れ啻に廈門のみの発展方策ではなく台湾籍民を先駆とする事は南支発展は勿論全支に対する最も安全且有効の手段である[22]」と、籍民の役割を高く評価している。

南進政策が日本の基本国策として浮上すると、「廈門の経験を学んだ総督府はさらに台湾籍民を利用する思惑を拡大」し、籍民は「日本と華僑の関係を融合するため利用されるようにな[23]」るが、この時期のことに関しては後述する。

2　偽造旅券と同一性

フランス革命の後に、亡命者の間で大量の偽造パスポートが流通したことについては、冒頭で紹介した。「詐欺と捏造が、国家によるこの種の書類の義務化に対する、多かれ少なかれ自然な反応」だとすれば、国家の側からは「所持者と被記載者の同一性を確実なものにすること、つまり媒体の偽造、変造、他者のものの不正使用などを防止すること」が、旅券の「有効性を保証するための必須条件とな[24]」るだろう。むしろ偽造旅券が横行する現実を国家の側も認めざるをえなかったからこそ、より確実に同一性を担保する技術の開発が要請されたのだといえる。

ことの重大性は、人びとの移動を管理する旅券制度をいかに整備するのかという問題にとどまらなかった。渡辺公三が的確に指摘しているように、これは「国家が警官という姿を借りて「人」に呼びかけ、召喚するとき、振り返ったその「人」が正に呼びかけられるべき「主体」であったことを確認するための原本をどのように構成するかという国家の基底に関わる問い」であり、「比喩的にいえば、国家という認識・執行装置における、警察という知覚器官と対をなす、身分登記という記憶と判別の装置の構造の決定という問い[25]」だったのである。だが、技術的な限界のために、「身分証明書に顔写真が添付され刻印が押され、さらには所持者の指紋が押捺されて、同一性の確保がひとつの完成されたかたち[26]」

のことだった。

をとるようになるのは、問題の重要性をいち早く認識していたフランスにおいてさえ二〇世紀に入って

一八六六年、海外渡航の禁止を解いた幕府は、「海外行き許可の認証に関する布告」を公布。「印章」もしくは「印鑑」と称した渡航文書に、申請者の年齢・身丈・眼・鼻・口・面・両腕など身体的な特徴を記入することで、所持人と被記載者の同一性を確保しようとした[27]。

一八七八年に明治政府が制定した「海外旅券規則」は、「旅券ハ日本国民タルヲ証明スルノ具[28]」だと規定する。しかし「日本臣民たるの要件」を定めた国籍法の制定は、海外旅券規則の二一年後(一八九九年)であることを再度確認しておこう。同規則は一九〇〇年に改定され、旅券の申請に際しては戸籍謄本の添付を義務づける新たな偽造防止策を盛りこんだ「外国旅券規則」が施行されることになった。

旅券に申請者の写真が添付されるようになるのは、一九一七年の規則改正による。これは「第一次大戦勃発後、旅行者、滞在者の身分証明の必要が生じたためであり(中略)国際的な風潮[29]」に同調したものであった。

一九一七年には旅券に関してもうひとつ重要な出来事があった。この年の九月に中国政府が通牒を発し、中国へ渡航する者は写真を添付し同国領事の査証を受けた旅券を携帯するよう求めたのである。日清戦争の後に締結された「日清通商航海条約」は、日本と清国の往来には一定の条件のもとで旅券の携帯を免除していた[30]。本来、旅券規則には携帯免除の規定はないのだが、中国への渡航者の多さに発券事務が追いつかなかったためだという。一七年の中国政府の通牒については、交渉の結果、日中間の渡航

者は従来通り相互に旅券を免除することで決着した。[31] しかしこの措置は、台湾籍民の身元確認において、以下に見るような問題を引き起こすことになる。

台湾で最初につくられた旅券法は、一八七八年の「海外旅券規則」を基礎とした「外国行旅行券規則」である。一八九七年一月に府令第二号として制定された同規則は、「台湾ヨリ直ニ外国ニ渡航セントスル帝国臣民」は、旅行券の発行を「所轄県庁若ハ島庁へ願出」るよう定めていた。

「台湾及澎湖列島住民退去條規」で定義された台湾住民のほとんどは、廈門など対岸地域から渡ってきた者たちの後裔である。日清戦争によって両地の間に国境線が引かれるまで、彼らは台湾海峡を自由に行き来していた。領台当初、台湾住民に対する不信感のため、総督府は旅券を義務化することで対岸との往来を規制しようとした。下関条約の批准書交換から二年が経過しようとする時点でも、「来五月八日以後台湾住民ニシテ帝国臣民トナリタル者」に対して、「本年府令第二号外国行旅券規則ニ準拠シ旅券ヲ下付シヘキ義ニ有之候得共当分ノ内制限ヲ加へ候コト」[32]が必要だと考えていた。

総督府は、台湾住民の移動だけでなく中国人の台湾上陸も極力抑制しようとし、一八九五年一一月には、申請者の姓名・郷貫・渡航目的などを記入した清国官庁発行の証明書の携帯を義務づけた「清国人台湾上陸条例」を制定した。これは「当分ノ内、清国人労働者及ビ一定ノ職業ナキモノノ上陸」を禁止するものであった。しかし台湾北部の製茶業にとって対岸から定期的にやってくる製茶技術者は不可欠の存在であり、台湾茶の貿易を行っていたイギリス商社や同政府の抗議を受けた総督府は、一八九八年一〇月に本人確認のために写真の添付を求めた「清国茶工券規則」を新たに制定する。[33]「清国茶工券」は旅券ではないが、日本内地の旅券に写真が添付されるようになったのが一九一七年であることを考えると、国境を越える人びとの移動に対して、植民地当局がいかに神経質になっていたのかが分かるだろう。

「その旅行者が何者であるかという「同一性の証明」は、その本人と、その媒体に記載された者とが一致するという「同一性の証明」によって保証されなければならないという、微妙でしかも決定的な問題[34]」を解決するために、被植民者を主な対象者として設計された台湾の旅券制度は、当初から本国のそれとは異なった展開をみせることになったのである。

台湾最初の旅券法は一八九七年一月に制定されたが、同年五月五日、つまり台湾住民が「日本帝国臣民」に組み込まれる直前に、外務次官は「台民ノ海外ニ渡航スル者ニ対シ台地ニ於テ旅券発行ノ際必ス写真二葉ヲ取ラシメ一葉ハ管轄庁ニ保存シ一葉ハ其居留地ノ領事館ヘ提出セシメ[35]」るよう通牒を発している。何度も繰り返すが、内地で発行される旅券に写真が添付されるようになるのは二〇年後の一九一七年のことだ。

こうした通牒が発せられる背景には、「台湾人民ニシテ本年五月八日以後帝国ノ国籍ニ編入セシ者ニシテ我政府ノ旅券ヲ携帯シ同島ヨリ当廈門港ヘ渡航シ又ハ居留スル者等取締リ方ニ関シ向後通商貿易ノ収利ヲ取得セント希望スル者続々相生シ候事明瞭ナル義ニ候右等多数ノ中ニハ一時ノ便宜上清国臣民ト結託シ名ヲ台民ニ籍リ自己ノ便利ヲ計ル者モ可有之[36]」という認識があった。「帝国ノ国籍ニ編入」された台湾籍民の特恵ゆえに、「名ヲ台民ニ籍リ自己ノ便利ヲ計ル者」が出現することは、早くから想定されていたのである。

外務次官の通牒に対して、「土人は慣習として写真は最も嫌疑する処」という台北県知事の反対意見もあり、同年六月二五日に総督府民政局長は「本島人ニ下付スル旅券ニ人相書ヲ添付スル件」を通達。「島住民清国及其他ノ外国へ渡航ノ為メ旅券発給願出候節自今別紙雛形ニヨリ人相書ヲ旅券ニ添附シ其一部ハ貴庁旅券交付原簿ニ御添附[37]」するよう求めた。同じ一八九七年一〇月に定められた府令第五五号も、「本島人ニシテ外国へ渡航セントスル者ハ外国行旅券下附出願ノ際本人ノ写真一葉ヲ添付スヘシ但シ地方ノ情況ニ依リ写真ヲ添付シ難キ場合ハ此手続ヲ省略セシムルコトヲ得」と規定している。写真の添付を原則としながらも、「地方ノ情況」によっては人相書で代替することを総督府は容認せざるをえなかったのである[38]。

本人確認のために人相書を旅券に添付するのは、一八六六年の「海外行き許可の認証に関する布告」以来の措置であるが、これが「同一性の証明」にどれだけ効果があったのかは疑問である。実際に、人相書を添付した旅券を所持した台湾人の受け入れを迫られた対岸の領事からは、批判的な意見があいついで提出されるようになる[39]。

ここでは厦門の一等領事である上野専一が、一八九七年九月二二日に外務次官に宛てた報告書を紹介しよう。

台湾土着民ノ海外へ渡航候者ニ下付相成候旅券ニハ其所持人ノ人相書ヲ添付相成候定ニ有之候右等旅券中発給ノ官庁ニ依リ其様式ヲ異ニシ中ニハ蒟蒻板摺ノ一小紙片ヲ綴付シタルノミニシテ別ニ官庁ノ印章又ハ割印モ無之候為メ果シテ旅券下付ノ際当該官庁ニ於テ綴付シタルモノナルヤ否少シモ判明致サス殊ニ旅券所持人ト旅券附属人相書トノ相符合セサル者数有之恰モ旅券ヲ貸借シタルヤ

ノ疑有之旁以テ取締上頗ル不都合有之候(40)

同年一〇月一一日、上野は再び次のような報告を提出した。

台湾総督府ヨリ台民ニ対シ海外旅券発給ノ件ニ関シテハ曩ニ公第一四〇号ヲ以テ申進置候処其後旅券ニ関スル弊害ハ益甚シク自已ノ一度使用シ了リタルモノヲ返納セスシテ之ヲ他人ニ譲与シ或ハ当国ヨリ書翰ヲ以テ台湾ニアル知友ニ依頼シ台民ノ名義ヲ以テ旅券下付ヲ出願シ之ヲ郵送セシメ或ハ又旅券ノ下付ヲ得テ之ヲ売買スル等ノ事実モ有之候趣探知致居候次第ニテ国籍仮冒者頗ル多ク今日ノ状況ニテハ到底単ニ旅券ヲ以テ帝国臣民ノ証左トシテ之ヲ保護スル能ハサル事情相生シ旁以テ取締上不都合ニ付台湾総督ニ於テ旅券下付ノ際其身分住所目的等精査ノ上尚一層ノ厳密ヲ加ヘ候様致度候且人相書ノ如キモ今日ノ所到底本人ナリヤ否弁別スルノ科ニ供スルニ足ラサル状況ニ付是又旅券下付ノ時ニ於テ大ニ精査ヲ加ヘ仮冒ノ弊ヲ生セシメサル様致度候(41)

国籍を偽ろうとする者が、台湾発行の旅券を不正に入手する手段はいくつもあったようだ。しかも旅券に添付された人相書が「蕞蒻板摺ノ一小紙片ヲ綴付シタルノミ」で、「官庁ノ印章又ハ割印モ無之」ありさまだったのである。「旅券所持人ト旅券附属人相書トノ相符合セサル」場合、旅券の真偽をどうやって判別すればよいのだろうか。注26で紹介したフランスの《身分証明のための身体計測カード》には、本人の写真とあわせて指紋の添付まで求められていたことを考えると、総督府発行の旅券には「所持人と被記載者の同一性を確実なものにする」旅券としての「必須条件」（渡辺公三）すら欠けていたことが分かるだろう。

「旅券ハ日本国民タルヲ証明スルノ具」だという一八七八年の「海外旅券規則」の論理からすれば、総督府発行の旅券を所持している者は、当然ながら日本帝国臣民でなければならない。しかし、「旅券下付ノ時ニ於テ大ニ精査ヲ加へ」るよう総督府に要請しても、台湾における戸籍の整備が不十分である以上、仮冒者の根絶は困難だった。[42] それゆえに上野専一は、「国籍仮冒者頗ル多ク今日ノ状況ニテハ到底単ニ旅券ヲ以テ帝国臣民ノ証左トシテ之ヲ保護スル能ハサル」[43]と言明せざるをえなかったのである。

台湾の対岸に位置する廈門は抗日運動の策源地であり、総督府の監視を逃れてくる台湾人も多かった。さらに台湾から逃亡した犯罪者が潜入する拠点でもあった。彼らのなかには日本内地を経由することで合法的に旅券を持たずに廈門にやって来る者もいれば、偽造旅券を使用する者も、さらには密航という手段を使う者もいた。[44] 小説「指紋」の主人公が逃亡先として廈門を選んだのは、こうした歴史的な背景があったのである。廈門にやって来た台湾籍民のなかには「台匪」と呼ばれ、現地の中国人に嫌われるやくざ者も少なくなかったという。[45]

比較的容易に旅券を発給された内地人も、領事たちにとっては悩みの種だった。一九〇〇年七月に発せられた民政長官の通達によれば、「従来海外旅券発給ノ際身元取締方ハ一般内地人ニ対シテハ稍寛ナルノ傾相見候処近来本島ヨリ無頼ノ内地人廈門ニ渡航スル者往々有之彼等ハ無資無産一定ノ目的ナク或ハ土人ノ木賃宿ニ投宿シテ無銭飲食ヲ為シ或ハ短褐弊衣外国人居留地ヲ横行スル等不体裁ノ振舞少カラス国交上面白カラサル[46]」事態を招いていた。

「無頼ノ内地人」にせよ、正真正銘の台湾籍民にせよ、さらには台湾籍を詐称する中国人の仮冒者にせよ、日本の国籍を保有することで特恵を享受できたという点では変わりがない。しかも「領事館では台湾総督府の発給した旅券をもって国籍を証明する唯一の証憑とし居留民名簿に登録し、爾後日本国民として保護し[47]」ていた以上、偽造旅券の横行は「多かれ少なかれ自然な反応」（ジョン・トーピー）であった。しかし動機はなんであれ、旅券の偽造とは、国家の「記憶と判別の装置」（渡辺公三）に対する挑戦であり、国家が独占的に管理する「身元」を攪乱する行為と見なされたのである。

総督府発給の旅券を所持する台湾籍民の多くが国籍仮冒者であるという事態を解決するために、一九一〇年一一月、外務省は「我国籍ヲ有セシメ差支ナシ」かどうかを基準として籍民を整理する案を策定する。対岸各地の領事館もこれに賛同し、新たな籍民名簿が作成された。これによって廈門では二五五人が籍民としての登録を抹消されたという[48]。

3　南進と「贋者」の日本人――「指紋」ふたたび

日中全面戦争が迫りつつあった一九三五年、福州駐在武官が軍令部や海軍省に宛てた「台湾籍民問題」と題するレポートは、「廈門福州ニ於ケル台湾籍民ノ多数ハ従来治外法権ヲ利用シ、公然賭博業・阿片業等支那側禁止ノ商売ヲ営ミ、殊ニ廈門ニ於テハ多数ノ無頼漢ヲ糾合シ（中略）有ユル暴力ヲナシテ市民ノ怨府タルノミナラズ、官憲ニトリテモ制圧シ難キ一大勢力トシテ持テ餘シ居レリ[49]」という現状を伝えていた。

険悪化する日中間の対立を緩和するために、廈門領事館もこうした状態を放置しておくわけにはいかなかった。塚本毅領事は、賭博業者に同年五月末までに自発的に廃業するよう勧告を出し、取締りを開始する。「在住籍民ノ四分ノ一ハ阿片ヲ以テ生計ヲ営ミ居ル」と井上庚二郎に指弾されていた阿片業者に対しては、三六年七月に作成した「台湾籍民煙館取締要綱」によって、アヘン窟の禁制方針を打ち出していた。しかし近藤正己によれば、こうした処置は中国側と友好関係を保つための「取締りのポーズ」に過ぎず、徹底的な取締りが実行されたわけではなかったという[50]。

中国では抗日意識の高まりとともに台湾籍民への反感も強まっていた。盧溝橋事件の直前に廈門においては「「清籍運動」がおこり、それまで中国の各機関で中国市民同様に職員として採用されていた台湾籍民も免職」に追いやられるまでに事態は悪化する。日中戦争勃発後、各地で日本人居留民や台湾籍民の引き揚げが始まり、八月一七日には廈門でも引揚げ勧告が出された。台湾へ戻る籍民もいたが、これを機に香港に逃れた者も多かったという。「約一万人ほどの台湾籍民のうち、七・七後も台湾へ帰ることを願わなかった人も大勢いた[51]」。戦争が拡大し上海や南京・武漢が陥落すると、イギリス統治下の香港が政治的・軍事的に重要な都市として浮上する。台湾籍民の動向と中国側の対日政策を内偵するために、総督府警務局は香港での調査活動を強化していった[52]。

ところで「指紋」の主人公も、台湾を脱出した後に廈門を経て香港に向かったことを思い出そう。廈門の「有名なギャング団」に加わった陳天籟は、「女の出入り」から親分に追われて香港に逃れたのである。とりたてて意味のないエピソードにも見えるが、これが一九三〇年代中頃の出来事であることに注目したい。陳天籟の逃避行は日中戦争が始まる前のことだが、その足取りは戦争に翻弄された多くの台湾籍民の軌跡と図らずも重なり合っているのである。

七六頁の「台湾籍民の分布概況」表でも明らかなように、香港在住の台湾籍民は一九三七年に急増する。小説のなかで陳天籟が香港で知り合った貿易商の劉永泰も台湾籍民とされているが、彼も「台湾へ帰ることを願わなかった」廈門からの逃避組なのかもしれないし、そもそも台湾籍民を詐称する仮冒者であった可能性も否定できない。もしも後者だとすれば、劉永泰が所持している旅券は当然ながら贋物である。劉永泰が本当に台湾籍民だとしても、陳天籟が彼の名前を騙って台湾に戻ってくるためには、旅券を偽造しなければならない。いずれにせよ陳天籟は、指紋の移植によって司法的同一性の裏をかく以前に、偽造旅券の行使によって、すでに「身元」の攪乱者だったのである。

一九三六年八月七日の五相会議が決定した「国策ノ基準」は、南方問題を国策としたことで重大な意味を持つ。翌月二日、第一七代台湾総督に就任した小林躋造は、「皇民化・工業化・南進基地化」を三大政策として打ち出していく。日本政府と台湾総督府の双方が「南進」を重要政策に位置づけるのは、日中戦争を目前にしたこの時期に始まる。

総督府官房調査課（三五年に外事課、三八年には外事部に昇格）の調査活動を分析した後藤乾一は、一九三五年前後を転換点として出版物の内容や書名に著しい変化があると指摘する。南進を強調した刊行物が増加すると同時に、台湾を南進の拠点として前面に押し出す視点が強まっていく。一九四〇年に「大東亜共栄圏」というスローガンが提唱されると、総督府の出版物も従来の「南洋」・「南方」から

「南方共栄圏」を書名に冠したものが続出するようになる。[53]

南進政策の担い手として総督府が着目したのが、籍民を含む台湾人と華僑であった。この点に関しては、大東亜戦争勃発後の『台湾経済年報』第二輯に掲載された大田修吉の論文「台湾籍民の南洋に於ける活動状況」が興味深い議論を行っている。大田によれば、南洋華僑と台湾籍民とは同じ「種族」であり、「現代の台湾籍民の血液の中に奔流するものは、依然として華僑的性格であ」るために、「現在の台湾籍民が、南洋に対して強い執着を有し関心を怠らないのは、領台四十余年帝国の統治の下にあつても、微動だもしない」。そして「台湾籍民と称するは無頼漢を意味した時代もあつた」が、皇民化運動の結果、今日では「当時の籍民とは其の性格を一変し」、「籍民の日本人的性格」が完成されつつあるという大田は、籍民の「南洋に於ける活動状況」を次のように評価する。

今次支那事変或は大東亜戦争に際し、軍通弁として従軍し、良く其の職責を完うし、軍夫として従軍しては、其の固有の語学の力を以つて作戦上幾多の便宜を供与したる等、功績として没却し得ざる所であると謂へるであらう。これは台湾籍民に国語の普及せる結果であつて、若し台湾に国語普及が今日の如く徹底せるものでなかつたら、反対に幾多の困難を来したであらうことも想像出来るのである。[54]

南方共栄圏の建設にあたって華僑と台湾人が果たす重要性については、「指紋」の作者である金関丈夫も注目すべき発言を行っている。「T・K・I」という署名で執筆された『民俗台湾』第二巻第一号の「編集後記」がそれである。

東南アジアの広大なる新地域が、我が国の勢力下に置かれる時期は目近に迫つてゐるものと考へなければならない。云ふまでもなく、この新地域に於ける社会、経済の中核を為すものは南支出身の華僑であり、華僑との接触提携が不可避の運命としてわれわれの上に課せられやうとしてゐる。この提携を円滑緊密になす為めには、華僑を識ることが必要であり、華僑を識る為めには台湾本島人を識ることが最も手近な途である。（中略）台湾民俗の調査理解は、この点に於いて刻下の急務である。[55]

一九四一年五月の『民俗台湾』の創刊「趣意書」のなかで、金関丈夫は皇民化政策によって「台湾旧慣」が「湮滅」することは「致し方のないこと」だが、「記載及び研究の能力のある文明国民には、有らゆる現象を記録し、研究すべき義務がある」と述べていた。それは没歴史的な「義務」ではなく、「現在わが国民が南方に国力を伸展しようと言ふに当つては、その舞台の南支たると南洋たるとを問はず、最も提携の機会と必要性の多いものは支那民族である。彼等を理解し、悉知する上に、台湾本島人を予め知ると言ふことは最も必要であり、（中略）且つ、単に現下の情勢のみを考へても、甚だ急務」だというのである。

前章で論じたように、この時期の金関は『民俗台湾』の中心メンバーとして、華僑理解に不可欠の「台湾旧慣」の記録に従事すると同時に、台北帝国大学に籍を置く人類学者として、植民地や占領地における「異人」集団の同一性と差異を解明する調査に深く関与していた。

金関の従事した人類学研究とは、身体のさまざまな部位（骨格・頭型・毛髪・指紋など）を計測することで人種や民族の同一性と差異を確定しようとする学問であり、小説のタイトル「指紋」とも密接に関連する「掌指部理紋及び指紋」も重要な調査項目だった。こうした研究を、金関は「異民族統治に必要な基礎科学」だと自負していたが、それは「台湾旧慣」への向き合い方にも共通していたのである。

戦時期日本の人類学研究について、坂野徹が重要な指摘を行っている。「当時、人類学に求められていたのは、人間を文字通り資源として捉えた上で、戦時体制のなかに合理的かつ科学的に配置することと」であり、「日本の資源圏と位置づけられた大東亜共栄圏各地の民族を労働力として動員するシステム構築」だったという坂野は、他方で「在野の知にとどまった民俗学は最後まで国策の中核に関与することはなかったが、民俗学者は、いわば下から大東亜共栄圏を支える人的資源である国民のモノと心を動員しようと試みていた[56]」という。

渡辺公三によると「君たちは一体何者なのか」と植民地の「異人」に問うことが、人類学者の任務だった。だが実際は、「異人」からの回答を待つ前に、「君たちは○○である」という分類結果をあてがうことが帝国日本の人類学者の仕事であった。金関丈夫の知的営為も、共栄圏を構成する諸民族の身体的特徴を正確に計測することで彼らの同一性と差異を確定し、そのうえで「君たち」それぞれの「労力資源」としての有用性を明らかにすることに向けられたのである[57]。

本論の最後にもう一度「指紋」に立ち戻ってみよう。偽名や偽造旅券を使用し、他人の指紋を移植した陳天籟は、「君は一体何者なのか」という司法的同一性を攪乱する存在であった。小説の結末で、攪乱したはずの同一性の網にからめとられた主人公は、覚えのない殺人事件の被疑者にされてしまう。これは同一性のシステムを乱す者への懲罰にほかならない。

一九世紀の後半にイギリス植民地で「発見」され、国家による個体識別と登録のシステムを構築するにあたって決定的な役割を果たした指紋をタイトルとするこの小説は、司法的同一性をめぐる闘争を描いている。システムに挑戦した主人公は、その行為によって返り討ちにあい、制裁を受ける。人類学者の金関丈夫は、小説という虚構の世界においても同一性の攪乱者を許そうとしなかったのである。

共栄圏の「異人」に向けられた（かにみえる）「君たちは一体何者なのか」という問いは、人類学者によってすでに回答が用意されていた。しかし植民地に住む台湾人に、君たちは「日本帝国臣民」であり、それゆえに皇民化が必要なのだと答えたのは、人類学者ではなく植民地統治者であった。

しかし考えてみれば、大日本帝国の同一性を攪乱しようとした陳天籟や廈門の国籍仮冒者（＝贋台湾人）だけでなく、植民地の台湾人はすべて日本人の「贋者」だったのである。一方的に「日本帝国臣民」に組み込まれながら、いつまでも本物とは認められない「なり損ないの日本人[58]」たち。もしも彼らが「贋者」でなければ、どうして周金波や陳火泉は「本物」の日本人になるための方法を求め、血のにじむような皇民文学を執筆する必要があっただろうか。

だが「本物」の日本人といっても、「日本臣民たるの要件」を定めた国籍法が、無限に遡及可能な「日本人＝父」を前提として作動したことを忘れるわけにはいかない。それがフィクションである以上、今に至るまで生産され続けているのは、「贋者」の日本臣民なのではないだろうか。「自分が何者であるか（国籍、氏名、年齢など）を具体的に証明できるほぼ唯一の手段」であり、「生命の次に大切なもの」

として外務省によってあてがわれているのが、天皇家の紋章に似せた菊の図柄付きの旅券であることが、そのことを雄弁に物語っている。

注

（1）http://www.mofa.go.jp/mofaj/toko/passport/pass_1.html 二〇一五年九月一九日確認

（2）ジョン・トーピー（藤川隆男監訳）『パスポートの発明――監視・シティズンシップ・国家』法政大学出版局、二〇〇八年、七―八頁。

（3）同前、七九頁。

（4）渡辺公三『司法的同一性の誕生――市民社会における個体識別と登録』言叢社、二〇〇三年、の「まえがき」、「序章」、二八一―二八二頁などを参照。

（5）中村孝志「「台湾籍民」をめぐる諸問題」『東南アジア研究』第一八巻三号、京都大学東南アジア研究所、一九八〇年一二月、六六―六七頁。

また廈門駐在領事の井上庚二郎は、「所謂籍民ナル者ハ、明治二十八年当時台湾ニ在住シ馬関条約ノ規定ニ依リ総括的ニ帝国々籍ヲ取得シタル者及ヒ其子孫ナルコトハ勿論ナルモ、此以外ニ於テ（イ）帰化及ヒ（ロ）台籍編入ノ手続ニ依リ帝国臣民ト成リタル者アリ」と述べている。井上庚二郎『廈門ニ於ケル台湾籍民問題』一九二六年九月。ここでは、戴國煇「資料紹介『廈門ニ於ケル台湾籍民問題』」（台湾近現代史研究会編『台湾近現代史研究』第三号、龍渓書舎、一九八一年一月）によった。

（6）栗原純「台湾籍民と国籍問題」『台湾省文献史料整理学術研討会論文集』台湾省文献委員会、二〇〇〇年、四五三頁。

（7）前掲注5、中村論文、六九頁。

（8）安井三吉『帝国日本と華僑――日本・台湾・朝鮮』青木書店、二〇〇五年、七二頁。

（9）国籍法の第一条は、「子ハ出生ノ時其父カ日本人ナルトキハ之ヲ日本人トス」とあるように、ある「子」を日本人とする法的根拠は、その「父カ日本人」であることに依拠している。もちろんその「父カ日本人」であることも、「父」の「父」が日本人であることに由来する。つまり無限に遡及可能な「日本人」たる「父」の存在を想像することによって、この国籍法は起動しているのである。

(10) 前掲注6、四五七頁。なお帝国議会や特別委員会の審議録には、台湾住民との関係についてはまったく触れられていないという。

(11) 曹大臣（川島真訳）「台湾総督府の外事政策——領事関係を中心とした歴史的検討」松浦正孝編『昭和・アジア主義の実像』ミネルヴァ書房、二〇〇七年、二四五—二四八頁。

(12) 前掲注5、戴國煇論文、一一二—一一三頁、および井上報告、一三〇—一四〇頁。傍線は引用者。以下の傍線も同様。

(13) 井手季和太は、「支那土着民中で、専ら日本国民たる資格を利用し、特権を目的として国籍を獲得するもの」が、「所謂廈門籍民又は福州籍民と呼ばれてゐる」といい、「其の中には金銭を以て勢力家に運動し、或は台湾に於て土地を購入する等工夫をして入籍した」と指摘している。井手季和太『台湾治績志』台湾日日新報社、一九三七年、二四頁。

(14) 前掲注5、中村論文、六七頁。

(15) 最終的には大東亜共栄圏構想に組み込まれた昭和期南進論が指す「南洋」とは、「桂太郎が構想した南清地帯の外延としての東南アジア地域であった」。清水元「アジア主義と南進」大江志乃夫ほか編『近代日本と植民地　四』岩波書店、一九九三年、一〇九頁。

(16) 前掲注6、四六四頁。

(17) 鐘淑敏「拡散する帝国ネットワーク——廈門における台湾籍民の活動」石田憲編『膨張する帝国　拡散する帝国——第二次大戦に向かう日英とアジア』東京大学出版会、二〇〇七年、一一二頁。

(18) 前掲注6、四六六頁。

(19) 前掲注11、二四三—二四六頁。

(20) 前掲注5、中村論文、七一頁。

(21) 前掲注5、井上報告、一三四頁。

(22) 前掲注17、一四九頁。

(23) 同前、一五三頁。

(24) 前掲注4、三三五—三三六頁。

(25) 同前、三四〇—三四一頁。

(26) 同前、四五〇頁。一九一二年七月、移動する商人に《身分証明のための身体計測カード》の携帯を義務づけた法律が制定された。そのカードには、姓名・生地・生年月日・親子関係・身体特徴が記載され、指紋と本人の写真が付されていたという。

(27) 「国際人流」編集局「日本国旅券の変遷・小史——外務省領事移住部旅券課発行の「日本国旅券の歩み」から」『国際人流』第一一巻五号、財団法人入管協会、一九九八年五月、九—一〇頁。

(28) 春田哲吉は「パスポートはもともと国籍を証明するためのものではなく、むしろ国外旅行の許可書といった性格をつよく持ったものであったが、今日の国際社会ではそれが変化して所持人の国籍を対外的に証明することがパスポートの第一義となっている。もっとも、その国籍の「証明」はいわゆる「認識の表示」にすぎず、反証によってくつがえされ得る一応の証拠(prima facie evidence)を与えるものであるが、国籍についての「終結的証拠」(final, conclusive evidence)となるものではない。ましてや、パスポートを付与することは、その者に国籍を付与することを意味するものではないとされている」と述べている。春田哲吉『パスポートとビザの知識〔新版〕』有斐閣、一九九四年、一五頁。

(29) 柳下宙子「研究ノート 戦前期の旅券の変遷」『外交史料館報』第一二号、外務省外交史料館、一九九八年六月、四〇—四一頁。

(30) 一八九六年一〇月に批准書が交換された同条約は、第六条において「日本国臣民ハ自国領事ヨリ下附シ地方官ノ副書シタル旅券ヲ携帯スルトキハ游歴又ハ商用ノ為メ清国内地ノ各部ニ旅行スルコトヲ得(中略)日本国臣民旅券ヲ携帯セスシテ内地ニ旅行シタルトキハ三百両ヲ超過セサル罰金ニ処スヘシ尤モ日本国臣民ハ各開港地ヨリ一百清里以内ニハ五日間ヲ限トシ旅券ヲ携帯セスシテ游歴スルコトヲ得」とある。外務省編纂『日本外交年表並主要文書

（上）』原書房、一九六五年、一七七―一七八頁。

（31）前掲注29、四一頁。

（32）「旅券下附心得方（一八九七年四月二一日、民政局長通達民総第六〇四号）」『台湾総督府外国旅行券規則及関係公文集』台湾総督府民生部総務局外事課、一九〇二年、三二頁。なお一八九七年当時、「新臣民」と称されていた台湾人は、商売の名目で出国する者が多かったという。台湾北部の旅券申請者の主な目的地は廈門・福州であり、中南部の者は廈門が目的地の中心だった。川島真（鍾淑敏訳）「日本外務省外交史料館館蔵台湾人出国護照相関資料之介紹（一八九七―一九三四）」『台湾史研究』中央研究院台湾史研究所籌備処、一九九七年一二月、一三四頁。

（33）栗原純「『台湾総督府公文類纂』にみる台湾籍民と旅券問題」『東京女子大学比較文化研究所紀要』第六三巻、二〇〇二年一月、二〇―二一頁。

（34）前掲注4、三三四頁。

（35）「本島人及清国人取扱の状況」台湾総督府警務局編『台湾総督府警察沿革誌第二編　領台以後の治安状況（上巻）』一九三八年、六七二頁。

（36）同前。

（37）「本島人ニ下付スル旅券ニ人相書ヲ添付スル件（一八九七年六月二五日民政局長通達民総第九一六号ノ二）」、前掲注32、『台湾総督府外国旅行券規則及関係公文集』二八頁。

（38）前掲注35。

（39）台湾人は中国到着後に領事館に住所を申告するだけでなく、同地を離れるまで旅券を預けなければならなかった。前掲注32、川島真論文、一三七頁。

（40）「本島人旅券下付出願手続発布ニ付取扱方（別紙）「公第一四〇号」」、前掲注32、『台湾総督府外国旅行券規則及関係公文集』二七頁。

（41）「本嶋人旅券下付取締ノ件（別紙）「公第一四八号」」、前掲注32、『台湾総督府外国旅行券規則及関係公文集』四七頁。

(42)「当時日本の台湾統治はいわゆる抗日土匪の掃討に追われ戸籍を整備する遑なく、この機に乗じて中国人中には奸策を弄して台湾人の姓名、生年月日を詐称し、あるいは台湾に居住する親戚故旧に依頼し旅券の下付を出願、当時の街長、保甲その他当事者に多少の賄賂を贈り入籍洩れの扱いをしてもらい、また官憲中には内々その事情を知りながら金員によって旅券を交付した例が少なからずあったと伝えられた」。同注五、中村論文、六九―七〇頁。

(43)「廈門・福州など籍民が多数渡清する領事館においては、いずれも渡清時に当該領事館への届出を制度化しており、滞留籍民を把握するために旅券がその唯一の手段であ」ったことも、領事館の苛立ちを助長させることになったと思われる。前掲注33、三四頁。

なお一九〇七年七月の「外国旅券規則」改訂によって、「戸口調査簿の抄本」が義務づけられただけでなく、本島人は写真二枚の提出が求められた。梁華璜「日據時代台民赴華之旅券制度」『台湾総督府的「対岸」政策研究』稲郷出版社、二〇〇一年、一三八―一三九頁。

(44)廈門領事の井上庚二郎も、「密航者ハ、台湾ニ於ケル旅券発給手続ノ厳密ナル為正規ノ方法ヲ以テシテハ来廈容易ナラサルニ因リ、或ハ汽船出航間際ノ混雑ニ紛レテ乗船シ又ハ戎克漁船等ニ便乗シテ渡来スル」と言及している。前掲注5、井上報告、一三〇頁。

(45)前掲注5、中村論文、七九―八〇頁。

なお同じく注5の戴國煇論文によれば、廈門では一九二〇年代の初めから、台湾のならず者のことを「台湾呆狗(台湾の狂った阿呆犬、犬は手先に通ずる)」と蔑んでおり、「日籍浪人」という呼称もあったという。一〇六―一〇七頁。

(46)「内地人ニ旅券発給方取締ノ件」(一九〇〇年七月二八日民政長官通達民外第九七号)、前掲注32、『台湾総督府外国旅行券規則及関係公文集』五八頁。

(47)前掲注5、中村論文、七四頁。

(48)前掲注33、三八―三九頁。

(49)ここでは近藤正己『総力戦と台湾――日本植民地崩壊の研究』刀水書房、一九九六年、九〇頁より再引用した。

(50)同前、九一―九二頁。

(51) 同前、四四九―四五〇頁。

(52) 同前、五〇三頁。

(53) 後藤乾一「台湾と南洋――「南進」問題との関連で」『近代日本と東南アジア――南進の「衝撃」と「遺産」』岩波書店、一九九五年、九二頁。

(54) 大田修吉「台湾籍民の南洋に於ける活動状況」『台湾経済年報』第二輯、国際日本協会、一九四二年、六七五頁。

(55) T・K・I「編集後記」『民俗台湾』一九四二年一月、五六頁。なお「T・K・I」という署名は、金関と池田敏雄のものである。

(56) 坂野徹「大東亜共栄圏と人類学者」『帝国日本と人類学者――一八八四―一九五二年』勁草書房、二〇〇五年、四五四頁。

(57) 前章の注50でも紹介したように、金関は海南島の黎族を対象に行った報告書のなかで、「労力資源トシテ海南島漢族及ビ黎族ノ体力ヲ基礎科学ニ精査シテ比較研究スルコト」の重要性を語りつつ、「人類学的研究ニ従事スルニ当リ特ニ本問題ニ主題ヲ置キタル一研究ヲ行ツ」たと述べている。海南海軍特務部政務局第一調査室『海南島漢族及ビ黎族ノ體力比較ニ關スル調査報告書――黎族及其環境調査中間報告　第三輯』一九四二年。

(58) 酒井直樹「普遍主義の両義性と「残余」の歴史」『希望と憲法――日本国憲法の発話主体と応答』以文社、二〇〇八年、一三二頁。

第四章　植民地の混血児
――「内台結婚」の政治学

はじめに――陳有三の「儚い望み」

一九三七年四月、龍瑛宗のデビュー作「パパイヤのある街」が雑誌『改造』に掲載された。街役場に勤める主人公の陳有三は「物置のやうな月三円也の土間」に住みながら、次のような将来を思い描いている。

それに儚い望みかも知れないが、あはよくば内地人の娘と恋愛して結婚しよう。そのために内台共婚法も布かれたではないか。

しかし結婚となると先方の養子になつた方がいゝな、戸籍上、内地人籍になれば、官庁なら六割の加俸が来るし、その他なにかにつけ、利益があるからだ。いや〳〵そんな功利的な考慮を埒外に押しやつても、比類なき従順さと教養の高いしかも麗はしい花のやうな内地人娘と一緒になれば自分の寿命を十年や二十年位縮めても文句はないぞ。だがこんな安月給ぢや、どうにもならないぢやないか。さうだ。勉強だ、努力だ、それが境遇の凡べてを解決するであらう。

このような陳有三の姿を、作者は「ひどく滑稽じみた」ものと表現しているが、ここで注目したいのは、現在の境遇から脱却する手段として内地人との結婚が思い描かれていることだ。内地人と結婚し、さらに相手の戸籍に入ることで、「六割の加俸」や「その他なにかにつけ、利益がある」という主人公の「功利的な考慮」は、植民地における内地人と台湾人の歴然とした社会的・経済的格差が前提となっている。遠藤正敬によると「日本の植民地においては、単一の戸籍法による統一的な戸籍整備、すなわち日本戸籍法の全面的施行がなされず、地域ごとに異なる法令をもって身分登録が実施された。よって、同一国籍において地域籍（内地籍・朝鮮籍・台湾籍・樺太籍）という壁が生まれたのである。（中略）帝国日本においては本籍の所在を基準とした地域籍の設定により、植民地人は対外的には同一国籍を有する「日本人」であるが、対内的には「外地人」として生来の日本人すなわち「内地人」と判然と区別された」[1]という。「戸籍上、内地人籍になれば」という陳有三の「儚い望み」には、そうした現実的な背景があったのだ。

だが陳有三の願望が実現することはない。内地人との結婚はおろか恋愛すらできない彼は、植民地の無気力な空気に徐々にのみこまれていく。小説の最後には、「ひたすら酒に理性や感情を惑溺させ」る日々を送るようになった彼の無残な姿が描かれている。

日本植民地下の台湾において、とりわけ一九三〇年代後半以降、台湾人を同化・皇民化するための手段として内地人と台湾人の「内台結婚」が注目された。その一方で異民族間の結婚やそれに伴う混血を批判する優生学的な言説も根強く存在し[2]、両者の対立を反映するかのように皇民化期の台湾文学には「血液」をめぐるさまざまな表現が見られるようになる[3]。とりわけ混血児の「血液」は、皇民化と優生学が相争う焦点となった。本章はこうした状況を背景として、植民者と被植民者の恋愛・結婚を題材とした小説を取り上げ、そこに描かれた混血児像を検討する。

1　「太郎」の物語①——台湾の混血児：黄寶桃「感情」、庄司総一「陳夫人」を読む

「パパイヤのある街」が発表されるちょうど一年前の一九三六年四月、台湾文芸聯盟の機関誌『台湾文芸』に黄寶桃の短編小説「感情」が掲載された。

主人公「太郎」の父親は内地人。台湾に「視察に来て」本島人の女性と知り合いになるが、子どもが生まれると「何かの用にかこつけて内地に帰つた切り、再び母の元には帰つては来なつた（ママ）」「不人情な」男である。しかし母親は、自分を捨てた夫が話してくれた「美しい内地の受うり話」を幼い太郎に繰り返し語り聞かせる。

太郎は自分のことを「内地人の子供だ」と考えているが、その思いとはうらはらに、「本島人独特の無表情な顔付」をした少年として描かれる。学校でただひとりの「内地語と台湾語の持主」である彼は、内地人の同級生からのけ者にされる日々を送っていた。そうした太郎にとって「唯一つの願ひ」は、「内地人である父に逢」うことだった。「本島人とさへ見ればリイヤと言つて、劣等人種である様に思つて居るこの辺りの人達から逃れて行きたくもあり、又内地と云ふ全然生活様式の変つた見知らぬ国に対する好奇心からでもあつた」（傍点原文）と説明されている。「リイヤ」とは、本島人に対して内地人が用いる呼称で、そこには差別的なニュアンスが込められていた。[4]

太郎が一七歳になったある日、それまで独身を通して来た母親が、「愈々孤独感に耐えられなくなつて叔父の進めのまゝに結婚話を承知した」ことから小説は急展開する。夫がいなくなった後も「内地人の父の趣味に合ふ様な、年に似ないじみな服を着」ていた彼女は、「台湾の人」と再婚するため「派手な美しい長衫」に着換え、太郎にも「今着てゐる内地人の着物をこの台湾服と変へて呉れませんの……」とおずおずと要求する。

母親の再婚話を喜んだ太郎だったが、この言葉には強く反発する。「例へ本居地は台湾であり、母が台湾の女であつても、父の方を余分に受けて生れて居る自分は明らかに内地人の子供だ。内地人を父として此の世に出て来た人間なんだ。そう思ふと母が内地に対する関心の少ない様に思はれて、怒らずには居られな」い。息子の急変に戸惑い泣き出してしまう母親に対して、「お母さん。僕は誰がなんと云つても内地人の子なんですよ」と追い打ちをかけてしまう太郎が「確かに自分は内地人の子だ。然し母にまで殊更に内地と云事を強要するだけの権利があるだらか。（ママ）母の気持が段々分つて来る様な気がした、太郎は再び横になつて毛布をかぶると、不意に張り切つて居た感情が融けて来て、感傷的な涙が出て来た」ところで小説は終わる。

ごく簡単なあらすじからも分かるように、「感情」は混血児のアイデンティティとその動揺を題材としている。主人公は、自分と母親を見捨てた父親を恨むことなく、それどころか彼の息子、つまり「内地人の子」であることに誇りを感じている。父親が内地人であるということが太郎にはなにより重要なのだ。「内地人の子」であることにこだわる太郎は「内地人の着物」を着、質素な部屋には「日本の国旗」を飾る。それは本島人を「劣等人種である様に思つて居るこの辺りの人達」や、太郎が「内地語と台湾語の持主」であるがゆえにのけ者にする同級生たちの視線を彼自身が内面化しているからなのだ。それゆえ太郎は過剰なまでに「誰がなんと云つても内地人の子」であることを強調し、台湾服に着替えることも拒否しなければならないのである。

この小説を論じた邱雅芳は、植民者は日台融合を唱え台湾人を血液から同化する一方で、結局は内地人との間にさまざまな差別を温存したこと、双方の血統を受けた混血児がより多くの差別に遭ったことを指摘している。[5] 差別から逃れるために内地人への一体化を願う主人公を描いた「感情」は、四〇年代の皇民文学のモチーフを先取りしたものといえる。

太郎のように日台双方から疎外された混血児は、どのようにしてその苦しい立場から抜け出そうとしたのだろうか。

この問題を考察するにあたって、「内台一体化の実際的解決を、文学作品を通して強く示唆した[6]」ことが評価され、一九四三年八月に大東亜文学賞を獲得した庄司総一の「陳夫人」が格好の材料を提供してくれる。第一部「夫婦」(一九四〇年一一月)と第二部「親子」(四二年七月)からなるこの長編小説は、「台南の資産家陳一家の長男、陳清文にとついだ日本人の妻安子の多難な半生を描いた[7]」ものである。

東京留学を終えた陳清文が、妻の五十嵐安子とともに台湾に帰郷する場面から物語は始まる。ふたりの内台結婚は、周囲の者から「内台間の一致融和など口先きだけでは何にもならない。それを内台間の結婚によつて実践に移した清文大兄はまことに先覚者の名に価するし、また安子大姉はほんとに勇気のある偉い夫人と云はなければなりませんな」と称賛される一方で、格式ある家柄を誇る陳一族にとっては「一家が乱れる原因」とも見なされている。

ふたりの間に生まれた清子は、本島人の大家族のなかで成長していくが、ある日親戚の子どもたちから「バアバア」と囃したてられる事件が起きる。「バアバア」とは「南洋土人と台湾人の間の子といふ意味で、一般に混血児に対する罵言の一種」[8]であった。それを知った安子は次のような不安を抱く。

　自分のせゐなのだ。清文との結婚には決して悔ひを持たなかつたし、また持つべきではなかつたが、そこから生れた子を幸福だとはどうしても云へない。魂に赤痣を持つて生れて来たやうなものだ。取るに足りない小つぽけなものと考へることも出来なくはないが、痣が生涯消せないことは事実だ。更らにわるいことは、或はそれが年とともに変化し、いつさう大きく広がるかも知れないといふことだ。可哀さうな困つた清子。[9]

混血は「生涯消せない」魂の「赤痣」に喩えられる。そして安子が予感した通り、成長した清子は自らの境遇に戸惑い、「たゞ、私、お父さまが内地人だつたらと思ふの。でなければ、お母さまが本島人か……。さう思ふと、私きゆうに腹が立つて来るの」と母親に悩みを打ち明ける。しかし安子も「私ね、あなたに云ひたいことは、あなたが陳氏清子である前に日本人だといふことなの。あなたは内地人とも云へるし本島人とも云へるけれど、いちばん確かな名前は日本人だといふこと。この自覚があつたら、もつと、明朗になつてゐゝはずぢやないかしら」とあやふやな答えしか返せないのだ。

清子は「自分は内地人であり台湾人だ。といふことはそのどつちでもないことではないか」と考えている。混血児であることから目をそらさず、台湾人の血液を否定することもない。アイデンティティの不安から、過剰なまでに「自分は内地人の子だ」と思い込もうとした「感情」の太郎とは異なった混血児の姿といえる。

植民地において、内地人と台湾人の間に生まれた清子や太郎のような混血児は、自分とは何者なのかという問いに向きあうことを余儀なくされた。植民者と被植民者の血を受け継ぐ彼らは、不均衡な両者の間で引き裂かれてしまう。小説「感情」の主人公が自らを内地人だと考えても、その外貌は彼の意識を裏切り「本島人独特の無表情な顔付」と描写されているのは残酷であると同時に象徴的である。

彼らのアイデンティティ形成を考えるうえで、父親が内地人なのか、それとも被植民者であるのかという点も重要だろう。「感情」の場合、太郎の父親が内地人であったことが主人公の意識に与えた影響は大きいはずだ。太郎の姓は作品では示されないが、おそらく父親のそれを名乗ったものと思われる。一方「陳氏清子」という名前は、自分が混血児であることに日々向きあわせただろう。「私が陳氏清子だつていふこと。その不幸なのよ」という発言はそれを端的に表している。

しかし清子の「不幸」は、決して彼女個人のものではなかった。内地人と被植民者の結婚が同化・皇民化の手段として脚光を浴びる一方で、これを批判する優生学者は混血に対する民衆の忌避感情に「科学的」根拠を提供し続けたのである。さらに大東亜戦争期に作成された機密文書は、増加しつつあった朝鮮人と内地人の混血に焦点を当て、「本来指導又は征服民族の男子が被指導又は被征服民族の女子を妻とするのが支配関係の原則であるが、内地に於てこの関係は逆になつてゐる」[10]と警告を発している。

植民地支配と男性支配を重ね合わせるこうした発想からすれば、陳清文と五十嵐安子の結婚は「支配関係の原則」からの逸脱となる。この文書によれば、こうした「雑婚」から「生まれた混血児は其の智能、体力に於て内地人と著しき差異がないにも拘らずその性格に於てひねくれ、恥を知らず国家精神に於て稀薄なものゝ多いのは当然」[11]だという。

小説の結末で、清子は赤嵌楼に登り眼下に広がる台南の街を眺めながら、自らを台湾人として受け入れるようになる（「この地から清子は生れたのだ。自分の父が、祖先が、そこから脈々と血を自分のからだに流して来るやうな感じがする。——自分は台湾人であつた。何の忌憚もなくさう云ひうることがいまは出来るのだつた」）。彼女のこうした選択も、優生学者には「国家精神に於て稀薄な」証左とされるのかもしれない。

混血児の清子が台湾人としての自己を発見し、それを肯定する結末は、「感情」の太郎が内地人であることに固執したことや、皇民文学が台湾人の「血液」の払拭をテーマとしていたことを想起するならば、大東亜文学賞を受賞したこの作品の独自性は明らかだろう。

だが重要なのは、清子の台湾人としての自己発見が混血児であることの自覚とセットになっている点である。問題はその論理と時代性だ。彼女が台湾人としてのアイデンティティを獲得する場面で、鄭成功の物語が話題になっていることに注目しよう。清子に好意を寄せる従兄弟の陳明は、彼女に向かって次のように語っている。

かつてこの台湾の支配者だつた鄭成功は、はるか呂宋攻略の雄図を抱かなかつたであらうか。

「鄭成功は混血児だつた。日本人と支那人の……」

欄干から戻つて来た明は、いまさらのやうに感銘深く目をかゞやかせながら云つた。
「日本と台湾が、いや日本と支那が協同体たるべき運命がすでに三百年のむかしに出来てゐたんだ。……セコちゃん、きみは鄭成功だよ」

中国人の父親と日本人の母（これも厚生省の観点に照らせば、「支配関係の原則」違反となる）の間に生まれた鄭成功は、「陳夫人」第二部が執筆された大東亜戦争期には海外雄飛と共栄圏の建設を歴史的に正当化するシンボルとなっていた。[12]

清子の台湾人としての覚醒を描いた「第二部」に対する同時期の批評は多くないが、本書の第二章でも言及した陳紹馨の「小説『陳夫人』第二部にあらわれた血の問題[13]」が興味深い論点を提起している。清子や安子の悩みを「血の問題」と名づけた陳紹馨は、「はたして「血」は越えられない宿命的な障壁であらうか」と問いかける。彼によれば「所謂血の相違は、多くの場合異なつた運命共同体における文化的歴史的形象の相異を端的に象徴的に表現したもの」に過ぎず、「より大きな運命共同体」すなわち「道義的建設を旗印とする大東亜共栄圏」に「完全にとけ込」むことで「「血」は越えられる」という。

清子の台湾人としてのアイデンティティ獲得は、自らの血液を否定した皇民文学とは明らかに異質である。しかしそれは「陳夫人」が時流に反していたことを意味するのではない。混血児であり「台湾の支配者だつた鄭成功」が「呂宋攻略の雄図を抱」いていたように、台湾人は南進の担い手としての役割が期待されていた。そうした歴史的文脈のなかで「日本と台湾が、いや日本と支那が協同体たるべき運命」の体現者として、清子は日本と台湾の混血児であると同時に台湾人である自己を発見したのであり、彼女は血液という「障壁」を超越できたのである。

2 「太郎」の物語②──朝鮮の混血児：湯淺克衞「棗」を読む

一九三七年七月、湯淺克衞の短篇小説「棗」が『中央公論』に掲載された。一九一〇年に香川県に生まれ、三歳の時に一家で朝鮮に移住した湯淺は「朝鮮の第二世であ」り、「日鮮両民族対立の枠のなか」[14]で成長した。

主人公の「金、太郎」は朝鮮人の父と日本人の母から生まれた混血児である。作品が発表された時期に、朝鮮では南次郎総督のもとで「内鮮結婚」が奨励されていた。

太郎の母親は東京の下宿屋の娘だった。下宿人で私立大学の専門部に在籍していた金大吉が一七歳の彼女に求婚し、彼の卒業後、ふたりは朝鮮へと渡っていく。玄界灘を越え朝鮮に到着した翌日、本妻と三人の子どもがいることを大吉ははじめて打ち明ける。すでに妊娠していた彼女は大吉と別れることもできず、結局「妾」として混血の息子を育てることになった[15]。こうして生まれた「金、太郎」という主人公の名前には、「陳氏清子」と同じように混血性が顕わになっている。

母親は自らの運命を嘆き、やり場のない怒りを周囲の朝鮮的なものに向ける。学齢に達した息子を朝鮮人の「普通学校」に通わせたいという夫に対して、「日本人の子だから日本人の学校に入れるのはあたり前ぢやないの」、「鮮童（チヨンガー）の学校にやるのは厭なこつた」と頑として譲ろうとしない。知り合いの誰もいない土地で朝鮮人に囲まれ、苦しい毎日を送る彼女にとって、太郎は自分と同じ日本人でなければならなかった。不本意にも妾にされた母親は、植民者であることの優越感を手放すことができなかったのである。

幼い太郎は、こうした両親の間で板挟みとなってしまう。やがて母親が太郎と夫を捨てて家を出ると、彼は近所の日本人にあずけられ、そこから日本人児童を対象とした「小学校」に通うことになる。

このような環境のもとで育った太郎は、朝鮮的なものに対してアンビバレントな感情を抱いており、それは市場への錯綜した思いとして表現される。太郎にとって市場とは、ゴム靴売りの父親の商売の場であり、時には母親に隠れ父とふたりで屋台の骨つき肉にかぶりついた場所でもある。家を出た母親の姿を見失ったのも市場だった。しかしある日、市場で父親と素麵を食べているところを小学校の級友に目撃され、「市場の子」、「金、太郎のお父さんは、ちよん髷を結つてたぞ。ちよん髷のヨボだぞ」と囃したてられたように、市場はなにより朝鮮人が集う空間なのである。[16]

小学校に通う日本人児童は、「普通学校の鮮童達」を「大和魂を持つとらん」と馬鹿にし、しばしば喧嘩をふっかける。両者が取っ組みあいになる時は「皆からのけ者にされるやうな気がし」て、太郎は真っ先に「鮮童達」に組みついていく。「学校では何でも内地内地だつた」ように、常に内地と朝鮮を比較し後者を蔑視するのが当然とされた小学校に通う太郎にとって、「市場の子」「ちよん髷のヨボ」の子と罵られることは大きな打撃だった。

日本人の同級生と喧嘩になり、「畜生、泣いてはいけないぞ、大和魂を持つてゐるんだから」と心の中で叫ぶ主人公は、それ以後「市場が嫌ひにな」ってしまう。「けれども、ほんたうに嫌ひなのではなかつた」とすぐにそれを打ち消す言葉が続くように、彼は市場とそれに連なる朝鮮を嫌い、軽蔑することはできなかった。なぜなら太郎にとって朝鮮とは、自分に優しい父親と切り離せないものだったからである。内地人の「妻」に決定的な負い目があるために、ことあるごとに卑屈な態度をさらけ出してしまう気の弱い父親。しかし彼は太郎に愛情をそそぎ、太郎もそうした父と一緒に過ごした市場での数々の思い出を、捨て去ることができなかったのだ。

やがて太郎も「他の植民者二世と同様日本内地を憧憬する〝日本人〟として成長し」[17]ていくのかもしれない。だが「時々矢も楯も堪らなくなつて、市場の人混みの中にはいつて行」く太郎は、同じ名前を持った「感情」の主人公とはまったく異なる混血児として描かれているのである。[18]

3 「民族政策」としての「雑婚」——坂口䙥子「時計草」を読む

ここまで台湾と朝鮮で描かれた混血児の姿を検討してきた。優生学者の批判はあったものの、同化・皇民化政策を基調とした日本の植民地では、混血は基本的に統治政策に合致するものと見なされていた。そうした背景もあって、内台結婚や内鮮結婚、あるいは植民者と被植民者の恋愛を題材としたテクストは植民地文学のなかに数多く存在する。

皇民化期の台湾文学に限っても、王昶雄の「奔流」(『台湾文学』一九四三年七月)や坂口䙥子の「鄭一家」(『台湾時報』四一年九月)、「時計草」(『鄭一家』所収、四三年九月)は、これまでもしばしば論じられてきた。さらに中山侑「客間」(『台湾文学』四二年二月、三月)、川崎伝二「十二月九日」(『台湾文芸』四四年六月)、小林井津志「蓖麻は伸びる」(『台湾文芸』四四年一一月)なども内地人と台湾人の恋愛や結婚を描いている。

朝鮮文学に目を転じると、芥川賞候補作となった金史良の「光の中に」(『文芸首都』三九年一〇月)が日本における混血児を描いた作品として有名である。[19] また四一年に朝鮮軍報道部が作成した宣伝映画『君と僕』も志願兵制度と内鮮結婚を関連づけたものである。監督は朝鮮人の日夏英太郎(許泳)。[20] この映画には満映の看板スター李香蘭も端役ながら出演している。

ここでは当時「高砂族」[21]と呼ばれた台湾の原住民と日本人の「雑婚」をテーマとした坂口䙥子の「時計草」から、植民地における「民族政策」を検討する。

一九四二年二月、四八ページのうち四六ページが削除されるという無残なかたちで「時計草」が『台湾文学』に掲載された。同誌「編輯後記」には、張文環の「坂口䙥子氏の時計草は都合に依り改作して頂くに(ママ)した」という一文があるが、その「都合」の詳細は分からない。[22] 戦後、坂口は「植民地政策を批判したということだった。その後も私への検閲は厳しく、戦争非協力者と極印をうたれた」[23]と回想している。だが翌年の九月に清水書店から刊行された彼女の作品集『鄭一家』に、同じく「時計草」と題する小説が収録されている。中島利郎は「改作の状況は解っていない。しかし、その後の坂口䙥子へのインタビューなどでは、内容的にはそれほどの改作は行われなかったらしい」[24]と述べているが、実際には両者の間には大きな相違点がある。[25]

一九三八年九月、台中州北斗郡の北斗小学校に勤務していた山本䙥子(「山本」は坂口の旧姓)は、郡内の女性教師の研修旅行で霧社を訪れ、「時計草」の主人公のモデルとなる下山一と出会う。この時の体験を「日月潭から霧社へ登り、桜台旅館に宿泊し、同行の女教師松浦さんを介して旅館のお内儀に、公学校下山教師の結婚の話を聞き感動する。下山氏は混血であった[26]」と坂口は語っている。

単行本版「時計草」の現在は一九四二年の夏であり、ちょうどこの時に話題となった高砂義勇隊の活躍が描かれている。テクストのほとんどが削除された同年二月の『台湾文学』版に彼らの事績を書き込むことはありえない。この点からも作品が大きな改作を経ていることが確認できる。高砂義勇隊の活躍を新たに挿入したことも、「時計草」の刊行が可能になった要因のひとつだろう。

主人公の山川純は台北の師範学校を卒業後、「山」の教習所で高砂族の教育にたずさわっている。小説は、これまで二度の結婚に失敗した彼が、三回目の結婚のため九州の父親のもとに旅立つところから始まる。純の父親で台湾の警察官だった山川玄太郎は、「理蕃」に生涯をかけるため三〇年ほど前に高砂族の娘のテワスルダオと結婚。ふたりの間には純と妹の洋子が生まれた。

実在する下山一が主人公のモデルとなったように、第五代台湾総督の佐久間左馬太は「五カ年計画理蕃事業」(一九一〇―一四年)に着手し、武力による鎮圧と並行して日本人警察官と原住民女性の結婚を推進した。山川玄太郎のモデルは下山治平という元軍人である。台湾で退役となった後に、警官としてタイヤル族の居住地マレッパに派遣され、一九一二年に同地の有力者の娘ペッコタウレと結婚。一四年には長男の一が生まれたが、二五年には妻子を残し日本に帰ってしまう[27]。

小説には、玄太郎の言葉を借りて総督府の理蕃政策が語られる場面がある。玄太郎は、理蕃政策すなわち民族政策には二つの類型が想定されるとし、「一つは、発達した文化とその歴史を持つ完成された民族に対する場合、英国のエジプトに対する場合なんだ。今一つは非常に低い文化しか持たぬ民族に対する場合、この場合は、勿論、何等民族的な歴史を持たない民族なのだ。それに、我国の理蕃政策がある」と言うのである。

文化を持つ者は、それ自身成長してゆける。それを正しく指導すれば足りる。だが、文化を持たぬ者は、彼等の中に喰込んで、彼等の手をとつてのばしてやらねばならぬ。

私は、彼等の中に喰込まふと思つた。それには、どうしたらよかつたらう。彼等の中に私の血を混ぜるしか、道がないではないか。私を源にした子が、孫が、文化人の血を山の人達の中で育てゝゆく、其処に自らな民族経営が行はれると思つた。

玄太郎の語る民族政策は、「文化人」たるわれわれ日本人が、「非常に低い文化しか持たぬ」「彼等の手をとつてのばしてやらねばならぬ」という使命感を余すところなく表現している。「白人の責務」にも似たこうした「善意」は、玄太郎だけのものではなく、作者や当時の読者の多くにとっても当然のものだったのだろう。

ここで注目したいのは「我国の理蕃政策」を達成するための手段として、「文化を持つ」内地人との混血（「彼等の中に私の血を混ぜる」）が採用された点である。

「劣った」人種・民族の改造のために、「進んだ」人種・民族の血液を「雑婚」によって取り入れること。玄太郎の突飛に見える実践は、けっして特異なものではなかったのである。明治初期に福沢諭吉がヨーロッパの人種改良論を紹介した直後から、「科学的」で「合理的」な社会改造の手段として「雑婚」

が提唱された。福沢の門下生の高橋義雄が一八八四年に刊行した『日本人種改良論』は、西洋人種に比べて身体的にも精神的にも「劣った」日本人種を「改良」するために「黄白雑婚」を主張したものである[28]。しかし日本人種の「劣等」性を前提とした高橋の「雑種強勢論」は、日露戦争を経た頃には当初の動機を失っていく。むしろ日本人の血液を植民地の住民による侵犯からいかに防ぐのかが、優生学者の関心となった。

こうした経緯を踏まえて玄太郎の民族政策を考察すると、同じように「雑婚」を手段としながらも、その目的は高橋のそれとは正反対であることが分かる。玄太郎にとって、原住民に対する日本人の「優秀さ」は自明のものであり、「雑婚」は「遅れた」彼らの「手をとつてのばしてや」るための「民族経営」として実践されたのである。

日本が台湾を領有する過程で、山地に住む原住民は激しい抵抗運動を展開した。詳しくは第六章で述べるが、彼らの行った「首狩り」は、「何もわからぬ、恐ろしい事も平気でやつてのける者ばかり」（「時計草」）というイメージを日本人に植えつけた。「兇蕃」を恐れ野蛮視する意識は、一九三〇年の霧社事件によって決定的なものになる[29]。

純の結婚が二度も失敗しているのは、彼の母親が「生蕃」だったからである。それが「感情」や「陳夫人」、「棗」に登場する混血児と純の決定的な差異である。それでも「純」という反語的な名前を持つ主人公は「体の華奢な」「背丈の人並より高い割に、胸や肩の細」い人物として描かれる一方で、「文化人の血」の流れていない「山の子供」は「女でもどぎつい線を何処かに隠してゐる」と対照的に表現されている点は見逃せない。

三年前の純の最初の結婚は、一カ月の新婚生活の後に「M」（霧社）にやって来た新婦が次の日に失踪することで破局を迎えた。翌年の再婚も、結婚式の晩に純の母親が「高砂族」であることを初めて知らされた相手に詐欺呼ばわりされ、新婦はその夜のうちに親元へと帰ってしまう。破談の理由が分かっている母親のテワスルダオは、「お母さんさへ、こんな身分でなかつたら」と自己卑下せざるをえないのだ。[30]

今回、純の相手に選ばれた松江錦子は、テワスルダオのことを承知したうえで、彼の人間性を信頼して結婚を決意していた。それでもなお錦子との結婚に躊躇していた純は、訪れた阿蘇山の山鳴りを耳にすることで、山の生命力を深く感知する。自らの体内に流れる「高砂族の血」を自覚した純は、錦子との結婚ではなく「山のもの」と新しい生活を始めようとする。純の決心を聞いた玄太郎も、「一歩前進する為には、純は山の娘を選ばねばならないのだ。（中略）純の血は高砂族の中に一歩踏みこんでゐる。もう一歩進まねばならぬ。帰さう。山へかへさう」と同意するのだった。

玄太郎の落した一滴の血が、純から純の子孫へと伝つてゆく宿命の厳しさは、雑婚のもつ哀しい孤独である。純は、何れにも属せない自分の血に、やるせない哀愁の息を吐く。然し、純は、自分が新しい民族のスタートである自負に身ぶるいする。この責の重さは、若い純の魂を極度に高揚する。

高砂族の中に交つた一滴の血の、何といふ不思議さ、哀しさ……（中略）山に落ちた一滴の血も亦、高砂族の中で育つていかう。

しかし錦子の返答は、「貴方の前進なさることは、高砂族の方と血縁を深めるだけが道ではございません。高砂族の文化を、日本の伝統に少しでも近寄らせ高めるのも前進ではないでせうか。私は、きつとお役に立ちます。御一緒にお伴さして下さいませ」というものだった。小説は、錦子の言葉に感動する純を描いたところで次のように結ばれる。

錦子の黙つて見上てゐる頬に一すじ涙が落ちた。純はハツと我に返つた。その瞬間、純は、戦ひの庭に進みゆく幾万の力強い足音を耳にした。ザクザクザクザク、ザクザクザクザク、ザクザクザクザク。

再び忘我の境から我にかへつた純の眼は、生き生きと輝いてゐた。

白い路！

残光の中に白く光る路！

それは、世界の涯につゞく道であり、人々の美しい魂につながる道である。今こそ倶に行かむ！

帝の命のまゝに！

小説には高砂義勇隊の活躍がラジオによって報じられる場面がある。それは野蛮な原住民というイメージを転換させるうえで決定的に重要な意味を与えられているが、すでに述べたように、それを四二年二月の『台湾文学』に書くことはありえない。小説の結末で、錦子と「倶に行かむ」ことを純は選択する。それは「戦ひの庭に進みゆく幾万の力強い足音」を幻聴したように、「山のもの」たちを「帝の命承され、原住民たちを高砂義勇隊として「戦ひの庭」へと誘うことが予告されているのである。

改作後の「時計草」は、玄太郎が「雑婚」によって果たそうとした民族政策が、純と錦子によって継のまゝに」「戦ひの庭」に導くことであった。


尾崎秀樹によって、「国策的な風潮が強いなかにあってもそれにまきこまれず、生活の現実にヒタと眼をつけている」[31]と高く評価された坂口䙥子の作品には、初期のものから血液への関心が色濃く表現されている。一九四〇年一二月、台中の『台湾新聞』に連載した「破壊」という小説は、「祖父と祖母が従兄妹同志」という近親婚がもたらした「劣性遺伝」(ママ)による「劣性な血統、淫蕩な血潮」を根絶するために、一生独身で過ごすことを決意した若い女性を描いたものである。また台湾の移民村における若い男女の結婚問題を描いた「曙光」(『台湾文学』四三年七月)には、配偶者を選択する際に「優性学」(ママ)に考慮する必要性を語る場面がある。文芸評論家の黒川創は「「内台融和」、「理蕃」政策をすすめるにあたっての内台結婚の奨励、それを根底から支える〝優生思想〟の露骨なかたちでの表明」と見なし、「この作品は、そうしたかたちでひとつの〝高度戦時体制的〟作風を、示す」[32]ものと解釈している。

すでに見てきたように、優生学者の多くは「優秀な」日本人の血液を被植民者による侵犯から守るため、「雑婚」には批判的な立場をとっていたことを考えると、同化・皇民化政策に基づく「内台結婚の奨励」を「〝優生思想〟」と結びつける黒川の見解は妥当ではない。しかし高砂族の「手をとつてのばしてや」るために、彼らとの「雑婚」に踏みきった玄太郎の選択に対して作者が肯定的であり、それが日本人の血液を汚損するものと考えていないことも明らかだ。その点で、坂口の「〝優生思想〟」が多くの優生学者の発想と異なるものであったのは確かである。

4 「次郎」の物語——庄司総一「月来香」を読む

一九四四年九月、山形県の妻の実家に疎開していた庄司総一は、台湾新報社の『旬刊台新』に戦時期最後の小説「月来香」の連載を開始した。[33] 台湾文学奉公会と総督府情報課が一三名の作家を台湾各地に派遣し、その成果が「台湾総督府情報課依嘱作品」として『旬刊台新』など島内の複数の雑誌に発表されていた時期である。前年八月に大東亜文学賞を受賞した後、大幅に手を加えた改訂版の『陳夫人』を出版したのも「月来香」の連載開始と同じ月のことである。

連載が始まる前に、庄司は作品の抱負を次のように述べていた。

> この小説は内地人の子を生んだ一本島人女性の二十年に亙る苦闘史であると共に二つの血を半々に享けついだ青年次郎が日蔭者である龍氏滋美を魂の中で真実母として浄化し、親子の愛を獲得せんとした悩み多い精神の発展を描いたものである。（中略）今や日本は大いなる国難に遭遇し、一億国民は闘魂をみなぎらせて仇敵撃滅を期してゐる。だが、勝利への道には大東亜民族の親和総力、いはば血の総和が必要だ。「アジアは一つ」と喝破した岡倉天心の言葉に「アジアの血は一つ」といふことに最後の解決を求めなければならぬと思ふ。[34]

作者の予告通り、「月来香」は混血児の梶井次郎とその母親の龍滋美を中心とした物語である。台湾南部の町にある梶井医院に一七歳で女中として雇われた滋美は、主人である永吉の子どもを身ごもってしまう。誕生した男の子は梶井家に引き取られ、次郎と名づけられた。

「片田舎の百姓の娘で、無学文盲だつた」滋美は、台北の幼稚園に勤めながら徐々に「国語」と「智恵」を身につけ、「過去において己の犯した罪」を自覚するようになる。その後、彼女は台北医院の産婦人科で看護婦の資格を得、産婆として生計を立てることになった。

月日が流れ、中学生になった次郎は、ふとしたことで自分の生い立ちを知り、滋美の家を訪問する。

月來香（げつらいかう）
〔第八回〕
連載小説
庄司總一
李石樵畫

庄司総一「月来香」の口絵（『旬刊台新』1944年11月中旬）

「グラフ 飛ぶ若い血潮」（『旬刊台新』1944年8月1日）

初めて対面した母親の姿は、次郎がイメージする「台湾髷を結ひ、台湾服をき、さらに檳榔の実を嚙んで歯を薄黒くしてゐる」「薄ぎたない」本島人とはまったく異なっていた。彼女の「国語には、ほとんど訛がないのみか、歯切れのいい快い言葉」であり、「そのひとの容姿、態度、言葉使ひ、それら身につけた装ひと慣はしのため」、「本島人だといふことをつい忘れて」しまうほどだった。

しかし母親が本島人であることは確かなことであり、次郎は「一体、自分は何者であるか？」という疑問に突きあたる。「理性では、龍氏滋美を母と認めても、感情では、依然受け容れることが出来ない」彼は、海軍兵学校の受験失敗をきっかけに、自分のなかの「個人主義的な世俗的功利主義の観念」に気づき、迷いを振りきって甲種飛行予科練習生(35)に応募する。昭和一六年の夏、予科練の教程を終え台湾中部の××飛行隊付として帰郷した次郎は、滋美を再訪し、初めて「お母さん」と呼びかけるのである。

大東亜戦争勃発直後、マレー沖海戦に参加した次郎はまもなく戦死してしまう。小説は、次郎の死の報せを聞いた滋美が次のように決意する場面で結ばれる。

次郎は戦死したといふ。だが、あの子の魂は、あの鵬翼のやうに大空を天翔つてゐるのだ。次郎お前は死んだのではない。さうだ。自分も一個人の哀しみにのみ溺れてはならない。護国の鬼として、次郎が永遠に生きたと同様に、自分もまた、たとへ世に知られずとも、永遠の母として、独り誇らしく、逞しく生き抜かねばならぬ。

ふたりの主要な登場人物のうち龍滋美に焦点をあてるなら、この小説は「無学文盲」な「片田舎の百姓の娘」が、「海の荒鷲の母」「永遠の母」へと「成長」するサクセスストーリーとして読むことができる。流暢な「国語」や立居振舞いに象徴されるように、滋美は台湾人でありながら「本島人らしさ」が脱色され、「海の荒鷲の母」にふさわしい存在へと変貌していく。近代的な産婆という彼女の職業も「永遠の母」にふさわしい設定だ。

小説内部の時間に符合するように、一九二〇年代までの台湾における新式産婆養成は、滋美の学んだ台北医院に限定されていた。[36] そして台北医院の科学的で近代的な医学に対比されるのが、台湾旧来の産婆「拾囝婆（キフキアポオ）」であり、「旧い習慣や悪い迷信」から抜け出せない台湾人の「頑迷固陋」なのである。台湾的なものに対するこうした視線は、「本島人だといふことをつい忘れて」しまうほど皇民化を果たした滋美を例外として、「月来香」に一貫している。

もうひとりの主人公である次郎の側からこの小説を読むならば、実の母親を知った後の「惨めな孤独」から脱却し「護国の鬼」となるまでの過程を描いた物語といえる。実の母親が台湾人であることを知った当初はショックを受けた次郎だが、これまで検討した作品に登場する混血児ほど、植民者と被植民者の間でアイデンティティが引き裂かれる苦しみに悩まされていない。それは「個人主義的な世俗的功利主義の観念」という、あくまで彼個人の内面的な弱さに原因を見出した安易な結論にも通じている。また「梶井次郎」という名前のおかげで日常的に混血性に向き合わずにすんだことも一因だろう。母親が「国語」と医学を通じて皇民化を成し遂げ、「本島人性」が稀薄であったことも彼の苦悩を軽減させたと思われる。そして次郎は自己の弱さを克服するために予科練に応募することで、混血という彼にとっては二次的な悩みからも解放されたのである。

作者の庄司総一は大東亜戦争の勝利を願い、「大東亜民族の親和総力、いはば血の総和」を描こうとした。だが、ここで描かれた滋美や次郎は、日本人作家が被植民者や混血児の形象を通じて自らの戦争を正当化するための道具立てにとどまっている。その意味で混血児の「悩み多い精神の発展」を表現しようと試みたこの小説は、彼自身の「陳夫人」が到達したようには、他者としての台湾人を描くことに成功していないのである。(37)

おわりに

日本によって植民地支配された台湾や朝鮮は、「一視同仁」というスローガンとはうらはらに、厳然とした差別の存在する空間であった。本島人を「劣等人種である様に思つて居るこの辺りの人達」(「感情」)とは、ごく「普通」の内地人であり、彼らにとって日本人が特権を享受しうる「植民地は天国だった」(第一章参照)のである。

「一視同仁」を掲げつつも差別が偏在する状況について、皇民化運動のさなかに刊行された『事変と台湾人』のなかで竹内清は次のように述べている。

一視同仁の　聖旨に基く台湾統治方針こそは皇民化運動の基礎である。要するに本島人も内地人も帝国臣民としては何等の差別がないのだ。唯新附の民であるが故に性格民情、言葉、風俗、教育等に於いて内地人と異るものがあるので、一挙に法律制度等を内地と同様にする事は反つて統治方針の完成を期する上に悪い結果を生ずるので法律上其他に於いて内地と多少の差別は設けられてあるが、此の差別は人格上の差別でもなければ差別せんがための差別では断じて無い筈だ。要は「良き日本人」化するための差別であるから此の差別には国家の愛と誠が含まれてある筈だ。(38)

「良き日本人」化するための差別」に内包された「国家の愛と誠」。竹内は被植民者に向かって「先づ国家の愛を識れ」という。だが、第二章で紹介したように、周金波や陳火泉はそうした「国家の愛と誠」に感激するのではなく、差別される現状からの血の滲むような脱出の試みを皇民文学として描いた。彼らは総督府の「一視同仁」を愚直なまでに実践し、自らの「血液」を否定することで皇民への跳躍を試みる。そのために選んだ方法は、志願兵となって血を流すことだった。

しかし「良き日本人」の側はどうだったのか。同化・皇民化論者もそれを批判した優生学者も、植民地の人々を差別しつつ日本の戦争に動員する点では一致していた。(39) また植民地で暮らした内地人の多くにとっても、自分たちが被植民者に比べて優れた存在であるという「常識」が揺らぐことはなかった。そして小説に描かれた数々の混血児の姿は、日本人の優秀性や大東亜戦争の正当性を証しだてるための生き証人とされたのである。

注

(1) 遠藤正敬「植民地統治と戸籍法」『近代日本の植民地統治における国籍と戸籍』明石書店、二〇一〇年、一三二—一三三頁。傍線は引用者。本章の以下の傍線も同様。

(2) 小熊英二「皇民化対優生学」『単一民族神話の起源』新曜社、一九九五年。
(3) 星名宏修「「血液」の政治学――台湾「皇民化期文学」を読む」『日本東洋文化論集』第七号、琉球大学法文学部、二〇〇一年三月。
(4) 「パパイヤのある街」にも、「時たま、内地人から陳有三に対つて「汝や」(君といふ意なるも本島人は侮蔑せられてゐるやうに感じる)と呼ばれたときは、きつく眉をひそめ、あからさまに不快を現はし、返答するを好まぬ風を示すのであつた」という一節がある。
(5) 邱雅芳「聖戦與聖女――以皇民化文学作品的女性形象為中心(一九三七―一九四五)」静宜大学中国文学系修士論文、二〇〇一年、一二七頁。
(6) 戸川貞雄「受賞の二作品」『文学報国』日本文学報国会、一九四三年九月一日、三頁。
(7) 尾崎秀樹「決戦下の台湾文学」『近代文学の傷痕』岩波書店、一九九一年、一四〇頁。
(8) 庄司総一『陳夫人　第一部』通文閣、一九四〇年、二九八頁。
この場面は、大東亜文学賞を受賞した翌年に第二部と合冊で出版された改訂版では、「家鴨のあひの子」を意味する「トオア」と囃したてられたことになっている。改訂版での作品の書き換えに関しては、黄宗彬「台湾日治時期文学作品研究――庄司総一之『陳夫人』」(中国文化大学日本研究所修士論文、一九九九年)が詳しい。
(9) 同前、『陳夫人　第一部』二九八頁。なお改訂版では波線部分が削除されている。
(10) 『大和民族を中核とする世界政策の検討』厚生省研究所人口民族部、一九四三年、三三一九―三三三〇頁。
(11) 同前、三三〇頁。なお混血児の「国家精神」の「稀薄」さを問題視した言説は、この文書だけでなく皇民化期に頻出している。前掲注3、三〇―三六頁を参照。
(12) 江仁傑「日本殖民下歴史解釈的競争――以鄭成功的形象為例」中央大学歴史研究所修士論文、二〇〇〇年、四二―六九頁。また内藤千珠子「「国姓爺合戦」と伝説の記憶」池田信雄・西中村浩編『間文化の言語態』東京大学出版会、二〇〇二年も参照。
(13) 陳紹馨「小説『陳夫人』第二部にあらわれた血の問題」『台湾時報』一九四二年一二月。
(14) 湯淺克衞「作品解説と思ひ出」『カンナニ』大日本雄弁会講談社、一九四六年。本章では池田浩士編『湯淺克衞

植民地小説集　カンナニ』インパクト出版会、一九九五年、五二〇頁から引用した。小説「棗」と後述する「カンナニ」も同書によった。

(15) 金大吉と内地人の「妻」との関係も、注10の機密文書の観点では「支配関係の原則」からの逸脱になる。なお同文書には、「朝鮮在住の内地人の女が朝鮮人の男と結婚すること甚だ尠いにも拘はらず内地に於ては内地人の女が朝鮮人の男と結婚するもの甚だ多いのは内地人の女が朝鮮人の性情を知らず彼等を内地人と誤認し又はその歓言に乗せられて自棄の状態となることを示してゐる」という記述がある。三二九―三三〇頁。

(16) 湯淺の代表作「カンナニ」でも、主人公の龍二が朝鮮人の少女カンナニと待ち合わせる場所に市場が選ばれている（「市場の中にはいつてしまへば、もう安心だつた。日本人の小学生がゐないからだ」）。ただしこの箇所は初出の『文学評論』では削除され、戦後の単行本『カンナニ』による。前掲注14、『湯淺克衛植民地小説集カンナニ』三〇頁）。

(17) 梁禮先「湯淺克衛論——生涯と作品〈その一〉」『文学研究論集（1）』明治大学大学院、一九九四年一〇月、四八頁。

また編者の池田浩士は、「市場は、日本人同胞とのかかわり（作者湯淺を指す）の関係のなかで、かれにとって貴重な場所だったのだ。（中略）日本人同胞のなかでの孤立と疎外の感情が、市場へのかれの愛情と結びついていたのだ」（傍点原文）と述べている。「解説・湯淺克衛の朝鮮と日本」、同書、六〇八頁。

(18) 池田浩士も「市場でゴム靴を売る父親の姿には、金、太郎にたいするかれの愛情の表現とともに、作者の深い悲しみと痛みとがこめられている。湯淺克衛の作品でくりかえし重要な役割を演じる市場の光景が、この小説におけるほど生彩をもって、しかもとりかえしのつかぬ出来事の場として、描かれたことはないだろう。朝鮮とその貧しく抑圧された民衆とにたいする湯淺克衛の共感が、この小説におけるほど切々と吐露されているところは、ほかにないだろう」と評している。前掲注16、「解説・湯淺克衛の朝鮮と日本」六〇六頁。

(19) 「光の中に」に現れた「純血イデオロギー」に関しては、鄭百秀「血と名前の存在拘束とそれへの抵抗——金史良の日本語小説「光の中に」」（『比較文学研究』第七三号、東大比較文学会、一九九九年二月）を参照。

(20) 許泳に関しては、内海愛子・村井吉敬『シネアスト許泳の「昭和」』（凱風社、一九八七年）を参照。なお朝鮮軍報道部発行のシナリオ・パンフレット『君と僕』は、『近代朝鮮文学日本語作品集　創作篇　第六巻』（緑蔭書房、二〇〇一年、三二九—四〇八頁）に収録されている。

（21）一九三〇年の霧社事件の後、総督府は原住民に対する政策変更を余儀なくされる。三五年以後、公文書のなかでは、従来の「生蕃」・「蕃人」を「高砂族」と改めることになった。鄧相揚『植民地台湾の原住民と日本人警察官の家族たち』日本機関紙出版センター、二〇〇〇年、一七二頁。

（22）張文環「編輯後記」『台湾文学』一九四二年二月、二二七頁。

（23）中島利郎「坂口䙥子作品解説」『日本統治期台湾文学日本人作家作品集　第五巻』緑蔭書房、一九九八年、五六二頁。

（24）同前、五六一頁。

（25）垂水千恵「台湾文壇の中の日本人」『台湾の日本語文学』五柳書院、一九九五年、一三五—一四五頁。

（26）中島利郎「坂口䙥子著作年譜」『日本統治期台湾文学日本人作家作品集　第五巻』緑蔭書房、一九九八年、五六九頁。

（27）一九八三年に下山一は父親の結婚に関して次のように述べている。「私の父下山治平は静岡県田方郡長伏の出身で、徴兵で台湾に来て、佐久間総督の五カ年理蕃政策にも参加しました。母と結婚した時は二四、五歳でした。若くて、威勢のよい父は、日本の理蕃政策の第一号の実験になったんです。でも、父は最初、断ったそうです。郷里の父母は台湾の「生蕃」をもらうと血が汚れるといって、断固反対していましたから。それに人間ですから、結婚すれば愛も生まれるし、子供も生まれるから、と言って断ったそうです。母も部落に好きな人がいたそうです。最後に、父は母との結婚を承諾したのです。その条件は、子供がいてもいいから、三年たったら捨てろ、捨ててもいい、というのでした」。「座談会　私の霧社事件」許介鱗編著『証言霧社事件』草風館、一九八五年、一一〇頁。

（28）鈴木善次『日本の優生学』三共出版、一九八三年、三二—四〇頁。

（29）原住民の「野蛮」なイメージを作り上げるうえで、霧社事件の報道のされ方は大きく作用した。松永正義「日本国内ジャーナリズムにおける霧社蜂起事件」戴國煇編著『台湾霧社蜂起事件』社会思想社、一九八一年、一五五—一七五頁。

（30）山川純のモデルとなった下山一は「私の結婚は、父がどうしても日本人でないといけないというので、先ほどもいったように二四歳の時、日本へ行きましたが、七人目でやっとまとまりました。「生蕃」の血がまじっているからという理由で、みんな断られました。その七人目の見合いで結婚した正枝さんも、よく母につかえましたが、人から生蕃、生蕃といわれるので、七ヶ月で逃げて帰りました。そのあと、今の妻文枝と結婚しました。やはり、日本人です。父が絶対に台湾からもらってはいけないというので」（傍点原文）と回想している。前掲注27、一一二頁。

（31）前掲注7、一五九頁。

（32）黒川創「洪水の記憶」『国境［完全版］』河出書房新社、二〇一三年、二八八—二八九頁。

（33）この連載小説には、台湾人の著名な画家の李石樵が毎回口絵を寄せている。次郎が予科練に志願する第八回「空ゆかば」（一九四四年一一月中旬号）の口絵は、同誌八月一日号に掲載された「グラフ 飛ぶ若い血潮」の予科練習生の写真と同一の構図である。『旬刊台新』には、予科練や挺身隊、高砂義勇隊などが活躍する姿が、しばしば写真や「実話」によって報じられていた。

（34）「連載小説予告」『旬刊台新』一九四四年八月二〇日、一九頁。

（35）甲種飛行予科練習生は、海軍航空戦力の拡充を目的として、昭和一二年から終戦まで、旧制中学校以上の志願者から選抜された。

（36）范燕秋「日本帝国発展下殖民地台湾的人種衛生（一八九五—一九四五）」、政治大学歴史学系博士論文、二〇〇一年、二二一頁。

　一九二三年の「台湾産婆規則」によれば、二〇歳以上で産婆資格試験に受かったものは、地方衛生課に登録して開業できることになっていたという。同論文二三〇頁。

（37）「陳夫人」をめぐる台湾人の好意的な評価については、星名宏修「大東亜文学賞受賞作『陳夫人』を読む」（『季刊中国』季刊中国刊行委員会、一九九八年三月、六六頁）、垂水千恵「『台湾文学』時代の文学活動」（『呂赫若研究』風間書房、二〇〇二年、二〇八—二一一頁）を参照。

（38）竹内清『事変と台湾人』日満新興文化協会、一九三九年、二〇八—二〇九頁。

(39) 大東亜戦争勃発直後の一九四二年一月二〇日に、陸軍省兵備課は極秘文書「大東亜戦争ニ伴フ我カ人的国力ノ検討」を作成した。戦争に勝利するため兵力の大量動員を必要とした軍部は、ここで「人的資源」の調達先を被植民者に求めている。日中の全面戦争が始まって以降、多くの戦死者を出し、出生率の低下にも悩まされていた軍部にとって、「兵力保持ノ困難ト之ニ伴フ民族ノ払フヘキ犠牲トヲ考察スルトキハ外地民族ヲ兵力トシテ活用スルハ今ヤ議論ノ時機ニアラス焦眉ノ急務」だったのである。

大東亜戦争という「此ノ大業ヲ完遂スルモノハ即チ我カ大和民族永遠ノ力ニ外ナラ」ないため「我カ人的国力ノ消耗ヲ極力回避シ」、「外地民族」に「分担」させること。それが文書作成者の考えであった。「消耗」の「回避」が求められた「我カ人的国力」に「外地民族」は含まれなかったのである。

第 II 部

描かれた「蕃地」と「蕃人」

好奇心と怖れと

第五章　「楽耳王」と蕃地
――中山侑のラジオドラマを読む

はじめに――『呉新栄日記』から

一九三八年七月一四日、ナショナル製のラジオを七五円で購入した呉新栄は、その日の日記に「一家は始めて現代文明の利器の恩恵を受けて、文化的生活の一階段に入ったのだ[1]」と記している。著名な文学者であった呉新栄は、台南近郊の佳里で「佳里医院」を経営していた。

この年の彼の日記には、ラジオに関する記述がいくつも見られる。購入から一週間後の七月二一日には、ラジオによってもたらされた「文化的生活」の一端を次のように列挙した。

吾々はいよいよラヂオの缺くべからざるもので、非常に利益のあることを痛感した。第一に、音楽は家庭に、ある生気を与へ、子供等の情操によい結果を与へる。第二に、言語の内で、国語は子供達の耳を慣らし、華語と英語は私の耳を慣らす。第三に、割合に新しいニュースを聞くことが出来て、臨時〔機〕応変の処置が可能である。第三〔四〕に、有名な人物の放送を聞いてその咳声を〔に〕接することが出来るのである。先づ大臣級として、昨日は三土前鉄相、賀屋前蔵相、今日は荒木文相の講演を聞くことが出来た。

三八年の日記から、ラジオに言及した箇所をもう少し拾ってみよう。

一日の内で最も嬉しい時間は晩食後、子供と戯れながらラヂオを聞く時である。これ程家庭的雰囲気を満吃することは曾ってない。(八月八日)

暇に任せてラヂオをいじ(っ)て見ると、丁度ヒットラーの放送があった。ベルリンからの中継らしい〔く〕独逸語の調子が少し分るが、演説口調はまるで怒號みたいだ。それはヒットラの雄弁であったかも知らない。とにかく吾等は始めて最大級の人物の咳声を〔に〕接したことを記してをく。(九月二七日)

暇にまかせて甘蔗を咬みながらラヂオを聴き、そして目は当り前に本を読む。この奇態は一寸滑稽だが、私の機能は一寸も混乱しない。甘蔗はやはり甘いし、音楽はやはり美しい、そして本を読んではやはり興憤〔奮〕する。(一〇月七日)

この年の日記は、大晦日の夜の「もう已にラヂオは除夜の鐘の放送が終った。私は日本の島国から遠くこの南方の孤島へ、それから北国の満洲へ、更に大陸の南京にリレーする鐘声を聞くと、思惟が無限に展開する」と締めくくられる。「大陸の南京」が日本軍に攻略されたのは一年前のこと。各地から電波に乗って届く除夜の鐘を「南方の孤島」の家で聴きながら、呉新栄は拡大を続ける帝国日本に思いをはせたのだろう。

「放送事業は本来「仕事」の一種であると同時に動員と娯楽の両面の効果を兼ね備えているが、より重要なことは放送番組が人々の労働時間中であっても、休息時間中であっても放送可能であり、「共時性」(Synchronization) 機能をもっている」ことに着目した呂紹理は、「それまで空間によって隔離され形成されてきた「時間性」は、放送電波によって突き破られ次第に崩壊の道をたどることになった。さらに重要なのは、大衆メディアである放送番組がラジオの普及にともない家庭内に深く入り込むようになった[2]」と指摘する。

「甘蔗を咬みながらラヂオを聴き、そして目は当り前に本を読む」という呉新栄のラジオの聴き方は、呂紹理のいう「共時性」を体現したものであるし、帝国日本の各地をリレー中継する除夜の鐘は、「時間性」を突破するラジオの特性を象徴的に表しているだろう。

「動員と娯楽」という両義的な性格を備えたラジオ放送は、植民地期の台湾でどのような存在だったのだろうか。ラジオという新しいメディアの可能性に着目した文学者は、それをどのように自らの表現に活用しようとしたのか。本章はこうした問題意識から、中山侑と彼の創作したラジオドラマを考察する。

1 台湾のラジオ放送

一九二五年六月、台北で開催された始政三〇年記念展覧会で、総督府交通局逓信部が行った試験放送が台湾におけるラジオ放送の始まりとなった[3]。栄町にある総督府旧庁舎に放送機を据えつけ、新公園や台北医院、龍山寺だけでなく、基隆・淡水・新竹・台中・宜蘭などにも受信機が設置された。さらにスピーカーを載せた自動車を走らせて、台北市内の各所でラジオ放送を聴かせたのである[4]。

この時に台湾原住民の歌声が放送されていることに注目したい。『台湾日日新報』によると、「花蓮港能高団の選手キサ君とローサワイの両君が劈頭放送室に入り当日のアンナウンサー八代氏の紹介で先づキサ君のハーモニカの独奏、ローサワイ君の蕃歌(野球の応援歌)があり両方で約一五分間で終了を告げたが各所ともハツキリと聞え蕃人としての新しい試みをなし[5]」たという。

二七年二月の大正天皇「御大喪」に際しては、台北の西門市場前に受信機が設置され、内地発の国家的セレモニーが一般民衆の耳に届けられた。ラジオ放送の速報性によって、内台間の隔たりを一気に克服したのである[6]。

二八年一二月二二日、総督府交通局逓信部が運営する台北放送局(JFAK)の開局式が行われ、実験放送が始まった。実験放送とはいうものの、内地放送の中継だけでなく、「国語普及の時間」や「JFAKこども新聞」など台北放送局が独自に制作した番組もあった[7]。当初は聴取料が無料だったこともあり、聴取者は順調に増え続け、二九年には九〇〇〇戸を突破した。だが三一年二月に社団法人「台湾放送協会」発足後は、聴取料が有料となったにもかかわらず出力が弱く、台湾北部でしか受信できないという問題が解決されなかったため聴取者の数は伸び悩み、三五年の段階でも二万三〇〇〇戸あまりにとどまっている。[8]

しかも聴取者に占める内地人と台湾人の割合には大きな差があった。一九三五年の聴取者のうち、内地人が七八%（一万八〇〇〇戸強）を占めるのに対して、台湾人はわずか二二%（五〇〇〇戸弱）でしかない。不均衡の最大の原因は、台湾人の「国語」リテラシーとかけ離れた放送内容にあった。

小坂正文は「台湾ラヂオ界の近況」と題する文章で、「社会大衆の教養機関として男女の別なく、有ゆる階級人の日常生活に必要な、常識の涵養と情操陶冶に資し得るもの」とラジオの機能を賞賛しつつ、「現在の放送内容を以て本島人加入の多数を希望することは実際無理な注文」だと述べている。それは「本島人側よりすれば、台湾音楽や本島語講演の日々多量に放送されんことを望むのであるが、苟も台湾が日本の領土であり、現に総督府として、本島人の国語普及に多額の国帑を費し、多大の努力を払つてゐる以上、督府の施政に反するが如き放送番組の編成は出来ない[9]」ためであった。

そもそも台湾のラジオ放送は、内地延長主義を完成させ、内台融合という目標に近づくための手段と考えられていた。台湾人に国語を普及させるために、基本的に日本語で放送されていたのである。[10]

何義麟によれば、ラジオ番組は「台湾語が台湾住民の最大多数の使用言語という現実に配慮せず、徹底的に日本語を中心として行われた。三七年以前には番組のうち、「純粋の台湾音楽と台湾音楽化された支那音楽」及び「人形戯」のほか、実際に台湾人向けの番組はほとんど存在していなかった[11]」という。実際には、これ以外にも「台湾人のための台湾語の放送種目」として「台湾講座」という番組もあった。

「教化を主眼とした歴史的物語を興味本位に極めて通俗的に解説するもので勧善懲悪の筋書の大衆向の」もので、一九三三年に三国志の解説を放送したときには、「全国津々浦々ラヂオの前には本島人老若男女集り耳を傾け喜んで聴取した」[12]ほど人気を博していたという。

ところでメディア史研究者の佐藤卓己は、「教育段階によって階層化され」、「年齢・身分・性別に応じて情報へのアクセスコード習得のプロセスを段階的に序列化していた」活字リテラシーに対して、「記号的抽象度が低く意味理解が容易なコードをもつラジオ情報」は「文盲や子供にも届いた」[13]と述べている。だがそれは放送言語が聴取者の母語と一致する場合に限られるだろう。植民地台湾では、統治者の国語で放送されたラジオの声は多くの台湾人に届くことはなく、「台湾語の放送種目」の人気と鮮明な対照をなしていた。

「要は本島人諸君が、ラヂオを聴き、新聞を読み、常に之れに親しんで知らず識らずの内に、内地語を常用語となし得るやう努むべきであらねばならぬ[14]」というものの、ラジオを通じた「文化的生活」を享受できた台湾人は、呉新栄のような一部の知識人に限定されていたのである。

台湾人の間でラジオ普及率が低かったもう一つの理由として、受信機そのものが高価であったこともあげられる。一九二五年の試験放送の段階で、鉱石ラジオは二〇円から三〇円、品質の良い真空管ラジオだと二〇〇円から三〇〇円もした。三〇年代なかばには低価格の真空管ラジオが出回りはじめ、安いものでは二〇円以下で購入できるようになった。しかし年額一二円の聴取料のほかに維持・修理費もかかるため、一般庶民には依然として高嶺の花だった[15]。

こうした状況を大きく変えたのが日中戦争の勃発だった。三七年七月一六日、台湾放送協会は「特別放送」として福建語によるニュース番組を開設する。想定した聴衆は「不幸にして未だ国語を解し得ない本島人及福建省民、南洋方面の福建華僑」であった。[16]中国や近隣諸国からの強力な電波に対抗するために、国語普及という原則に反しても台湾人の母語による放送が必要とされたのである。[17]これは同年四月の新聞紙の漢文欄廃止とは対照的な措置だった。

こうした「自家撞着的な措置」が取られた理由について、何義麟は「音声メディアとしてのラジオ放送の特性」に着目する。「台湾語ラジオは学校教育を受けなくても直ちにマスメディアの受け手になることができるため、「ラジオ放送が新聞に取って代わって新しい戦争動員のマスメディアとなった」[18]のである。国語によるラジオ放送は多くの台湾人のリテラシーと合致していなかったが、福建語（台湾語）放送なら「文盲や子供」（佐藤卓己）でも聴き取ることができる。そのうえ、軍夫や通訳・軍農夫など、家族や知り合いを中国大陸に送り出した台湾人にとって、戦争はもはや他人事ではなくなっていた。[19]福建語のニュース番組は、戦争に関する情報を切実に求めるようになった台湾人の要求に合致するものだったのである。[20]

こうした状況を描いたテクストに中山侑の脚本「ラヂオの家」がある。「日支事変の初めの頃」の「或る田舎の農村」を舞台に、国語の分からない老人がラジオを購入するまでのいきさつを喜劇風に描いたものだ。[21]かねてからラジオを購入したがっている孫たちは「昼一日の仕事から疲れて家へ帰つて来ると、ラヂオがはじまります。疲れて、ねるばかりの私達にラヂオの音楽やお話が、私達に明日も又、畠へ出て働く勇気をつけてくれます」と、七〇歳の祖父を説得しようとする。しかし老人は「いくら面白くたって、そんな話なぞは、国語を知らぬわし達には分からぬわい」とにべもない。ところが大事な

表1　日中戦争前後の聴取者の変化[23]

	事変前（人）	1938年2月末（人）	増加数（人）	増加率（%）
内地人	23,765	31,186	7,421	31.2
本島人	6,916	11,589	4,673	67.7
計	30,681	42,755	12,094	39.4

表2　各種放送番組時間の変化[25]

年	報道（%）	教育（%）	娯楽（%）
1935	39.80	30.20	30.00
1936	37.80	33.90	28.30
1937	38.46	33.60	27.94
1938	42.37	30.74	26.89
1940	46.52	31.79	21.69
1941	47.60	31.81	20.59

孫が軍夫として戦地に赴くと、彼の安否が心配でたまらない祖父は福建語のニュースを通じて「戦争の様子」を知るために、家族に相談することもなくラジオを購入するのである。[22]

台湾人の「事変勃発以来のラヂオ聴取者の激増振り」は表1から見て取れる。

日中戦争は台湾人の間にラジオを普及させるきっかけとなったが、当局によるメディア統制も強化されていく。三七年八月二四日には「情報ニ関スル重要事務ノ連絡ヲ掌ル」ことを目的とし、総務長官を長とする総督府臨時情報部が設置された。情報収集・情報共有化・宣伝に関する役割を担う臨時情報部は、とりわけラジオ放送・映画などの非活字メディアを重視した宣伝活動を実施する。[24]

ラジオ番組の構成も戦争の長期化とともに変化していく。番組を報道・教育・娯楽に分類した場合、「時局の緊迫化とともに娯楽番組が次第に減少し、報道関係の番組が増加の一途をたどっている」と呂紹理は分析する（表2を参照）。

番組の内訳をもう少し詳しく見ていくと、「報道関係の番組の中では、ニュースの時間がますます大きな割合を占めるようになった。一九三五年に報道関係番組の中でニュース番組の占める割合は僅か一

%に過ぎなかったが、一九四〇年にはこれが七〇%に増加しており、日本語ニュースのほか台湾語、広東語、北京語、英語等のニュース番組の放送も開始され、さらに一九三九年にはマレー語のニュース番組も加えられており、台湾を中心に華南、南洋等を放送宣伝合戦の範囲内に取り込もうとした総督府の意図が窺える[26]」。

報道番組の増大と反比例して減少したのが娯楽関連の番組である。一九三五年には放送時間の三〇%を占めていた娯楽番組が、四一年には二〇%に大きく減少している。後述するように、中山侑はラジオによって大衆に娯楽を提供することを重視していたが、彼の活動は娯楽番組の減少期にあたっていた。

日中戦争によって台湾人のラジオ聴取者が急増したように、大東亜戦争の開戦は台湾人聴取者の更なる増加をもたらした。『昭和十八年　ラヂオ年鑑』には、「国民銘肝の大東亜戦勃発し、僅か二ヶ月間足らずして一万の純増加数を得、十六年度加入三万五千九百四十五、純増加二万三千五百四十六と言ふ協会創始以来の画期的好成績を挙げるに至つた。殊に年々累増の一途にある本島人の加入が、本年度に於ては内地人の約倍数となり普及率も昨年度の百世帯当り二、三%を四%に向上せしめたる事は、将来の加入動向を指示するものとして特記すべきことである[27]」と記されている。

一九四二年一〇月一〇日、台湾放送協会は「本島人大衆ノ時局認識ヲ高メ彼等ノ啓発宣伝ニ努メ以テ明確ナル国策ニ寄与セシムル[28]」ため、第二放送を開始する。国語を中心とした従来の放送を理解できない台湾人聴衆のための措置であり、「簡易ナル国語及台湾語」によるニュースだけでなく、台湾音楽や台湾語のラジオドラマも放送するようになった[29]。「戦争遂行のためには、日本語を解さない島民にも国や総督府の方針を周知徹底する必要があり、ラジオでは、むしろ台湾語の活用を図ったのである[30]」。

ところが第二放送は四四年五月に休止となってしまう。国語を理解できない聴衆を想定したものの、台湾人家庭の聴取加入者は四三年の時点で一〇〇戸に四戸強でしかなかった。加入者はほとんどが資産階級か知識人であり、「台湾人の大半を占める農村や労働者に第二放送の台湾語は届かず、総督府の矛盾した思惑ははずれた[31]」のである。

2　娯楽としてのラジオドラマ

日本のラジオ放送は一九二五年三月に始まったが、それは明治期に形成された既成演劇の衰退期にあたっていた。つまり演劇界の転換期にラジオは登場したのである[32]。

一九二五年四月から二六年一〇月までの草創期に放送された劇形式の番組を、「NHK確定番組表」をもとに集計した逢坂伸一によると、放送回数が最も多かったのは「放送舞台劇」の四二回。四一回の「映画劇物語」がそれに続き、三四回放送された「ラヂオ・ドラマ」は第三位だったという。「放送舞台劇」と「ラヂオ・ドラマ」を合わせると、月に四回以上放送されていたことになる。「ラヂオ・ドラマ」という新ジャンルは、ラジオ放送の開始と同時に成立し、「此の時代に、ラヂオドラマ熱が放送局の内部にも熾烈に擡頭し、聴取者の大多数も非常な期待と興味をかけて之を聴いた事実は動かせない[33]」。

二五年八月一三日に小山内薫の翻案・脚色によって放送された「炭坑の中」が、ラジオドラマの人気を決定的なものにした。これは「ラジオが舞台とは質的に異なるメディアであることを明確に意識したラジオドラマ[34]」であり、小山内薫や久保田万太郎、長田幹彦が組織した「ラヂオドラマ研究会」が制作に関与していた[35]。

急速に人気をかちえていくラジオドラマに対して、その影響力を憂慮した当局は、「脚本検閲、試演臨検等事前監督」による厳重取締に乗り出すことになる。ラジオ放送が始まって半年後、電務局長名義で通達された「ラジオドラマの取締りについて」の全文は以下の通り。

○電業第一五八二号　大正十四年十月一日　電務局長

東京、大阪、名古屋各逓信局長

放送無線電話ノ放送事項取締ノ件

本件ニ就テハ充分御配慮アルコトト存シ候モ近来「ラヂオドラマ」ノ如キ新趣好ニ依リ深刻ナル感動ヲ目的トスル放送ヲ試ミ聴取者ノ興味ヲ唆ルモノ有之候処甚敷極端ニ走リ良俗ヲ乱リ風教上ニモ悪影響ヲ及ホスニ於テハ甚タ遺憾ノ義ニ付此ノ種放送事項ニ対シテハ脚本検閲、試演臨検等事前監督ノ方法ニ依リ厳重取締相成度　依命[36]

当初は「聴取者ノ興味ヲ唆ル」ラジオドラマが「良俗ヲ乱リ風教上ニモ悪影響ヲ及ホス」ことを警戒していた当局も、やがてその動員力に着目し、政策遂行のために利用を図るようになる。台湾においても「国語（日本語）の普及」「日本精神の高揚」などの教化目的のため「ラジオを通じての放送劇」が試みられたが、その際には台湾人が演劇好きなことも考慮されたという[37]。

台湾でも一九二八年末の実験放送の段階からラジオドラマの試みが始まった。今日確認できる最も早い記録は、二九年五月三一日に組まれた特集「基隆の夕」のなかの「基隆情景スケッチ」である[38]。三〇年一〇月二〇日には、わずか二一歳の中山侑の指揮によって、北村小松の「猿から貰つた柿の種」が放送された[39]。中山にとって初めてのラジオ放送への参加であるが、台本など資料が残っておらず詳細は分からない。

現在、台本が確認できる最初のラジオドラマは、三〇年一二月一五日の「国語普及の時間」に放送された「ラヂオプレイ　夜明の歌」である[40]。日月潭の「水社附近」の「蕃界旅行」を楽しむ男女七人の会話から構成された作品には、「遠い昔の日本武尊時代を思はせる」「太古の民の生活振り」を堪能する一行が「化蕃の唄」に酔いしれながらも、母語を異にする「蕃人同志」が互いに意思の疎通ができないことを「つまらないこと」だと批判する場面がある。その一方で「蕃童」に対する教育事業を「尊い努力」として評価する登場人物が、次のようなせりふを口にする。

数は十三万か十五万の蕃人だ、而し吾々の生活に於て毎日々々蕃人と云ふ特殊のものが話題に上る間は何だか暗い感じがするではないか、不消化のものが胃の中にゴロゴロしてるやうだ、教化が彼等に及ぶ暁には、やがて日本中が一の国語に統一せられる訳だ、日本は真に明るくなる

台本の奥付によれば、「国語普及の栞刊行会」は総督府文教局庶務係に置かれている。台湾のラジオ放送が国語の普及という目標を達成するための手段のひとつと考えられていたことはすでに述べたが、官製団体によって創作された最も初期の「ラヂオプレイ」が、原住民への国語教育をテーマとしていた

点は注目すべきだろう。

「台湾放送協会年表」と「中山侑著作年譜」・『呂赫若日記』・「日本統治期台湾文学脚本目録[41]」をもとに作成した台湾におけるラジオドラマに関する年表（章末を参照。なおゴシック体で示したものは、活字テクストとして残っているものである）によると中山侑が台北放送局に就職した一九三七年以降、彼の作品が急速に増えている。警察の活動を題材にしたものが多いのは、彼の父親が「蕃界」勤務の警察官だったこともあるが、中山自身が『台湾警察時報』の編輯を担当してきたためでもある。中山は、ラジオ放送とは大衆に娯楽を提供する「民衆文化事業の王座」であると同時に、「外には飽くまでも正しき日本の真の姿を伝へ、国民には挙国一致国家的完成への覚悟を促す、大きなる声としての任務[42]」を果たすべきものと考えていた。

日中全面戦争を背景とし、「動員と娯楽」（呂紹理）という二重の役割がラジオに求められるなかで、中山侑が創作したラジオドラマはどのようなものだったのだろうか。

3　中山侑という人

中山侑に関する先行研究には、中島利郎の論文「中山侑という人」と「中山侑著作目録[43]」、鳳氣至純平の修士論文「中山侑研究――分析他的「湾生」身分及其文化活動[44]」がある。とりわけ鳳氣至論文は「湾生」（台湾生まれの日本人）という切り口から彼の文学活動を全般的に論じており、教えられる点が多かった。ただ、ラジオドラマを論じた箇所はさらに展開する余地がある。

一八九五年に巡査として台湾に渡った中山侑の父親は、およそ二〇年間の「蕃界」勤務を経験した。一九〇三年三月、父親の最後の任地である深坑廳の「蕃地」に生まれた中山は、両親の語る「当時の野趣に富んだ冒険譚」を好んで聞いたという。[45]「兇蕃」との息づまる交渉や恐ろしい「蕃害」の実態、蕃地での砂金掘りの果てにあえなく命を落とした男の話などを聞いて育った少年が、原住民と彼らに日常的に接する警察に強い関心を抱くのは不思議ではないだろう。[46]

台北第一中学校に在学中、『扒龍船』や『新熱帯詩風』に詩を発表。その後、台北帝国大学の聴講生となった中山は数多くの文学雑誌の編輯に関わる一方で、三〇年に劇団「かまきり座」を創立するなど演劇活動にも取り組んでいた。すでに述べたように、この年の一〇月二〇日には北村小松原作の「猿から貫つた柿の種」が、台北放送局からラジオドラマとして放送されている。

一九三二年から三三年まで、東京の南千住にある隣保館の嘱託となった中山は、恵まれない子どもたちに劇や童謡・綴り方などの指導を行っている。三三年秋に帰台。三四年二月に開催された台北劇団協会主催の新劇祭では、ハウプトマンの「日没前」の演出を担当しラジオドラマとしても放送した。[47]

三三年に警務局に就職した中山は、台湾警察協会が発行する『台湾警察時報』の編輯を担当する。三七年に台北放送局に転職するまでの三年余りの間に、角板山や霧社、合歓越道路沿いの「蕃社」に何度も足を運び、その記録を発表している点も注目すべきだろう。[48] 同じ頃、志馬陸平というペンネームで『台湾時報』に連載(一九三六年二月から三七年一月)した長編評論「青年と台湾」は、「台湾における新劇の歴史とその変遷については、他に代わる資料がない」[49]ものと高く評価されている。

草山の温泉宿で交わされた会話というスタイルをとった「青年と台湾」は、当時のラジオ番組への批判から始まる。ある登場人物が、「ラヂオとは賢明な、さる日本人の邦語訳によると、楽耳王となるんだ。耳を楽しましながら、興味半分、教化半分で理想的な社会教化の実を挙げやうと言ふんだが、此の頃のあのラヂオのプロ〔グラム〕の内、此の島のマイクロフオンから、島民の耳を楽しませるものを拾つて見たら、一体幾つあるだらう[50]」と現状を批判する。「耳を楽しましながら、興味半分、教化半分で理想的な社会教化の実を挙げ」ることが、中山侑のラジオ論、ひいては娯楽論に一貫した観点であった。

当時のラジオ番組に批判的だった中山は、三七年四月一日の警察記念日に鷲巣敦哉原作の「台湾の警察」を脚色し、ラジオドラマとして放送する。放送後、「大体に於て成功」と自賛しながらも「之ではまだ少し堅すぎると言ふ感がする。ラヂオ放送と言ふものが、広範な大衆を相手とするものである以上、もつともつと分かり易く、くだけた、悪く言へばもつとお色気たつぷりな脚本と演出が必要であると思つた[51]」とコメントした彼は、この企画がきっかけとなり台北放送局に移籍することになる。その後も『台湾警察時報』に論文「時局とラヂオ」を発表したほか、「警察の夕」の企画に協力するなど、警察との密接な関係は継続した。

時間は遡るが、一九三四年六月に国際電気通信会社の短波設備が整備されたことで、内地と台湾の間でより鮮明な番組の送受信が可能になった。同年九月から毎月一回、第二日曜日に台湾から内地に向けた番組の送出（出中継）が始まる。それは「台湾を広く天下に紹介する」ものとして歓迎された。番組の作成は二カ月以上も前から準備され、万全の体制がとられたという。三四年九月九日に行われた第一回目の出中継では、「蓬莱島の南国情緒の香りも高い台湾音楽のメロデー[52]」が日本全国に送り届けられた。

『日本無線史　第十二巻　外地無線史』には、一九三九年度の内地向け出中継番組がリストアップされているが、そこで目を引くのは原住民関連の企画の多さである。この間に制作された一三本の番組のうち、原住民に関するものは四回にのぼる。[53] 第一回目は、八月二七日に台中州日月潭から杵歌と「蕃歌」の実況中継である。原住民音楽の評判が良かったためか、翌四〇年度には中山侑が台湾南部のパクヘウ社で取材を行い、四月二一日に「蕃楽器の演奏」を全国放送している。[54]

三九年度の放送に戻ろう。一一月一一日は、台北帝大教授の移川子之蔵による「高砂族固有の青少年訓練」と題する講演。第三回目は翌一二月一〇日に「子どもの時間」という番組で、荒川重理台北高校教授による「台湾蕃地の珍しい動物」が放送された。四〇年二月一八日、台北童話劇協会の童話劇「鯨祭り」が全国放送されたが、これはアミ族の伝説をもとに西岡英夫が原作を執筆し、中山侑が脚色したものである。

一九二五年六月の始政三〇年記念展覧会で放送された台湾原住民の「蕃歌」が鹿児島でも聴取できたように、「台湾を広く天下に紹介する」ことを目的とした全国放送では、原住民に関わる企画が趣旨にかなうと考えられていたようである。これらの番組制作にあたって中山侑が重要な役割を果たしていた。

4　ラジオと「蕃地」——中山侑のラジオドラマから

中山のラジオドラマを分析する前に、彼が想定した聴衆について述べておきたい。

すでに見たように、中山侑にとってのラジオ放送とは、大衆に娯楽を提供する「民衆文化事業の王座」であると同時に「外には飽くまでも正しき日本の真の姿を伝へ、国民には挙国一致国家的完成への覚悟を促す、大きなる声としての任務」を果たすべきものだった。日中戦争勃発の直後に執筆し、こうした認識を明確に示した「時局とラヂオ」は、中山のラジオ論を考察するうえで最も重要な文章である[55]。大戦争の開始という緊迫した時局のなかで、「今程、報道機関が重大な任務を負はされてゐる時はないのだ。そして、今、その報道の第一線に立たされた感あるものは、ラヂオのニュースである」と考える中山は、「苟くも文化生活を為し、時代思潮に関心を持つ人々にはラヂオ受信機は最早や日常必須の家具とな」っており、「ラヂオ受信機の普及につれて、我々は最も簡単に、最も有効に、文化生活を形成し、知識と芸術を共楽し得るわけである。（中略）これは、畢竟、ラヂオが極めて僅少の経費で、現代人の生活に必要なる慰安、娯楽、教養、報道等を家庭に提供し得ると言ふ極めて重宝な文化施設なるが為」だと述べる。

彼は「大衆性と言ふ有利な武器」を持った「新興ラヂオ芸術」の大衆性についても言及している。ポイントとなる箇所を引用しよう。

ラヂオ芸術は先人未踏の境地である。ラヂオ芸術は創立日尚浅きが故に、世人の関心を曳かない、已むを得ないかも知れぬが、その芸術的本質に対して漠然たる憶測を下してゐる向きも少くないから、その芸術性の究明は当面の問題であらう。（中略）

新興ラヂオ芸術は大衆性と言ふ有利な武器を賦金されたのである。大衆的と言ふ観念から見れば、旧芸術の如何なる形式もラヂオ芸術に匹敵することは出来ない。（中略）ラヂオ芸術も又、聴覚を通じ汎ゆる状態の情緒を動かし得るもので、充分その価値を主張する事が出来る。（中略）

芸術の形式と内容について、時代に適合する様に、芸術家が訂正しなければ観客の方で、形式と内容に干渉しはじめることがある。その結果として時代に相応はしい芸術が生まれるのである。

それでは「先人未踏の境地」とされた「ラヂオ芸術」の受け手は、いったいどのような人々であったのだろうか。

日中戦争の開始直後に福建語によるニュース番組が始まり、聴取者が急増したとはいえ、多くの台湾人にとってラジオ放送が身近なものになったわけではない。台湾人に親しまれていた台湾音楽は、皇民化運動の影響で放送回数が激減していた。四二年に始まった第二放送で再開されるようになった[56]ものの、台湾人家庭の聴取加入者数が一〇〇戸に四戸強にとどまっていたことはすでに述べた。

ラジオ聴取にかかる費用を「極めて僅少の経費」と見なすことができ、なおかつ「国語」によって「聴覚を通じ汎ゆる状態の情緒を動かし得る」ことが可能な「ラヂオ芸術」の享受者は、台湾人のなかでは極めて限られており、けっして「大衆的」なものではなかったのである。

ここで一九三七年四月一日の「警察の夕」の番組内で放送され、中山侑が台北放送局に転職するきっかけとなった「ラヂオ風景　台湾の警察」について検討しよう。テクストは同年六月の『台湾警察時報』に掲載された同名の作品による。[57]

このドラマは、「台湾総督府警察官及司獄官練習所」を舞台とし、二人の主要登場人物（A・B）の会話からなる第一景（「練習所風景」）。半年に及ぶ訓練を終え、台南州の平地勤務が決まった登場人物A（中村健二）が、一八九五年に警察官として台湾にやって来た父親と郡の警務課長（高山）から、警察官の心構えや警察の苦難の歴史を聞かされる第二景（「村落風景」）。そして三年後のある日、能高越道路沿いの駐在所に勤務する登場人物B（神田）のもとに、中村健二からの手紙が届くという設定の第三景（「蕃地風景」）から構成されている。

「練習所歌」から始まるドラマは、三つの景の間にそれぞれ異なる音楽を挿入することで、場面の転換を聴衆が感知できるようになっている。目で観て鑑賞する舞台演劇と異なり、聴覚のみが頼りのラジオドラマにこうした工夫は不可欠のものだ。

第一景は「蛍の光」（音楽）と「警察歌」（音楽）で閉じられ、「和やかな音楽」の挿入によって第二景に移ったことが示される。同じように第二景の結びは、「平和の戦士」のレコードに続く「蕃地警備の歌」（音楽）によって第三景に転換したことが聴衆に伝えられる。ドラマの結末も、オルガンに合わせた「蕃童」たちの「君が代」合唱と「台湾警察歌」の一節が流れ、作品の終了が告げられるのである。

原作者の鷲巣敦哉と中山侑は、この企画において「本島警察としての特殊な任務を強調」するだけではなく、「警察精神の発露と言ふ様な一面を力強く表現して見たい[58]」と考えていた。そのために、警察に関連する音楽を効果的に使用するだけでなく、さまざまな音声を挿入することで多岐にわたる「本島警察としての特殊な任務」を表現している。

第一景では二人の主要な登場人物の対話のほかに、警察の使命と民衆との関係についての練習所の講義が挿入される。ここでも「始業のラッパ」と「放課のラッパ」によって、練習所での講義と二人の会話が別の場面の出来事であることが聴き手に理解できるように工夫されている。さらに二人の会話を通じて、練習所に合格したのは二〇〇人近くの志願者のうち八人しかいないことが伝えられ、警察官が選りすぐりのエリートであることも聴衆は知らされるのである。

第二景には、登場人物A（中村健二）の父親が、領台以来の警察官の奮闘の歴史を次のように語るシーンがある。ちなみに中山侑の父親が台湾に渡ってきたのも中村健二の父と同じ一八九五（明治二八）年のことだ。

私達が渡台したのは、明治二十八年の九月でしたが、確か、二隻の護送船に五百余名が分乗して基隆についたものです。（中略）上陸すれば、平地には土匪だ。満洲の馬賊よりもつと性質の悪い奴だ、それにマラリアが多くて、敵の弾丸に当たつて死ぬなら兎も角、名もない蚊にやられて、われわれの三分の一ばかりが動けなくなつた事もある。全くお話しにならないよ。併し児玉総督の画策よろしきを得て、やつと土匪が鎮定されたのが明治三十五年、その前年に市庁制度が敷かれて大正九年田総督の時代に今の州制に改るまでつゞいたのだ。

父親の長口上に続いて現役の警務課長は平地勤務警察の重要さを諭し（「田舎に行けば役場の幹部と公学校の校長さんと派出所の巡査の三者は、その部落を指導して行く重要な地位にあるのですよ」）、「台湾統治の為め」に「警察官が警察以外の仕事に従事」することの意義を強調する。

最後の第三景では、冒頭の「蕃地警備の歌」（音楽）に引き続き、ここで初めて登場する解説者のナレーションによって、「蕃界勤務の警察官があらゆる艱難に堪へて、蕃地開発の職務についてゐる」ことが紹介される。また、新高山に登り駐在所に宿泊した「内地の登山家」が、登場人物B（神田）から「山の警察官」の仕事についてレクチャーを受けるという設定も重要だろう。おそらく多くの聴衆もそうであったように、蕃地警察について何も知らない人物を登場させることで、ドラマを通じて警察の役割を聞き手はあらためて認識することになるのである。

さまざまな音楽や多様な声の挿入は、ドラマを飽きずに聴かせるための「テクニックとか効果とか興味とか言ふもの」[59]の重要性を強調していた中山には当然のものだった。それではこうした工夫を通して伝えようとした「本島警察としての特殊な任務」、そのなかの重要な柱とされた「山の警察官」の仕事とは何だったのだろうか。

それはラジオ体操をする「蕃童」のためにオルガンをひく警察官に代表される、教育者としての姿であった。厳しい自然環境のなかで「忠良な臣民を作る」ために、教育者として、時には医者や授産の指導者として日夜奮闘する警察官の献身的な姿が、「内地の登山家」とのやりとりを通じて浮き彫りになる。こうした描写には、幼い頃に中山が父親から繰り返し聞かされた「山の警察官」の仕事ぶりが生かされているのだろう。一九三〇年一二月に初めて放送されたドラマ「ラヂオプレイ　夜明の歌」では、「蕃人と云ふ特殊のもの」は「不消化のものが胃の中にゴロゴロしてるやう」と評されていた。しかし警察官の献身的な努力によって、「蕃童」たちが「天皇陛下の為に尽したい」と語り、君が代を合唱するまでになったことが電波に乗って台湾各地に伝えられたのである。

中山侑のラジオドラマは、四月一日の「警察記念日」に三年連続して放送された「台湾の警察」(一九三七年)、「或る日の警察」(三八年)、「戦ふ警官」(三九年) だけでなく、「花園を荒らすもの[60]」や、「事件突破[61]」など、警察官を題材にしたものが多い。

一九三八年の「或る日の警察」も、第一景が「山の駐在所」に設定され「未開の高砂族を現在へまで導いて来た苦心[62]」が警察官の口から語られる。ドラマでは霧社事件は「順調に進んで来た長い台湾の理蕃の中で、一つの悪い夢を見た様なもの」で例外に過ぎない出来事とされる一方、「よく時局を認識してゐる」「国語の分かる連中」は、ラジオを聞き「軍人を志願するものも多い」と評価されている。

そもそも「警察の夕」とは、「時局下の警察がどんな仕事をしてゐるかを示して、之に対する民衆の理解協力を獲やうという[63]」目的のために企画されたものだ。しかし、「ラヂオは教化機関であると共に、慰安娯楽の機関であるので、警察の民衆化とは言へ、余りにお役所的な色彩を濃厚にして、折角の「警察の夕」がラヂオ聴取者から、シヤツト・アウトされてしまふ様なことがあつては面白くない」と考える中山は、「山の駐在所」の場面を意図的にドラマの冒頭に組み込んだのである。なぜなら「放送局として聴取者の心理を推察すれば、台湾の警察と言へば、すぐに高砂族の事がピンと来るし、之を除くのは何か大きな物足りなさを感じる」からだ。つまり「高砂族の事」は、台湾警察の重要な任務の一部として「民衆の理解」を求めなければならない事柄にとどまらず、聴衆者の好奇心をかきたてる、いわば耳で聴く「慰安娯楽」としての役割も果たしていたのである。

本章の最後に紹介する「ラヂオ・ドラマ　風──ある蕃地の駐在所風景」は、一九四〇年一二月一二日に台湾放送劇団によって放送された。現在のところ、中山侑のラジオドラマのなかで活字テクストとして読むことのできる最後の作品である。これまでのドラマでは警察官の役割を宣伝するラジオの教化機関としての機能が前面にでていたのに対して、「風」は蕃地駐在所に勤務する警察官とその妻の不安な心理を描いている点が注目される[64]。

ドラマの舞台は、嵐の夜更けのサクサク駐在所。サクサクは台東廳関山郡のブヌン族居住地にある実在の地名であり、主人公の平岡巡査は一〇年もの歳月を「淋しい深山」で暮してきたベテラン警察官という設定だ。

ある嵐の夜、戦場で負傷し除隊したばかりの早崎昭三という帰還兵が、サクサク駐在所にやってくる。マロワン駐在所に勤務する早崎巡査の腹違いの弟だという昭三は、会ったこともない兄を訪ねるために、内地に帰る途中でこの深い山中までやって来たのである。平岡はさっそくマロワン駐在所に警察電話をかけるが、折悪しく召集令状を受けとった早崎巡査は翌日の朝早く下山せねばならず、昭三に会う時間がないという。それを聞いた昭三が激しい風雨を衝いてマロワン目指して飛び出していき、その後を平岡が追っていくのだ。

ストーリーだけを見れば、「淋しい深山」で働く警察官の労苦と、見知らぬ兄に対する戦場で負傷した帰還兵の思いを描いただけのドラマのように思える。だが、「風」がこれまでの中山の作品と異なるのは、山のなかで人知れず暮らす警察官の孤独と不安に焦点が当てられている点である。ドラマは巡査と妻の次のような対話から始まる。

（風の音）

男：風がひどくなつて来たよ。こんな風の吹くのはほんとにしばらく振りだぞ。

女：雨も降つてるのよ。

男：いやだいやだ。こんな晩は気がめ入つてやりきれないな。たゞでさへ淋しい深山暮しだ。嵐にでもなつて見ろ、交通がなくなつて、たまらないぞ。おい、ランプを少し明るくしろよ。（中略）

男：なんだ、俺と山で暮す決心をしながら、これ位の風が恐いなんて。俺なんぞはこんな山の中で十年も暮して来たんだぞ。

女：私はたつた一年よ。無理もないわ。

男：十年、長い月日だ。僕は何度山を下りる決心をしたか知れない。だけど、その度に、僕をひきとめて離さない、見えない力が僕を支へてゐてくれたのだ。僕がさうした決心をしたのは、きまつて、こんな陰うつな晩だ。

女：貴方は前と随分お変わりになつたわ。去年、私がまだ平地にゐた頃は、決して私へそんな事は仰言らなかつたわ。山はいゝ所だ。人は純真だし、自然は美しいつて仰言つたわ。

男：あれは、強がりを言つていたんだ。山から降りて都会へ行く度に、僕は都会に圧倒されたんだ。そして都会の空気に負けさうな気がしてならなかつたんだ、だから都会では僕はつとめて山の話をした。山の人情の美しい事、山の自然の美しい事、そして、僕は心の中で都会の誘惑と戦つてゐたんだ。だからあれは、僕の強がる為の嘘さ。

女：じゃ、私はどうなるの、貴方の嘘にだまされて、山を憧れて来たわけね。[65]

これまで見てきた「台湾の警察」や「或る日の警察」にも、蕃地の駐在所で働く警察官とその妻の姿が描かれていた。だが、子どもの教育に対する心配や不自由な暮らしを彼らが語ることがあったとしても、それは困難な環境で献身的に働く警察のありがたさを強調する方向へと誘導されていた。しかし平岡巡査が口にする「淋しい深山暮し」のやりきれなさは、それとは明らかに異なっている。

早崎昭三の件でマロワン駐在所に警察電話をかける時に、平岡の妻が思わず洩らす次のせりふは印象的だ。「警察電話は私達山へ住むものの、たゞ一つの便りなんです。殊に、こんな淋しい夜なぞ、ふとかゝつて来る他の駐在所からの電話に夫婦してより合つて、受話機の中の声をきこうとする事がありますのよ。その中から、私達と別の世界が見えない大きな波となつてひろがつてゐる様な気がするんです」。

淋しい夜に、別の世界との繋がりを確認するための警察電話のかすかな声。深い山のなかで、ほかに語らう相手もいない生活が何年も続くのである。「此の山の駐在所の巡査と言ふ仕事には色々な抱負や希望を持つてらつしやる筈じやないの」と夫を励まそうとしても、彼らをさらなる不安に追いこんでいくかのように、激しい風は弱々しいランプの火をかき消さんばかりに吹きつける。

こうした蕃地勤務の警察官のために、総督府は早くからラジオ受信機の設置に取り組んでいた。一九二九年四月二四日の『台湾日日新報』に掲載された「蕃界にラヂオ」という記事は、「単調其ものゝ山の人達の生活、蕃界の警察官家族や蕃人等への慰問と、教化の為に新らしい文化の流れを注ぎ込む可く台中州警務部理蕃課では蕃社へラヂオを設置する事となつた。(中略) ラウド・スピーカーから吐き出されたジヤズの音が谷間に響き妙なる楽に連れ蕃人が踊り狂ふ情景が幻の如く胸に浮ぶ (中略) ラヂオの設置で俗世間の響きを僅か何万分の一のタイムで山へ伝へる事の出来るやうになつたのは「米酒の土産」より幾倍か彼等の幸福を増すものであらう[66]」と報じている。

また、三六年六月二六日の記事も、「台南州警務部理蕃課では曩に州下嘉義郡蕃地にラヂオを設置し以て蕃人教化の一端に資すべく種々攻究中の所この程に至り愈々実現しニヤウチナ、タツパン、ララチ、サビキ、新高下、タータカの七警官駐在所事務所内に据付けることに決定したので奥深い山地に明け暮れる蕃地にも聽て都会の声が放送され彼等の生活を明朗化するのも間もないことであらう[67]」と希望的な観測をしている。

これらの新聞記事に記されているように、「単調」な蕃界生活を余儀なくされている警察官や「蕃人」たちに、「新らしい文化」や「都会の声」を運ぶことをラジオは期待されていたが、それは同時に「教化の為」のものであることと矛盾しなかった[68]。ラジオドラマ「或る日の警察」のなかでも、「生じつかな都会人より、よく時局を認識してゐる」高砂族は、ラジオを聞き「軍人を志願するものも多い」と賞賛されていたことは、すでに見たとおりである。

「風」は、早崎昭三と平岡巡査が駐在所を飛び出していった後、一人取り残された巡査の妻が、田宮駐在所に勤務する巡査の妻に警察電話をかける場面で結ばれる。

女:え、もし、もし、あ、別に用事ないんですけれど、だゞ、電話でお声き(ママ)したかつたの。風が吹いて淋しい夜でせう。どうしてらつしやるかと思つて、え、それから電話がきれて、貴方との間が一ぺんに何百里もはなれてしまつて、私ひとりぽつちで残されてるんじやないかと思つて。えゝ大丈夫よ。でも時々、こんな気持になる時あるの、もう元気ですわ。はい、はい、さよなら、では、又、今度、さよなら。

（時計がなる――九時――）（風の音）

しかし蕃地勤務の警察官とその家族が感じる不安な思いの背後には、「淋しい深山暮し」はもちろんのこと、彼らが日常的に接する原住民に対する漠然とした不安、さらには恐怖が潜んではいなかっただろうか。

その不安はやがて現実のものとなる。「風」が放送されてから三カ月も経たない一九四一年三月九日の夜に、サクサク駐在所と同じ台東廳関山郡の蕃地で、「蕃人兇行事件」が発生したのだ。六名のブヌン族が三カ所の駐在所を次々と襲撃し、「巡査一名、家族一名、アミ族警手一名、計三名殺害せられ、巡査部長一名、家族二名、計三名負傷」した内本鹿事件である。[69] 原住民集落の集団移動に対する不満と犯行者たちの「兇暴かつ頑迷なる」[70] 性格が事件の原因とされた。

一三四人の日本人が殺された霧社事件と比べれば、死者三名、負傷者三名の内本鹿事件は、確かに小さな出来事かもしれない。しかし霧社事件以後、理蕃事業を根本的に刷新し、「蕃情の安定」を誇ってきた総督府や警察界にとっては、これが「一つの悪い夢」（「或る日の警察」）であったのは確かだろう。

蕃地の表面上の安定とは裏腹に、いつ発生してもおかしくはない「蕃害」に対する統治者の潜在的な恐怖を、中山は「風」のなかで図らずも描いてしまったのである。

おわりに

一九三七年に台北放送局へ転職した中山侑は、警察の活躍を題材としたラジオドラマを精力的に創作した。しかし四一年以後、彼の作品はあきらかに少なくなる。活字テクストとして残されたのは四一年二月の「風」が最後となった。四二年以後は、呂赫若が創作したラジオドラマの放送に中山の協力があったことが垂水千恵によって明らかにされているが、[71] 彼自身の関心はすでに青年演劇運動に移っていた。

一九四一年五月、張文環らが雑誌『台湾文学』を啓文社から刊行するにあたって、中山もその中心的なメンバーとなった。同年八月に皇民奉公会台北州支部の外郭団体として「台湾郷土演劇研究会」が結成されると、王井泉や張文環らとともに中山も理事に選ばれる。この研究会は、都市演劇と農民演劇を調査し、郷土演劇の復活をはかることを目的としたものであった。[72]

すでに見てきたように、中山はラジオ放送を大衆に娯楽を提供する「民衆文化事業の王座」にあるものと考えていた。しかし実際には、国語リテラシーの壁やラジオの普及率の低さのため、ラジオ放送のもたらす娯楽が台湾の大衆に届いたとはいいがたい。戦時における娯楽の重要性を理解していた中山からすれば、聴覚のみに依存せざるを得ないラジオ放送とは別の、「本島人、高砂族」大衆にも受け入れられる新たな娯楽を模索する必要があったのである。[73]

四一年八月二一日、皇民奉公会中央本部に「娯楽委員会」が設置され、四つの部会から構成される委員会の第一分科会が演劇を管轄することとなった。同年九月、台北州総務部長から娯楽対策として移動演劇の実現に向けた方策を依頼された中山侑は、演劇挺身隊を提案する。それが「農村青年が自らの手によって、農村確保の第一線に立ち、演劇によって農村文化の確立に寄与し、また農村娯楽の貧困への対応策として」、移動劇団「新荘演劇挺身隊」の発足につながっていく。[74] 素人の青年が主体となって一つの台本を演じ、農村の人々がその劇を鑑賞するという経験は、一方的な受け手にとどまらざるを得ないラジオドラマとはまったく異なるものだった。

これ以後、中山侑は各地の青年団によって組織された青年演劇に深く関わるようになるのだが、そのことについては本章の範囲を超える。

注

(1)『呉新栄日記全集二　一九三八』国立台湾文学館、二〇〇七年、九二頁。なお本章で引用する日記中の〔　〕は、編集者が誤字を訂正したもの、(　)は脱落した文字を補ったものである。

(2) 呂紹理『時間と規律』交流協会、二〇〇六年、一五九―一六〇頁。

(3)『日本無線史　第十二巻　外地無線史』電波監理委員会、一九五一年、九〇頁。

(4)『放送史資料　台湾放送協会』放送文化研究所・二〇世紀放送史編集室、一九九八年、一四頁。

(5)「台北のラヂオが鹿児島に聞える　昨日は劈頭蕃人の放送」『台湾日日新報』一九二五年六月二五日。

(6) 李承機「ラジオ放送と植民地台湾の大衆文化」貴志俊彦ほか編『戦争・ラジオ・記憶』勉誠出版、二〇〇六年、一三八頁。

(7) 前掲注4、一六―一七頁。

（8）聴取者数の変遷およびその社会階層についての分析は、呂紹理「日治時期台湾広播工業與收音機市場的形成」（『国立政治大学歴史学報』二〇〇二年五月、三〇九―三一二頁）を参照。
（9）小坂正文「台湾ラヂオ界の近況」『台湾時報』一九三六年二月、六頁。
（10）前掲注8、三〇五―三〇六頁。
（11）何義麟「戦時下台湾のメディアにおける使用言語の問題」『台湾の近代と日本』中京大学社会科学研究所、二〇〇三年、二四三―二四四頁。
（12）前掲注3、一〇九頁。
（13）佐藤卓己「ラジオとファシスト的公共性」『現代メディア史』岩波書店、一九九八年、一四五頁。
なお佐藤は同論文で、「一九世紀前半の電信にはじまる聴覚メディア（電話／ラジオ、蓄音機／テープレコーダー）は、音響を移送し保存することで、時間と空間の限界を超えた新しいコミュニケーションを可能にした。一方で、それは非文字的な民衆文化を商品化するテクノロジーの開発であり、非教養市民層において圧倒的な意味をもった」とも述べている。一四二頁。
（14）前掲注9、六頁。
（15）前掲注8、三一九―三二〇頁。ただし統計に残されている台湾放送局の受信契約者数イコール聴取者数というわけではない。李承機によれば、自作の組立式鉱石受信機が三〇年代初頭に流行しており、毎月の受信料を払わずにラジオ放送を聴くことが技術的に可能であった。そうした聴衆の数は、当然ながら統計には反映されない。前掲注6、一四八頁。
また、家庭で受信契約をするのではなく、公共の場などに設置されたラジオに耳を傾ける聴取者も存在した。中山侑の「ラヂオの家」にも、ラジオを聞くためにわざわざ町の床屋まで足を運ぶ台湾の老人の姿が描かれている。
（16）逓信部監理課「ラヂオの使命と台湾の放送」『部報』台湾総督府臨時情報部、一九三八年四月、一三頁。
（17）前掲注3『日本無線史』は、福建語放送開始の理由を次のように説明する。
台湾の放送が内地放送と異なる点は、聴取者が内地人、台湾人の二様に判然区別されている点である。この点では一応は、朝鮮に於ても同様のことが云える訳であるが、更に一歩を進めて考えると、朝鮮と同一に論ぜられない事情がある。元来朝鮮人は朝鮮そのものが母国であるに引き代え、台湾自体は台湾人の母国ではなく彼等の真の母国は対岸大陸である。従つて台湾の放送が内地中継を主としたり、内地人向けのプログラムを多く盛る場合は、台湾人は台湾放送よりは、遙かに上海、広東放送に興味を持つものである。

支那事変中、台湾人に中国放送を聴取せしめる事が、台湾施政上好ましからざる事であると考えられた。然し中国放送聴取を台湾人に禁止する以上、これに代るに彼等に興味あり理解の出来る放送を与えねばならぬ。これが台湾人向き放送を行わねばならぬ理由の一つである。即ち台湾に於ける二重放送の意味は内地人向け、台湾人向けの異種プログラムの同時放送のいわれである。（一七頁）

傍線は引用者。本章の以下の傍線も同様。

（18）前掲注11、二三七頁、二四四―二四五頁。

（19）日中戦争が始まってまもなく、台湾人に求められた戦争協力は、上海や南京の戦闘で通訳や軍夫となることだった。また日本軍に新鮮な野菜を供給すべく、上海近郊の大場鎮に農場が開設されたが、そこで働く「台湾農業義勇団」が三八年四年四月に派遣されている。伊原吉之助「台湾の皇民化運動――昭和十年代の台湾（二）」中村孝志編『日本の南方関与と台湾』天理教道友社、一九八八年、三〇八―三一三頁。

（20）「台中などに於て夜の福建語ニュースの時には本島人の群衆が黒山のやうに折り重なって、店頭のスピーカーから出る音の一言一句に耳を欹ててゐるのは注目に価する風景であらう」と、何義麟は「台湾語放送開始後の町の情景について」当時の雑誌から紹介している。前掲注11、二四五頁。

（21）中山侑「ラヂオの家」台湾総督府情報部編『手軽に出来る青少年劇脚本集　第一輯』一九四一年。

（22）「ラヂオの家」は一九四三年三月一八日と一九日に宋非我の演出で、台湾語によって放送されたという。前掲注4、二〇四頁。

（23）前掲注16、一一―一二頁をもとに作成。

だが、「激増」と言うものの、一九三八年二月末の時点における人口一〇〇〇人当たりの聴取者は、内地人が一〇・六人と「内地のそれに約倍する優秀な普及率を示して居る」のに対して、本島人は二・二四人にとどまっていることも見落とせない。つまり本島人の間には内地人の五〇分の一しか普及していないのである。

(24) 谷ヶ城秀吉「台湾の戦時体制の構築と「同化」・「異化」――『台湾総督府臨時情報部「部報」解題』」『台湾総督府臨時情報部「部報」別巻』ゆまに書房、二〇〇六年、一二五―一三〇頁。
(25) 前掲注2、一六二頁。
(26) 同前、一六二―一六三頁。
(27) 「台湾の放送事業」日本放送協会編『昭和十八年　ラヂオ年鑑』日本放送出版協会、一九四三年、二六九頁。
(28) 前掲注4所収、社団法人台湾放送協会「昭和十七年度事業並会計報告書」九五頁。
(29) 第二放送における台湾音楽に関しては、垂水千恵「台湾における音楽・演劇活動」(『呂赫若研究』風間書房、二〇〇二年、二八二頁)、王櫻芬「戦時台湾漢人音楽的禁止和「復活」――従一九四三年「台湾民族音楽調査団」的見聞為討論基礎」(『台大文史哲学報』台湾大学文学院、二〇〇四年一一月)を参照。
(30) 前掲注4所収、「収録した史料について」九頁。
(31) 中島利郎「日本統治期台湾研究の問題点」『日本統治期台湾文学研究序説』緑蔭書房、二〇〇四年、三一三頁。ただ注意しなければならないのは、注15でも触れたように、受信契約者数が聴取者数と同義ではないという点である。自分でラジオを製作し受信料を支払わないケースや、公共の場に置かれたラジオを聞く人々は、当然ながら「一〇〇戸に四戸強」という数字には含まれない。
(32) 逢坂伸一「日本に於ける放送開始期のラジオ・ドラマの研究」『東海大学紀要文学部』一九六七年二月、九二頁。
(33) 同前、九四―九六頁。
(34) 吉見俊哉『「声」の資本主義――電話・ラジオ・蓄音機の社会史』講談社、一九九五年、二四〇頁。
(35) 同前、二五二頁。
(36) 「ラジオドラマの取締について(通達)」『現代史資料四〇　マス・メディア統制一』みすず書房、一九七三年、一四―一五頁。
(37) 河原功「台湾戯曲・脚本集解説――日本統治期台湾の演劇運動概観」『台湾戯曲・脚本集一　日本統治期台湾文学集成一〇』緑蔭書房、二〇〇三年、五四三頁。
(38) 前掲注4、二二二〇頁。

(39) 中島利郎編「中山侑著作年譜」『日本統治期台湾文学研究序説』緑蔭書房、二〇〇四年、五八頁。
(40) 前掲注37、五四四—五四五頁。
『ラヂオプレイ　夜明の歌（国語普及の栞（三））』（国語普及の栞刊行会、一九三〇年）の台本は、『台湾戯曲・脚本集一　日本統治期台湾文学集成一〇』（緑蔭書房、二〇〇三年）に収録されている。
(41) 河原功・中島利郎編「日本統治期台湾文学脚本目録」『台湾戯曲・脚本集五　日本統治期台湾文学集成一四』緑蔭書房、二〇〇三年。
(42) 中山侑「時局とラヂオ（二）」『台湾警察時報』一九三七年一〇月、一二二頁。「時局とラヂオ（完）」『台湾警察時報』一九三七年一二月、三五頁。
なおナチズムのラジオ政策を紹介した吉見俊哉は、「ラジオを国家的な声の拡声器として捉える視点が、戦中期の日本のラジオ政策のなかにもさかんに取り入れられている」と注34の二六六頁で指摘している。
(43) 中島利郎「中山侑という人」・「中山侑著作目録」『日本統治期台湾文学研究序説』緑蔭書房、二〇〇四年に所収。
(44) 鳳氣至純平「中山侑研究——分析他的「湾生」身分及其文化活動」国立成功大学台湾文学研究所、二〇〇六年。
(45) 志馬陸平「討伐譚父・戦慄を語る——第一話月下に閃く短槍」『台湾警察時報』一九三九年七月、八四頁。
(46) 前掲注44、一六頁。
なお、両親から「きいた実話の幾つかを物語風に描い」たものには「討伐譚父・戦慄を語る」のほかに、「討伐譚父・戦慄を語る——第二話狙撃された憲兵」（『台湾警察時報』一九三九年九月）、「タツキリ渓の唖男（一）蕃界綺譚「父・戦慄を語る」改題第三話」（『台湾警察時報』一九四〇年七月）、「タツキリ渓の唖男（二）蕃界綺譚」（『台湾警察時報』一九四〇年八月）がある。
(47) 志馬陸平「青年と台湾（四）——新劇運動の理想と現実」『台湾時報』一九三六年六月。ここでは『日本統治期台湾文学　日本人作家作品集　第五巻』（緑蔭書房、一九九八年）を使用した。二九四—二九五頁。
(48) 中山侑「西部台湾馳けある記」（『台湾警察時報』一九三五年三月）、「霧社に入る日」（『台湾時報』一九三五年四月）、「蕃山旅日記（一）—映画撮影隊に加って」（『台湾警察時報』一九三六年四月）、「蕃山旅日記（二）」（『台湾警察時報』一九三六年五月）、「蕃山旅日記（三）」（『台湾警察時報』一九三六年八月）、「豹と雪——台湾山脈の旅

（一）」（『台湾時報』一九三七年四月）、「野性の呼び声――台湾山脈の旅（二）」（『台湾時報』一九三七年五月）などを参照。

(49) 中島利郎「中山侑作品解説」。前掲注47『日本統治期台湾文学　日本人作家作品集　第五巻』五八三頁。

(50) 志馬陸平「青年と台湾（一）――芸術運動の再吟味」『台湾時報』一九三六年二月。ここでは前掲注47『日本統治期台湾文学　日本人作家作品集　第五巻』二七一頁より引用。

(51) 中山「脚色・演出覚え帖」『台湾警察時報』一九三七年六月、一七四頁。

(52) 前掲注3、一〇一―一〇二頁。

(53) 同前、一〇三頁。

(54) 中山侑「蕃楽器をもとめて（一）」『台湾警察時報』一九四〇年四月、「蕃楽器をもとめて（二）」『台湾警察時報』一九四〇年五月。

(55) 志馬陸平「時局とラヂオ（一）」『台湾警察時報』一九三七年九月、「時局とラヂオ（二）」『台湾警察時報』一九三七年一〇月、「時局とラヂオ（完）」『台湾警察時報』一九三七年一二月。

(56) 前掲注29、垂水論文、二八二頁。なお台湾音楽の放送回数と時間は、一九四二年度は四二回で計九七九時間だったものが、翌四三年度になると二七一回、計四一七一時間に激増している。

(57) 原案鷲巣敦哉、脚色中山侑「ラジオ風景台湾の警察三景――四月一日警察記念日にＪＦＡＫより全島へ放送」『台湾警察時報』一九三七年六月。

(58) 前掲注51、一七四頁。

(59) 同前。

(60) 志馬陸平「ラヂオ・ドラマ　花園を荒らすもの」『台湾警察時報』一九三八年一二月。

(61) 中山侑「ラヂオドラマ　事件突破」『台湾警察時報』一九三九年一二月。

(62) 原作：鷲巣敦哉、脚色：中山侑「或る日の警察」『台湾警察時報』一九三八年五月、六三頁。

(63) 志馬陸平「「警察の夕」の放送まで」『台湾警察時報』一九三八年五月、五七頁。

(64) 中山侑「ラヂオ・ドラマ　風――ある蕃地の駐在所風景」『台湾警察時報』一九四一年二月。

(65) 同前、九五頁。
(66) 「蕃界にラヂオ」『台湾日日新報』一九二九年四月二四日。
(67) 「蕃地の駐在所にラヂオセットを設置　蕃人の生活を明朗化す」『台湾日日新報』一九三六年六月二六日。
(68) 一九三五年七月一八日の『台湾日日新報』の記事「蕃地勤めの警察官に福音　ラヂオを据付く」にも、「蕃地駐在所勤務の警察官は都会の文化に接する機会が少く蕃人を相手としてゐるので一段と指導的素養を必要とされてゐるが従来適切な方策なく台中州理蕃課で種々研究の結果今回台中放送局の設置されたのを機会に各駐在所にラヂオを据付け警察官をして文化に浴せしめ且つ蕃人をして文化科学の進歩を知らしめるといふ一石二鳥の名案を得たので愈々ラヂオを据付るべく一七日放送局と交渉をなし直に蕃地の高低により試験を行つた後据付けることになつたが右実現の暁は無聊を喞つ山の人々に大きな福音となるだらう」と記されている。
(69) 「内本鹿ブヌン族の兇行」『理蕃の友』一九四一年四月、三頁。
(70) 「台東廳の蕃地で蕃害事件惹起」『台湾日日新報』一九四一年三月一四日。
(71) 前掲注29、垂水論文、二八三―二九〇頁。
(72) 前掲注39、七五―七六頁。
(73) 例えば、中山侑「文化時評」(『台湾地方行政』一九三八年六月)や志馬陸平「時局下台湾の娯楽界」(『台湾時報』一九四〇年一月)など。
中山は「娯楽を持たない民衆なんて考へられない。(中略)街には娯楽物がなくて、暇で困つてゐる人が、うようよしているのだ」(「文化時評」)。「台湾統治は、本島人、高砂族の皇民化と言ふ特殊性を持つてゐるのである。皇民化運動は、彼等の之まで親しんで来た固有の娯楽物を奪ひ去らうとしてゐる。彼等の新しく之等に代るべき娯楽を与へねばならないのである。彼等に心からの日本人になる事を望むならば、彼等に日本的生活の雰囲気に触れさせなければならない。此の場合日常生活に於て彼等をより近くわれわれも近づけるものとして、娯楽などはその最たるものであらうと思ふ」(「時局下台湾の娯楽界」)と述べている。
(74) 中島利郎「解説日本統治期台湾新劇略史」『台湾戯曲・脚本集五　日本統治期台湾文学集成　一四』緑蔭書房、二〇〇三年、五二〇―五二二頁。

台湾のラジオドラマ関連年表

年月日	放送関係	ラジオドラマなど放送番組	中山侑
1925.3.22	東京放送局，仮放送開始		
25.7.12	東京放送局，本放送開始	ラヂオ劇，坪内逍遙作「桐一葉」（中村歌右衛門ら出演）放送	
25.6.17～26	始政三十周年記念展覧会で試験放送		
25.8.13		ラヂオ劇，小山内薫訳演出「炭坑の中」放送	
28.12.22	台北放送局（JFAK）開局式実験放送開始		
29.3.12		岡田嘉子一行来台台北放送局から舞台劇「恋愛行進曲」放送	
29.5.31		「基隆の夕」特集「ラヂオレヴュウ 基隆情景スケッチ」放送	
30.1		「国語普及の夕」放送開始	
30.4.6		「JFAK こども新聞」放送開始	
30.10.20			中山侑の放送指揮で北村小松原作「猿から貰つた柿の種」放送
30.12.15		「ラヂオプレイ 夜明の歌」現存する最初期のラジオドラマ	
30.12.28		『ラヂオプレイ 夜明の歌（国語普及の栞（三））』国語普及の栞刊行会	
31.2.1	社団法人台湾放送協会発足 聴取料月額1円		
32.7.12		連続大衆物語「化頭巾」（栗島狭衣）放送	
33.12.16		「ラヂオドラマ 大尉の娘」放送	

34.2.24			台北劇団協会主催の新劇祭開催ハウプトマン「日没前」を中山侑の演出でラヂオドラマ放送
34.6	内地との間で，短波による番組の送受信可能に		
35.6.16		「台湾施政四〇周年記念番組」として，「ラヂオドラマ 鄭成功」放送	
35.9.6		松本尚山「廃兵」（ラヂオドラマ脚本，『台湾芸術新報』）	
35.10.16		選挙宣伝ラヂオドラマ「その前夜」（渡辺国広原作，ゆかり座）放送	
36.3.3		瀧坂陽之助「与作一家の人々」（ラヂオドラマ，『台湾新文学』）	
36.9.13		「ラヂオドラマ 厚生の暁」（川平朝由原作，ガジュマル放送劇団）放送	
37.4.1			「警察の夕」特集「ラヂオ風景 台湾の警察」（中山侑脚色・演出）放送
37.4.25		「新竹の夕」特集「ラヂオ風景 伸びゆく新竹」放送	
37.5.1		岩石まさ男「樺山資紀」（ラヂオドラマ，『台湾時報』）	
37.6.7			「ラヂオ風景 台湾の警察」（原案：鷲巣敦哉，脚色：中山侑，『台湾警察時報』）
37.7.16	福建語ニュース開始		
37.8.16			「部落振興の夕」特集青年教化劇「微笑む青空」（中山侑原作，台北青年劇場）放送

37.8.24	総督府臨時情報部設置		
37.9.10			「ラヂオドラマ 戦場の兄」(志馬陸平作，台北放送劇団) 放送
38.1.9			「ラヂオ風景 戦捷初春風景——愛国行進曲を主題とする四景」(志馬陸平作，若草新劇場) 放送
38.4.1			「ラヂオ風景 或る日の警察」(原作：鷲巣敦哉，脚色：中山侑) 放送
38.4.5			「ラヂオドラマ 青春日記 結核予防日に因みて」(『社会事業の友』)
38.4.26			「ラヂオドラマ 青春日記」(中山侑：作，志馬陸平：演出) 放送
38.5.5			「ラヂオ風景 或る日の警察」「「警察の夕」の放送まで」(『台湾警察時報』)
38.7.15		無記名「愛国公債 (大蔵省理財局募集国債売出ラヂオドラマ)」(『薫風』)	
38.8.15		無記名「兄さん万歳 (大蔵省理財局募集国債売出ラヂオドラマ)」(『薫風』)	
38.9.15		子供の時間「児童劇お父様の戦死」(川平朝申作，銀の光子供楽団) 放送	
38.12.7			「ラヂオ・ドラマ 花園を荒らすもの」(『台湾警察時報』)
38.12.10		「ラヂオ風景 小市民劇場 盗難をめぐって」(大空一郎作) 放送	
39.4.1			「ラヂオ風景 戦ふ警官」(原作：鷲巣敦哉，脚色：中山侑) 放送

39.5.10			「ラヂオ風景 戦ふ警官」(『台湾警察時報』, 原作：鷲巣敦哉, 脚色：中山侑)
39.10.8		「ラヂオ風景 稲江夜曲」(JFAK 文芸部編輯) を全国出中継	
39.12.10			中山侑「ラヂオドラマ 事件突破」(『台湾警察時報』)
40.1.19			台北放送劇団, 新人発掘のための放送劇講習会を開催, 講師に中山侑ほか
40.2.18			子供の時間「童話劇鯨祭り」(西岡英夫作, 中山侑脚色, 台北童話劇協会) 全国出中継
40.8.20			志馬陸平「廈門スーブニール」放送
40.12.12			志馬陸平「ラヂオ・ドラマ 風」, 台湾放送劇団により放送
41.2.10			中山侑「ラヂオ・ドラマ 風——ある蕃地の駐在所風景」(『台湾警察時報』)
41.6.4			『台湾新聞』「文芸・学芸消息」欄に「〝放送文芸〟創刊」の記事, 中山侑も同人に
41.6.10		大窪六郎「ラヂオコント 或る日の派出所」(『台湾警察時報』)	
41.9.10			歌謡物語「サヨンの鐘」(作：中山侑, 独唱：佐塚佐和子, 物語：岡アナウンサー) 放送
42.2.1		台湾語による「志願兵の夕」特集, 新劇「血書志願」放送	

42.2.22			「青年の夕」で物語「志願兵」（志馬陸平）などを放送
42.10.10	第二放送開始（〜44.5）		
42.10			第二放送で呂訴上の台語劇「宣戦布告」を放送，中山侑も関与？
42.12.30		第二放送で呂赫若「林投姉」放送	
43.2.12		第二放送で呂赫若「演奏会」放送	
43.3.18			第二放送で台湾語放送劇「ラヂオの家」（作：中山侑，演出：宋非我）放送
43.7.4		第二放送で呂赫若「麒麟児」放送	
43.1.24	放送青年劇団成立		

第六章　「兇蕃」と高砂義勇隊の「あいだ」

――河野慶彦「扁柏の蔭」を読む

はじめに

一九二五年一一月、片岡巖は『台湾みやげ話』を自費出版した。総督府法院の元通訳官で、台湾研究の古典として名高い『台湾風俗誌』[1]の著者が一般向けに執筆した同書は、全部で五一の設問（例えば「台湾人は如何なる神仏を祭りますか」や「台湾人の音楽は何なものですか」）に答える形式をとっている。回答には「台湾風俗誌に由る」と記されているものもあり、専門書である後者からも題材がとられ易しく解説されている。

だがこの二冊の書物には難易度だけではない大きな違いがある。一一八四ページにも及ぶ大著『台湾風俗誌』ではほとんど触れられていないが、わずか一〇二ページの『台湾みやげ話』の冒頭から登場する話題。それは「生蕃」に対する露骨な好奇心に満ちた問答であった。そもそも同書は、「台湾に永く居人で、台湾の事を余り知らぬ為、台湾から帰て、内地の人に台湾は如何所ですか、と聞れて台湾は暑い暑い所でそれで生蕃が居りまして酷い所ですと云ふ位外話すことが出来ない人が沢山」（「自序」）いることに鑑み、台湾の事情を平易に紹介することを目的としていた。台湾に住みながら台湾のことをあまり知らない、にもかかわらず、「みやげ話」として「内地の人」に期待される話題として「生蕃」に関するそれが選ばれるのである。

では冒頭の問答を見てみよう。

◎台湾には生蕃が居と云ふ話ですがど何(ママ)んなものですか

此生蕃は内地で聞きますと台湾には至る所生蕃が居る様に云ふて居ますがさう云ふ訳ではありませぬ。(中略)其風俗習慣は全く元始(ママ)的で能南洋の蕃人の絵を見ることがありますが彼れと少しも異りませぬ、まあ我内地の北海道の「アイヌ」族の様なものです(中略)併し今は村落に接した所の蕃人は大に進化して稀に中学卒業したものも医学校を卒業したものもありますが之れに極僅のものであります

第二の問いと、それへの回答も引用しよう。

◎台湾の生蕃は人の首を馘ることが好きだと云ふが真実ですか

それは真実です併し蕃人でも山麓や又人里近い所又は宗教の為教化された所の蕃人は首は馘りませぬ。未だ教化を受ない山奥の者が多く首を馘つた者が勇者であると友に誇る為又は祖先を祭る時又は春秋の穀祭り等に神前に供ふる為に能く首狩りに出ます、此首は老若男女の区別はありませぬ何んでも人の首であれば選ばず馘るので、此の風は深山の兇蕃に残つて居ります。(2)

台湾とは「暑い暑い所でそれで生蕃が居」る所。そして「深山の兇蕃」は「何んでも人の首であれば選ばず馘る」、「元始的」な存在。こうした台湾のイメージは、この本に限らず繰り返し語られてきた典型的なものだった。

ところで『台湾みやげ話』が出版された一九二五年とは、後に紹介するように総督府による徹底的な軍事作戦と「理蕃道路」の建設によって、原住民、特にブヌン族の抵抗を押さえ込むことに「成功」しつつあった時期にあたる。植民地期の『台湾鉄道名所案内』を分析した曽山毅によると、旅行案内書に原住民関連の項目が登場するのは一九一六年版からであり、二三年版から二四年版にかけてそれが急増するという。「山岳地域への安全なアクセス路が確保され[3]」ることで、「蕃地」とそこに住む「蕃人」がスリリングな「観光資源」として浮上するのは、『台湾みやげ話』の出版と同時期のことなのである。

一九四三年一一月、『文芸台湾』に掲載された河野慶彦の「扁柏の蔭」は、理蕃道路の建設中に原住民に殺害された日本人警察官の息子が、新高山を踏破し父親の死の現場を訪れる物語である。作中の現在は一九四三年夏。主人公たちは、山中で「皇軍兵士」に志願した原住民青年と出会う。本章の結論をあらかじめ述べてしまうと、総督府の支配に抵抗を続けてきた「兇蕃」が過去を悔い改め、今や志願兵や高砂義勇隊として戦争に参加していく姿を描いたこの小説に欠落しているのは、圧倒的な軍事力を背景にした理蕃政策の暴力の歴史である。「兇蕃」が「勇敢な高砂義勇隊」に矯め直される過程で行使されたさまざまな暴力が、この作品からは完全に消し去られているのだ。

本論は「扁柏の蔭」を読み解くことを目的としているが、とくに「テクストから強制的に排除されているもの[4]」に着目したい。東台湾の山中で実行された理蕃政策の文脈にこの小説を位置づけることで、「島都」台北とはまったく異なる植民地近代のありようを考察したいと思う。

1 「兇蕃」に対する「戦争」

では、「扁柏の蔭」に描かれなかった理蕃政策の暴力の歴史とは、一体どのようなものだったのだろうか。

一八九五年の台湾領有から一九一五年までの台湾住民に対する大規模な軍事行動を、大江志乃夫は日清戦争とは別の「台湾植民地戦争」と名づけ、次のように三つの時期に区分した[5]。

第一期（一八九五年―九六年三月）：台湾民主国の崩壊から全島の軍事的制圧まで。
第二期（一八九六年四月―一九〇二年）：日本軍占領下で漢民族のゲリラ的な抵抗が続けられた時期。
第三期（一九〇三年―一五年）：原住民に対する軍事的制圧を主な課題とした時期。第五代総督佐久間左馬太の任期（一九〇六年―一五年）とほぼ重なる。

第一期と第二期で漢民族の武装抵抗運動をほぼ鎮圧した総督府は、台湾島の総面積の半分以上を占め、各種資源の宝庫と見なされていた「蕃地」を掌握すべく、新たな「戦争」を開始する。平定すべき対象はそこに住む原住民であった。

第三期が始まる前年の一九〇二年に、総督府参事官の持地六三郎が「蕃政問題ニ関スル意見」を提出している。そこでは「帝国ノ禁令ニ逆ラヒ馘首横梁ヲ縦ニ」し、「納税其他ノ義務ヲ尽サヾル」原住民は「我国家ノ叛徒」であり、「国家ハ此叛徒ノ状態ニ在ル生蕃ニ対シテ討伐権ヲ有シ其生殺与奪ハ一ニ我国家ノ処分権内ニ在ル」ものと断じている。

「帝国主権ノ眼中蕃地アリテ蕃人ナケレバナリ」。この一言に象徴されるように、「本島全面積ノ五十六割ヲ占メ林産ニ鉱産ニ将タ農産ニ利源ノ蔵庫」である「蕃地」は重要でも、そこに住む「蕃人」は総督府に生殺与奪を握られた存在でしかなかったのだ。(6)

一九一〇年から一四年まで、「本島統制上最モ重要ナル政務」として実施された「五箇年継続ノ理蕃事業」によって、佐久間左馬太は「南北千二百方里ノ蕃地全ク寧静ニ帰シ蕃黎十有二萬悉ク皇澤ニ霑」わせることに「成功」したとされる。(7)

『佐久間台湾総督治績概要』は、理蕃事業に精力を注いだ彼の「偉業」を顕彰するために総督府が刊行したものだ。彼の行った軍事行動の苛烈さは、ここに採用された語彙からも窺い知ることができる。曰く「占領」。曰く「押収」。「討伐」「撃破」「撃攘」「操縦」「膺懲」「殺傷」「圧服」「焼夷」「駆逐」「処分」「威圧」と言葉は続き、「復起ツ能ハサルニ至ラシメタル」という文言が誇らしげに書きこまれている。(8)

原住民に対する佐久間の容赦ない攻撃は、「其生殺与奪ハ一ニ我国家ノ処分権内ニ在ル」とした持地の認識の延長線上にある。総督府の仕掛けた戦争に絶望的な抵抗を行った原住民は、まさにそのことによって「頑迷」な「兇蕃」と見なされ、さらなる膺懲の対象に数えられていった。

だが、これら一連のジェノサイドによっても、「蕃地全ク寧静ニ帰」することはなかった。一九一五年五月一日に総督を退任した佐久間が台湾を離れる前日（五月一二日）に花蓮港庁の山中で大事件が発生した。河野慶彦が小説「扁柏の蔭」で描いた、カシバナ事件（五月一二日）とその数日後のターフン事件（五月一八日）である。

2　河野慶彦と「扁柏の蔭」

一九〇六年に宮崎県に生まれた河野慶彦は、大分の師範学校を卒業後、大分県、東京府、宮崎県で教職につき、三七年に台湾に渡る。河野の死後、家族によって自費出版された『ふるさと美々津』には、「昭和十二年渡台。台南州公学校、家政女学校で教鞭の傍ら文芸台湾同人として執筆」[9]と記されている。「扁柏の蔭」を発表した頃は、台南市寶国民学校の訓導だった。[10]戦後は宮崎日日新聞社に勤務し、一九八四年に七八歳で亡くなった。

一九四〇年一月に創刊された『文芸台湾』に、彼の文章が初めて載るのは四二年一〇月の「鶏肋」からなので、同誌との関わりはさほど早くない。しかしその後、河野の作品は『文芸台湾』に頻繁に見られるようになる。台湾時代の文学活動は二年余りに過ぎないが、この短い期間に精力的に作品を発表した。『文芸台湾』のリーダー西川満は、河野について次のように述べている。

河野慶彦君は、河合三良君とならんで今の台湾でもつともうまい小説を書く人のひとりである。

これほどの力倆は決して一朝一夕でうまれるものではない。事実、文学経歴も古い。しかも近年の著しい精進の跡は、私たちを叱咤して余りある。この作者にはすでに「扁柏の蔭」と云ふ傑作があるが、「年闌けて」またしみじみと燈下ひもどくにふさはしい佳篇であらう。(11)

西川が「傑作」と評した「扁柏の蔭」については、窪川鶴次郎の同時代評がある。

「扁柏の蔭」（河野慶彦）前作「湯わかし」とは作風がすつかり異なつてゐる。重厚の感はあるが、文章が硬くて少し読むのに骨が折れる。台湾で教師をしてゐる「私」と、その遠縁の、近く大学を卒業して軍隊に入る重見とが、新高山を登破する記行文である。しかしこの旅は、重見にとつては長い間の念願が叶つて父の永眠の地を弔ふためであつて、そのやうな意味が重見の文についての物語と共に作品の基調をなしてゐる。

一巡査として未開の奥地皇化のために殉職したこの父の物語は、今殉職の現場を旅しつゝある子の重見を中心にして、たゞ一人の我が子を自分だけの手で育てゝ来て今は御国に捧げようとしてゐる母の姿を、父在りし日の妻として、私の心の中に強く思ひ出させようとする。しかし物語は、事実の一応の説明に止まつてゐる。私はいよいよ、内地人のさまざまな生活の経歴と事情とを背後に引いてゐる渡台生活史ともいふべき作品を読みたくなつた。(12)

窪川が簡潔に要約したように、この小説は、語り手の「私」が、遠縁の大学生重見順三と共に、「新高山を登破する記行文」というスタイルをとっている。順三の父親は、台湾東部の山地に勤務する警察官だったが、八通関越理蕃道路の建設中に原住民に殺害されてしまう。その死からおよそ二〇年を経た今日、まもなく軍隊に入る順三は「今生の名残に、幼児よりあこがれの地たりし台湾の土を踏み、且は父の霊永久に眠る地を訪れたい」という願いをかなえるために、新高山に登ることになったのである。

作中の現在は一九四三年の夏。「私」と順三の新高山紀行に、順三の父親である直三の物語を挿入している。しかし直三の死から今日までの約二〇年間に東台湾で発生した一連の出来事は、ほとんど描かれない。夫が殉職し、順三の母が幼い息子を連れて郷里に帰った後に、この地で何が行われたのかについては、作中の誰もそれを語らないのである。

新高山登山の宿泊先のひとつとなったターフン駐在所で、巡査と小学校の校長からこの地域の歴史を「私」たちは聞くことになるが、そこで語られたのもブヌン族による度重なる駐在所襲撃事件と、それとは対照的に高砂義勇隊の志願者を生み出す今日の「安定」ぶりだけなのである。「アリマン・シケンもラマタ・センセンも帰順し、蒙昧粗暴であつた山の者達も、教化を受くるに従つて、皇化に浴し、今は皇民たるの喜びの中に生業に従事し、これらの事件も今は昔語りになつたのである」というように、現在の「成果」は強調されるものの、彼らがいかなる「教化を受」けてきたのかは、ついに述べられないままなのだ。

だが、テクストから排除された二〇年の歳月のなかで、「兇蕃」は高砂義勇隊に矯正されたのである。「蒙昧粗暴」な「兇蕃」と高砂義勇隊の「あいだ」に、いったい何があったのだろうか。

まず東台湾の山中で命を喪った重見直三について述べておこう。

「私」と同郷の重見直三は、郷里でも有数の商家の跡取り息子として生まれ、クラリネットや自転車競争に熱中するような青年だった。父親の決めた縁談に反発した彼は、恋人と共に台湾に逃げる。巡査となった直三は実家の者に連れ戻されるのを恐れ、辺鄙な東海岸の山地勤務を自ら志願するが、理蕃道路の建設中に原住民に首を馘られ、あっけなくこの世を去ってしまうのだ。(13)

直三が命を落とすことになった「八通関越理蕃道路」は、ブヌン族による駐在所襲撃事件をきっかけとして建設(一九一九年六月～二一年一〇月)が決定されたものである。

「扁柏の蔭」でも触れられている通り、台湾東部に位置する花蓮港庁の山中に初めて駐在所が設置されたのは一九一一年のこと。当時「奥地統治の要衝」であるターフン社は、ブヌン族の「兇蕃」アリマンシケンが「執拗に当局の手を悩まし」ていた。総督府は彼らの抵抗を抑えるため、狩猟生活に不可欠な銃器の押収に着手する。そうしたなかで、佐久間総督退任直後の一五年五月一二日にカシバナ駐在所、五月一八日にはターフン駐在所が相継いで襲撃され、一七名の警察官が殺害された。(14) 事件の背後にアリマンシケンとその兄ラホアレがいると考えた総督府は、山奥深くに逃れた彼らを討伐するために、軍事作戦用の道路建設を決定する。「大正八年台東、台中両州庁から入山した路線調査隊の作業了るや直に工事に着手し(15)」た。これが八通関越理蕃道路である。

「工事が相当奥地に進んだ頃から、道路隊の襲撃、交通者の狙撃などが、多くなったのである。重見の父の殉職もこの道路工事中の出来事で、沿線幾多の碑も、皆この当時の尊い殉職者であつた(16)」と小説に記されているように、この道路は「未帰順蕃タル「ブヌン」族ノ占居地域ヲ横断スルモノ」だったため、激しい抵抗を引き起こした。完成後の道路沿線には三〇カ所の駐在所が設置され、「東部台湾ノ開発促進ハ勿論同方面蕃族ノ制圧[17]」に大きな威力を発揮することになった。こうして東部山中の奥深くまで「警察官空間」が出現し、そこに生きる原住民を監視と教育の対象としていくのである[18]。

理蕃道路の完成後、アリマンシケンは一族を率いて高雄州旗山郡の奥地タマホに脱出したものの、度重なる飛行機からの爆弾投下や大砲による砲撃などを受け、三〇年一一月に帰順を決意する。その後は、「克く官命を奉じ、衆に率先して農耕に励み善良な蕃人として晩年を全うし[19]」、三五年に五七歳で亡くなった。

アリマンシケンの兄で、「最後の未帰順蕃」といわれたラホアレも、三三年四月に高雄州庁に出向き、帰順式を挙行。「之に依り本島蕃族中には所謂未帰順蕃なるものが無くなり普く広大無辺の皇化に浴することになつた[20]」。四一年六月に七二歳で死去[21]。

一方、「本島理蕃の癌[22]」と称され、最も頑強に総督府への抵抗を継続したイカノバン社のラマタセンセンも、三二年九月に発生した大関山事件の犯人とされ、同年一二月に逮捕されてしまう。三三年一月、「多年ノ懸案タリシ未帰順蕃ノ巣窟イカノバン一帯ノ解決[23]」を果たした理蕃当局は、「既定方針（「イカノバン」の居住禁止）を実行すべく、「ラマタ」一族を首め在住蕃人の既存家屋の焼却、耕地作物の蹂躙などを[24]」断行した。事件後、ラマタセンセンら「兇行蕃人十名は死刑処分をせず霧社事件の例に倣ひ留置処分を為すことに略決定し、兇行者を出したイカノバン社はリラン山及びエバコに移住させることになつてゐる[25]」と報じられたが、その後の消息は伝えられていない。

総督府を悩ませ続けたアリマンシケン、ラホアレ、そしてラマタセンセンというブヌン族の名だたる

「兇蕃」たちは、一九三三年の春までに、すべて帰順もしくは逮捕された。こうして理蕃道路の建設によって形成された「警察官空間」は、「未帰順蕃」の消滅の結果、東台湾全体に拡大した。その後、この地では、強制的な集団移住と原住民に対する徹底的な「国民教育」が展開されたのである。

原住民集落の集団移住は大正期から始まっていたが、それが本格化するのは一九三三年八月、つまりラホアレの投降からわずか四カ月後に『蕃人移住十箇年計画書』が作成されてからである。山中に分散して居住している原住民を駐在所の監視下に置くことが最大の目的だった。また「狩猟ヲ事ト」する生活を捨てさせ「定地耕ニ就カシメ」ることで、「平地ノ文化ニ接近セシメ、而テ彼等ノ野性ヲ脱却[26]」させるという文言に明らかなように、伝統的な生活様式の改変によって、彼らの価値体系を自己否定させることも織り込まれていた。ラマタセンセンの拠点であった台東庁関山地方に住んでいたブヌン族は、四二年までに人口の六九％が集団移住を強制され、大規模な移住のために山地の風景まで一変したという[27]。

一九三〇年の霧社事件によって、理蕃行政の刷新を迫られた総督府は、翌年一二月に「理蕃政策大綱」を制定する。「理蕃は蕃人を教化し其の生活の安定を図り一視同仁の聖徳に浴せしむるを以て目的とす[28]」という第一項に示されているように、原住民は「其生殺与奪」（持地六三郎）を一方的に握られた存在から教化の対象として位置づけ直された。そして「彼等の弊習を矯正し善良なる習価(ママ)を養ひ国民思想の涵養に意を致」（第四項）すため、新たな教育体制が求められることになったのである。

原住民に対する教育の担い手は、第五章で論じたように現地の警察官だった。各地の駐在所には四年制の教育所が設置され、巡査が教員の役割を果たした[29]。「警察官空間」が東台湾全体を監視下に置くなかで、原住民児童の就学率は漢民族児童と比べても格段に高く、「国語」習得も高いレベルを示したという。[30] 日本人巡査が原住民の言葉を話さないにもかかわらず授業が成立した背景に、「先住民児童の「学習」意欲」があると北村嘉恵は指摘している。原住民の「智能の低さ」や「蒙昧」をあげつらうことで、そうはなるまいと努力する子どもたちの意欲を総督府は掠め取ったのだ。『理蕃の友』には、「最後の未帰順蕃」ラホアレが率いていたタマホ社出身の青年の発言が掲載されている。

高雄　石田良民君　我がタマホ社蕃人は全島で一番遅れて居る蕃社で昭和八年に始めて帰順したものであります。其の他のブヌン同族もよく世の中の事がわかりません。ですから我等青年は大いに自覚して社衆を導き、一日も早く皆さんの地方に追ひつく様にしたいと思つてゐます。[31]

原住民の青年エリートは、「「悔い改めた蕃人」として統治者日本の強いるイデオロギーを鼓吹すること」[32] が期待された。とりわけブヌン族や霧社事件を引き起こしたタイヤル族の青年たちには、自らの祖先の「愚かさ」を率先して批判することが求められた。

一九四四年に出版された『拓け行く皇民（高砂族児童綴方選集）』から、「台東庁チヨカクライ教育所三年　パザゾロン彌次郎（十一歳）」の作文「オトウサンノハナシ」を紹介しよう。

昔私共ノソセンハ大ヘン悪イ人ガオホカツタトイフコトデアリマス。自分達ガ働キナガラ同ジ所ノパイワントモ戦ツテ居タサウデス。戦ツテマケル人ハクビヲトラレテ、サウシテトツタクビハ自分ノ家ノマヘデ持ツテ帰ツテ又自分ガマケナイヤウニオ祭リシタサウデス。（中略）教育所ニ入学シテ、国語モ語ル事カ出キルヤウニナルト良イ日本人ニナリマスカラ、アリガタク感ジテ居マスト昔ノ年ヨリガ言ヒマス。

昔ノ悪イコトハ、今私達教育所デベンキヤウシテヰル人ガナホサナケレバナリマセン。

昔ノ年シヨリハ本当ニ悪カツタ。

ナンニモナイ、ツマラナイコトバカリシテヰマシタ。私共年ヨリモ今ハ一日モコノ国家ノ者トワカツテ忠義ヲシナケレバナラナイ心ガアリマス。(33)

一九四四年に一一歳だったパザゾロン彌次郎は、「理蕃政策大綱」以降の教育体制の中で成長したはずだ。「私共ノソセン」は「ナンニモナイ、ツマラナイコトバカリシテヰ」たこと、今後は「良イ日本人ニナ」り、「忠義ヲ」果たすよう努力すること。こうしたことを原住民の子どもたちに内面化させることが、「理蕃政策大綱」が求める「国民思想の涵養」だった。

そして大東亜戦争期に原住民が「良イ日本人ニナ」る最も「正しい」方法とは、坂口䙥子の改作版「時計草」（第四章参照）に描かれたように、志願兵や高砂義勇隊として戦場に赴くことだったのである。「扁柏の蔭」にも志願兵に応募したブヌン族の青年が登場する。兄はすでに高砂義勇隊に行き、自分も志願兵になりたいというターフン駐在所勤務の二三歳の警丁は、「ブヌンは昔は乱暴しました。智慧が低くて、分からなかつたのです。今はもうすつかり変りました。（中略）私の兄さんは国防献金をしました。そして、大臣から賞状を頂きました。（中略）私は陸軍の志願兵になります。この前玉里に行って身体検査をしました」と誇らしげに「私」たちに語るのである。

3　新高山にて

本章の最後に、「私」と重見直三の新高山登山の現場に戻ろう。

大東亜戦争のただなかで新高山に登るという行為は、父親が殉死した場所を訪れるということ以外に含意されたものはなかったのか。また帝国最高峰の新高山に登るという行為は、いかなる条件のもとで可能になったのだろうか。

先に紹介したように、窪川鶴次郎はこの作品を「新高山を登破する記行文」と見なし、「文章が硬くて少し読むのに骨が折れる」と感想を述べた。筆者も「扁柏の蔭」を初めて読んだ時、くどいまでの風景描写や植物名の列挙に、できの悪い登山ガイドを読んでいるような錯覚を覚えたほどだ。実際、作中の「私」たちの旅程は、当時刊行されていたガイドブックに掲載されたルートを忠実に辿ったものだったのである。(34)

もともとブヌン族の制圧を目的として建設された八通関越理蕃道路は、「山岳地域への安全なアクセス路」（曽山毅）として新高山への登山道に変貌した。本章の「はじめに」で述べたように、一九二〇年代の半ばから新たな観光地として「蕃地」が浮上するが、三〇年代に本格化する原住民の集団移住は、登山活動における人為的危険性（「蕃害」）を排除することにもなった。

同じく三〇年代には、台湾では国立公園の設置と連動して登山が大衆的なスポーツとしてブームになる。日中戦争が拡大しつつあった三七年一二月、大屯、次高タロコ、新高阿里山の三カ所が国立公園に指定された。時局柄、国立公園は銃後国民の体力錬成の場と見なされ、登山も単なるレジャーではなく体力向上の手段と考えられたのである[35]。

登山の大衆化にともない、多くの登山案内書が出版されただけでなく、自らの登山体験を各種のメディアに発表する機会も増大した。一九二六年には、公学校の「国語」教科書に「新高山」が単元として登場する。また四四年版の初等科国語教科書に収録された「新高登山」は、「日本で一番高い所を歩いてゐる」ことへの「ほこらしい気持」や、山頂付近で高砂族の青年に出会う場面など、「扁柏の蔭」とよく似たエピソードが織り込まれている[36]。教科書に描かれた新高山は、そこがもはや安全な場所に変わったこと。すなわち総督府のコントロールが全島すみずみにまで及んだことを、台湾人児童に納得させる役割も果たした[37]。「扁柏の蔭」にも花蓮港の女学校の生徒グループが新高山に登ったという記述があるが、これもまた「蕃害」に悩まされた過去とは対照的に、女学生でさえ登山が可能だという現在の安全性を裏づけるはたらきをしているのである[38]。

三〇年代半ば以降、原住民はもはや登山者に危険をもたらす存在ではなく、風景の一部として絶好の見物対象になった[39]。大東亜戦争期に出版されたガイドブックには、「台湾山岳の特色」と題する以下のような文章がある。

原始文化観景は台湾の高砂族が作る所の生活景観であつて、元来が狩猟生活様式を離れぬ彼等の人となりと部落や其の他の事柄は、風景からいつても全く独自な別世界的、魅惑的のものであり、又登山の立場からいつても異民族であり原始文化民族である彼等と、警察官と登山者から成る一隊が山を越え谷を渉り曠原を行き野営する気分と光景は、立派なエキスペデイシヨンであつて、恰もヒマラヤ遠征の気分になるとさへいはれてゐる。之等は古来開け切つた日本内地や諸文明国にゐた者の最大の興味であらう。要するに台湾山岳は其の形成、景観非凡にして特異なるものあり、原始民族を山民として有し、新高山の一部その他僅かの高山が大衆化されただけで、未知の処女境少からず、然も理蕃事業の成功によつて今日殆ど全く安心して登山をなし得、且つ尚蕃地登山の場合は未だ常に遠征気分になれる、といふのが特長なのである。[40]

「全く安心して」かつ「常に遠征気分になれる」台湾の山岳。一九三〇年代から新高山登山が大衆化していった背景には、「蕃情」の安定だけでなく、理蕃道路であった登山道や阿里山鉄道が整備され交通アクセスの利便性が向上したことや、各地に点在する駐在所に付設された宿泊施設の充実など、登山を支えるインフラ整備が進んだことが大きい。さらに登山者の荷物を廉価で運び、さらなる道路整備に労働力を提供する「異民族であり原始文化民族である」原住民は、同時に「全く独自な別世界的、魅惑的」な「風景」の一部となることも期待され、登山の大衆化に不可欠の存在となったのである。[41]

「扁柏の蔭」にも、新高山の山頂付近で「荷物を背負つた」高砂族の青年とすれ違い、彼らから「明瞭な発音」で「今日は」と声をかけられる場面が描かれている。『台湾鉄道旅行案内』には、登山者の心得として「高砂族に対しては異民族扱ひをせずに同胞として愛してもらひたい。彼等は山の道で行き過ぎても必ず明瞭な日本語のあいさつをする[42]」という注意がなされていた。小説もそれに従うかのように「「今日は。」と私達も親しみを籠めて答礼」するのである。

　だがここで見逃せないのは、登山の最終日に蕨駐在所から卓麓へ向かう途中で、道路作業に従事している二〇名ほどの原住民とすれ違う場面である。新高山踏破の旅程で、初めて制服を着てゐない原住民と出会った「私」は、「この一群は何か無気味に感じられた。にこりとも笑はぬ、鈍い、しかし怒つたやうな表情で、通りかゝつた私達を見てゐるのであつた」と、不安を隠さない。それまで遭遇した原住民が、警察の制服を身にまとい快活に志願兵への憧れを語ったのに対して、「生蕃」絵はがき[43]そのままに「肩から、袖のないチヨツキのやうな布をかけ、腹をつき出し、褌の前を垂らしてゐ」る男や、「赤黒い肌の上に、ネル地のやうな赤縞の襦袢のやうなものを着て、布を頭に巻いてゐ」る女たちは、その表情とあわせて「何か無気味」で「私」の恐怖心をかき立てるのである。

　しかし、すでに無害化されたはずの原住民に対するこの恐怖は、総督府が宣伝し河野自身も作品に描いてきた「安全神話」の脆さを露呈させかねないものだった。それゆえに河野は、理蕃政策の「達成」に疑問を生じかねない不安感を、これ以上突きつめて描こうとしない。「一ばん年長者と思はれる老爺」が、「今日は。」と「表情も変へずに言」い、「一斉に、そこにゐた男女が今日は、と連呼」するなかを「私」たちに通り過ぎさせることで、この問題は回避されてしまうのだ。わずか二年前に発生した内本鹿事件[44]のような原住民の反撃可能性をどこかで感じていたからこそ、作者は「私」の恐怖心を封印させたのではないだろうか。

　最終目的地の玉里を目前にして、「私」は「何かしら人間の沢山ゐる世界に出ることとの喜びのやうなものが、心奥にうづうづと湧き起つてきたのであつた。娑婆のなつかしさといつたやうなものであつた。

阿里山を出てからは、山の宿の人、駐在所の巡査と警丁以外の人に絶えて逢ふことなく、人間の聚落を見なかつた旅の後で、人間の群り蠢いてゐる町を遠望した時、言ひ難い人間臭への思慕を感じ」る。一〇日ぶりに「蕃界」を抜け出し安堵する「私」の脳裏に、山中で出会った無気味な原住民の姿が甦らなかったとはいえないだろう。

小説の最後は、玉里を間近にした地点でのふたりの会話である。

突然重見は言ひ出した。

「伝説ですね。父のことも、ターフン事件も、ラマタ・センセンも、アリマン・シケンも、みんな伝説ですね。」

私は彼の長い間の父親への思慕と、父を奪つた自然と、人とに対する数々の思ひの中から、突然言ひ放つたこの言葉に感動した。

「さうだ。伝説だ。」

と私も言つた。昔語りなのだ。すべて、昔々の話なのだ。沿道の数多い殉職者の碑の中には、××戦死の地と書かれたものもあつた。しかし、もはや、その何処にも硝煙の臭は感じられなかつた。先人の尊い血に、感謝せずにはゐられなかつたが、現実は、それが身近かなものと思はれないまでに変りきつてゐた。これは国生みの伝説の一つなのだ。ラマタ・センセンも、アリマン・シケンも、長髄彦と同じ、遠い昔の人の名前なのだ。私はさう考へた。

長髄彦とは、神武天皇率いる「皇軍」と最後まで戦い、天皇の弓にとまった金色の鵄(とび)の放つ光に目が眩んで滅ぼされた、伝説上の「ぞくのかしら」[45]である。

だが、わずか一〇年前のラマタセンセンやアリマンシケンとの抗争を、神代の「国生み」の「昔語」と同一視することは可能だろうか。「現実は、それが身近なものと思はれないまでに変りきつてゐた」と作者は書く。しかし「兇蕃」が蟠踞していた東台湾が、「安全」な「警察官空間」へと「変りきつて」しまうまでには、本章で述べてきたような圧倒的な力が行使されたのである。

一九四三年の時点で、原住民に対する「戦争」と、それに続く強制的な集団移住や「国民教育」の暴力性を作品に書き込むことは困難かもしれない。それでもなお河野の記述は、東台湾で発生した一連の出来事を遙か歴史の彼方へと押しやり、「伝説」という曖昧な言葉をあてがう忘却の暴力であることは指摘しておかねばならないだろう。

もう一点、この小説の問題点を挙げるならば、重見直三の個人的な死が生者によって利用されていることである。ごく個人的な理由で、つまり親の決めた結婚から逃れるために台湾にやって来て、生活の手段として辺鄙な土地での警察官を選んだにすぎない直三の死は、たしかに痛ましい悲劇だろう。しかしその死は、「私」によって「この中央山脈で台湾の統治に尊い血を捧げ、護国の人柱となつて眠つてゐる」ものと読み替えられ、息子の順三も「八通関道路沿線の英霊の碑を一々思ひ起して、私は父の死が尊いものであることが分か」ったと解釈するのである。

「護国の人柱」としての「尊い」死。折しも熾烈な戦いのさなかにあった大東亜戦争も、新たな「国生み」[46]と呼ばれ、さらに多くの死者を要求していた。あくまでも個人的な直三の死までも「護国の人柱」にすり替える河野の筆は、まもなく戦地に赴く順三や高砂義勇隊の青年たちを、近い将来において「尊い」死を死ぬべき存在として拘束してしまうのである。

一九四三年一一月、「大東亜戦争の完遂に筆を剣として蹶起せる戦士[47]」たることを決議した「台湾決戦文学会議」が開催された。会議に参加した河野慶彦は、「台湾の文学も亦戦陣に加はるためには大いなる脱皮をしなければならないのだ。禊(みそぎ)である。皇民文学としての禊をしなければならないのだ[48]」と感想を書き記している。この会議と時を同じくして発表された「扁柏の蔭」という「傑作」(西川満)は、まさしく「皇民文学としての禊」の名にふさわしい作品として時代とともにその役割を終えたのである。

注

(1) 片岡巖『台湾風俗誌』台湾日日新報社、一九二一年。
(2) 片岡巖『台湾みやげ話』自費出版、一九二五年、一一四頁。なおルビは省略した。
(3) 曽山毅「山岳地域におけるツーリズム空間の形成」『植民地台湾と近代ツーリズム』青弓社、二〇〇三年、二四四—二四六頁。
(4) エドワード・W・サイード「物語と社会空間」『文化と帝国主義1』みすず書房、一九九八年、一三八頁。同じ論文のなかで、サイードは「テクストを読むときは、わたしたちはテクストを、テクストに流れ込んでいるものと、作者がテクストから排除したものの両方に関連づけて読まなければならない」とも述べている。一三九頁。
(5) 大江志乃夫「植民地戦争と総督府の成立」『近代日本と植民地　第二巻』岩波書店、一九九二年、五—六頁。
(6) 「持地参事官ノ蕃政問題ニ関スル意見」台湾総督府警察本署『理蕃誌稿　第一編』一九一八年、一七九—二七五頁。
(7) 『佐久間台湾総督治績概要』台湾総督府、一九一五年、七頁、九六頁。

（8）同前、七九―九六頁。
（9）河野慶彦「著者略歴」『ふるさと美々津』自費出版、一九八五年、ページなし。なお中島利郎「河野慶彦覚え書き」（『日本統治期台湾文学研究　日本人作家の系譜』研文出版、二〇一三年）には、河野の経歴が詳細に記されている。
（10）台湾総督府編『昭和十七年十一月一日現在　台湾総督府及所属官署職員録』に、「台南市寶国民学校　台南市寶町三四〇　初等科三六学級　高等科三学級　訓導　河野慶彦（宮崎）」という記録がある。台湾時報発行所、一九四三年三月、六四三頁。
（11）西川満「跋」『生死の海』台湾出版文化株式会社、一九四四年、二二五頁。
（12）窪川鶴次郎「台湾文学半ヶ年（一）――昭和十八年下半期小説総評」『台湾公論』一九四四年二月、一〇八―一〇九頁。
（13）直三の例からも分かるように、台湾とはさまざまな理由で日本で生活しづらくなった者たちの脱出先のひとつだった。在台内地人作家にとって、そうした人々の運命は、決して他人ごとではなかったはずである。河野慶彦が『文芸台湾』に最初に発表した小説「流れ」（四三年四月）には、実母との関係のこじれから逃れるように台湾にやって来た大工が登場するし、新垣宏一の「山の火」（『文芸台湾』四三年四月）では、生活力のない主人公が「何処かに逃げ出したい気持」を押さえきれずに台湾に渡り、原住民を使って籐の採取をする日常が描かれる。
（14）「ターフン」駐在所ノ蕃害」台湾総督府警務局『理蕃誌稿　第四編』一九三二年、一三―一八頁。
（15）毛利之俊「八通関越警備道路」『東台湾展望』東台湾暁声会、一九三三年、ページなし。
なお、総督府は理蕃道路の建設と同時期に警務局に飛行班を設置（一九一九年）し、「蕃地威嚇飛行」や「蕃地爆撃」を繰り返し実行した。空から爆弾を投下された「蕃社」は、「其猛烈なる炸裂を実見し、所有銃器を提供して帰順を哀願するに至つた」という。藤崎濟之助『台湾の蕃族』国史刊行会、一九三〇年、六四〇頁。
（16）「八通関越蕃地横断道路ノ起工ト花蓮港庁作業隊ノ蕃害」『理蕃誌稿　第四編』五一六―五一七頁。
（17）「八通関越道路完成」台湾総督府警務局『理蕃誌稿　第五編』一九三八年、一四五―一四六頁。
（18）施添福「地域社会與警察官空間――以日治時代関山地方為例」『東台湾郷土文化学術研討会』二〇〇〇年、一頁。

タ－フン事件に対する総督府の報復は、八通関越理蕃道路の建設だけでは終わらなかった。「花蓮港庁玉里支庁管内タ－フン社蕃人は、先年駐在所襲撃以来、未だ我招撫に就くに至らなかつたので、是等の兇蕃膺懲の目的を以て、玉里分遣隊に行軍を請求せしに、大正十年五月より同年十二月下旬まで、将校以下百五十名タ－フン社に駐屯し、此間に於て兇行蕃二十余名の処分を了するに至つた」。前掲注15、藤崎濟之助、八四九頁。

(19) 「兇名を謳はれたアリマン病死す」『理蕃の友』理蕃の友発行所、一九三六年二月、八頁。

(20) 「理蕃史上画期的記録　タマホ社の帰順」『理蕃の友』一九三三年五月、一〇頁。

(21) 「頭目ラホアレ死す」『理蕃の友』一九四一年八月、六―七頁。

(22) 瀬野尾寧「サクサク砲台と原警部の遭難」『蕃界稗史　殉職秘話』自費出版、一九三五年、二二一頁。

(23) 浅野義雄「大関山蕃害事件の完結」『台湾警察時報』台湾警察協会、一九三三年一一月、九三頁。

(24) 浅野義雄「大関山蕃害事件の顚末（六）」『台湾警察時報』一九三三年七月、一〇四頁。

(25) 「兇行蕃人十名は留置処分に決定　イカノ蕃社は移住か」『台湾日日新報』一九三三年一月一四日。

(26) 警務局理蕃課『蕃人移住十箇年計画書』一九三三年。山路勝彦「「文明化」への使命と「内地化」」『台湾の植民地統治』日本図書センター、二〇〇四年、一四五頁より再引用。

(27) 前掲注18、施添福、二八頁。

(28) 鈴木作太郎『台湾の蕃族研究』台湾史籍刊行会、一九三二年、四九五―五〇五頁。

(29) 北村嘉恵「蕃童教育所の教員が巡査であったこと」『日本台湾学会報』第六号、日本台湾学会、二〇〇四年五月。

(30) 『高砂族の教育』台湾総督府警務局、一九四四年、三一頁、五〇頁。

(31) 「理蕃史上光輝ある一頁を飾る　高砂族青年団幹部懇談会」『理蕃の友』一九三五年一一月、三頁。この発言に対して、「兇雄ラホアレに統率されて頑強に反抗を続けて来たタマホ社にも、今や広大無辺なる聖恩が及んでゐる」とのコメントがつけられている。

(32) 宇野利玄「台湾における「蕃人」教育」戴國煇編『台湾霧社蜂起事件』社会思想社、一九八一年、一〇八頁。

(33) パザゾロン彌次郎「オトウサンノハナシ」『拓け行く皇民（高砂族児童綴方選集）』南方圏社、一九四四年、五七―五九頁。波線、傍点は原文のまま。「チヨカクライ教育所」は、パイワン族の児童が通った教育所である。

(34)『台湾鉄道旅行案内』東亜旅行社台湾支部、一九四二年、一六三―一六七頁。
(35)林玫君「日本帝国主義下的台湾登山活動」台湾師範大学体育学系博士論文、二〇〇四年、二七―二七七頁。
(36)「新高登山」台湾総督府『初等科国語　七』一九四四年、八五―九三頁。
(37)前掲注35、一五〇頁。
(38)同前、一六五―一六六頁。
(39)一九三五年に刊行された『台湾の旅』には、「蕃界視察は台湾旅行上最も興味ある一つであります。各蕃社の情勢は至つて平静で些しの不安もありません」と記されている。『台湾の旅』始政四十周年記念台湾博覧会、一九三五年、三三頁。
(40)「台湾に於ける登山の注意」前掲注34、『台湾鉄道旅行案内』一四―一八頁。
(41)そもそも「未帰順蕃」を武力制圧するための理蕃道路自体が、原住民の労働力によって作られたものだった。言うまでもなく彼らは警察官の指揮のもとで強制的に動員されたのである。王学新・許守明「日治時期東台湾地区原住民労働力之利用」『東台湾研究』第四号、東台湾研究会、一九九九年一二月。「扁柏の蔭」にも、トマス駐在所の巡査が道路補修のために原住民を日常的に使役していることを語る場面がある。
(42)前掲注34、一八頁。「高砂族」は同じ文章でも、時に「異民族であり原始文化民族」と見なされ、別の箇所では「異民族扱ひをせずに同胞として愛してもらひたい」と指摘されている。結局、原住民とは、「日本人」によって一方的に定義づけられる存在であった。
(43)一九一〇年代に台湾では八枚一組で二〇銭の絵はがきが販売され、台湾への旅行客や台湾在住の日本人に歓迎された。その題材には、原住民を撮影したものが圧倒的に多かったという。松本暁美「序」『台湾懐旧』台湾・創意力文化事業有限公司、一九九〇年。
絵はがきに撮影された原住民イメージについては、陳芳明「殖民地社会的図像政治――以台湾総督府時期的写真為中心」(『殖民地摩登』台湾・麦田出版、二〇〇四年)を参照。
(44)大東亜戦争を目前にした一九四一年三月、台東庁関山郡で、ブヌン族による駐在所襲撃事件(内本鹿事件)が起き、即死者三名、負傷者三名の被害を出した。この事件は、「蕃情の安定」を誇っていた総督府に、大きな衝撃を与えた。「台東庁の蕃地で蕃害事件惹起」『台湾日日新報』一九四一年三月一四日。

(45) 「八咫烏と金の鵄」『初等科国語　二』台湾総督府、一九四四年、六一―一二頁。ちなみに金鵄勲章は、この故事に基づいて作られたものである。

(46) 今村冬三は、膨大な大東亜戦争期の詩から読み取れる戦争観として、「大東亜戦争は神話の再現もしくは創造であるとするもの」を指摘している。『幻影解「大東亜戦争」』葦書房、一九八九年、五九頁。

(47) 台湾文学決戦会議「決議」『文芸台湾』終刊号、一九四一年一月、三七頁。

(48) 河野慶彦「思想戦への結集」『文芸台湾』終刊号、一九四一年一月、五五―五七頁。

第 III 部

海を渡る台湾人

第七章　看護助手、海を渡る
――河野慶彦「湯わかし」を読む

はじめに――鍾理和と『新台湾』

一九四五年四月、日本占領下の「北平」で初めての作品集『夾竹桃』を刊行した鍾理和は、日本敗戦をはさんだ九月九日に三年ぶりに日記の執筆を再開した。

その日の日記には、西単の大光明電影院で開催された「台湾省旅平同郷会」の結成式に参加したことが記されている。「人々の声、叫び声、笑顔、情熱……太陽、青い空。入り口に立てかけられた国旗と国民党旗が風にそよいでいる。異民族の支配と蹂躙のもとで五〇年もの年月を過ごした人々は感無量だろう」[1]。戦後まもない北平には一〇〇〇名近くの台湾出身者が暮らしており、彼らを安全かつ速やかに帰郷させることが同郷会結成の目的だった。

結成式では、青年と年配者との間で激しい議論が交わされたという。青年たちの批判は主に張四光（張我軍）に向けられた。戦時中に華北作家の代表として大東亜文学者大会に二度にわたって参加した張我軍が、結成式に先だって発表した「台湾人的国家観念」のなかで、台湾青年には国家観念がないと非難したことが原因だった。

紛糾のなか、張我軍、洪炎秋、張深切など著名な文化人を中心とする七名の執行委員を選出する。機関誌『新台湾』は一九四六年二月一五日に創刊され、翌四七年五月一日の第四期まで刊行された。同誌には植民地支配から解放された故郷台湾の状況や、周囲の中国人から日本の協力者とみなされる台湾人の苦しみが綴られている。

「創刊詞」は、誘拐犯に捕まった子どもが、五一カ月ぶりに母親のもとに帰るという比喩によって、台湾人の愛国心を強調するものであった。この「五一カ月」とは、台湾が植民地統治下に置かれた五一年間を示している。冒頭箇所を引用しよう。

小さな弟が家を離れて五一カ月。今は家に帰ってきた。誘拐者の虎穴を逃れ、優しい母のもとに帰ってきた弟は、どれほど喜び興奮しているだろう。毎日のように荒くれ者の圧迫のもとで流浪の生活を送ってきた弟は、もちろん賢いはずだ。礼儀や人づきあい、言葉など家の約束ごとについて両親が心配することはない。すぐに身につけるだろう。他人の奴隷となったのだから、家を愛する弟の心は両親よりも強いかもしれない[2]。

続く第二期には、鍾理和が「江流」という筆名で発表した散文「白薯的悲哀」が掲載されている。祖国の懐に還ったことを喜びながら、台湾人であることを知られぬよう息を潜めて暮らす人々を「白薯」(サツマイモ)になぞらえたものだ。台湾島はその形からしばしばサツマイモに喩えられてきた。

北平に台湾人はいない。だが白薯ならある。台湾人がいないのではなく、台湾を隠しているのだ。（中略）台湾人と奴隷は同じようなものだ。疑いもせず人々は馬鹿にした口調で、あいつらは嫌らしく憎むべき奴らだと言うのだ。（中略）ある時、こんなことがあった。台湾人の子どもが国旗を買いたいと言った。するとその子にこのように尋ねる人がいるのだ。「お前はどこの国旗が欲しいんだい？　日本のだったらもう買えなくなったよ」と。

「お前らは日本の飯をたっぷり食ったんだろう」と言ったり、日本が投降したという新聞記事を指さして、「これを見るとお前は辛いんだろうな」と言う人もいる。[3]

台湾人であることが知られるのは死刑判決に等しいと述べるほど、彼らは困難な立場に置かれていた。差し迫った問題として、同郷会は「台湾人産業処理弁法」への対応に追われていた。台湾人を敵とみなして財産を接収し、日本軍に協力していないことが証明されたら返還するというものである。こうした状況のもとで、台湾人は「祖国」への忠誠を繰り返し表明しなければならなかった。それは日本の植民地統治に対する批判として表現されることになる。

1　藍明谷「一個少女的死」

「白薯的悲哀」と同期の『新台湾』に、「愋生」の小説「一個少女的死」の前半部が掲載されている。[4]「愋生」とは、鍾理和の日記に「藍君」として登場する藍益遠（一九一九―五一）のペンネームだ。

「藍明谷」という別の筆名の方が有名だろう。彼の悲劇的な生涯については、陳芳明の「藍明谷與五十年代的台湾——白色恐怖下一名台籍知識分子的命運」や藍博洲の「從福馬林池撈起來的詩人藍明谷」に詳しい(5)。戦後まもなく魯迅の「故郷」の中日対照訳を刊行したことでも知られている(6)。

「一個少女的死」は、「C姉」の日記という形式で、一八歳で命を落とした台湾人少女「P」の最後の一一日間を描いたものだ。

小説の舞台は熱帯病が猛威を振るう「H島」。海南島を思わせるこの島の病院に、C姉とPは四カ月の契約で勤務している。彼女らと同じように「S」にある病院で働くPの従姉は、一年前に女学校(原文は「女中」)を卒業したときに、「強圧的な国民精神総動員や国家に忠誠を誓うという名目で、学校当局によってSに派遣」された。Sの病院では「重要な医学実験」として、俘虜の生体解剖も行われている。

契約期間の終了が迫り、まもなく台湾に戻る従姉がPに宛てた手紙に次のような一節がある。「私が意気地のないお手本になってしまったばかりに、あなたをこんなに苦しめることになってしまいました。許してちょうだいね。どうしてあのとき反抗しなかったのか、今になって後悔しています。そのためにこんな無意味な苦しみを味わうことになろうとは。私たちの苦しみは価値のあるものなのかしら?」。手紙の文面から、台湾島外に派遣される従姉に倣って、Pも病院勤務を志願したことがうかがえる。

H島でマラリアに感染し黒水熱を併発したPは、故郷に帰ることを切望しながらも罹患後わずか一〇日で亡くなってしまう。藍博洲の調査によると、藍明谷の二人の妹が実際に「特殊看護婦」として香港と海南島に派遣されており、海南島で亡くなった藍票がPの原型となったという(7)。

「私たちはいったい誰の国のために働いているのかしら?」というPの気弱な問いかけに、C姉は「日本はけっして私たちの国なんかじゃない」と応答する。一方で、Pの兄が北平から送ってきた絵はがきの風景はPを強く魅了する。「できるものなら、一家揃って北平に移り住みたい。そうすれば圧迫される故郷から永遠に離れられるのだから……」という彼女のつぶやきは、抗日のために台湾を離れ、弟と北平に移り住んだ藍明谷自身の思いとも重なっているだろう。

小説の末尾に「三四、二、二八。」という日付が記されている。掲載にあたって作品に手を入れた可能性は否定できないが、民国三四年(一九四五年)二月二八日という日付から、日本占領下で創作したことになる。だがこうした内容のテクストが公刊されるには、日本の敗戦を待たねばならなかった。「祖国」への篤い思いを抱きつつ、わずか一八歳で命を落とした少女の悲劇は、被害者としての台湾人イメージを強調しており、掲載誌『新台湾』にふさわしい作品といえる。

ところでこの作品が書かれる一年半前の『文芸台湾』に、看護助手に志願する台湾人少女を描いた河野慶彦の「湯わかし」が掲載されている。いわば「一個少女的死」の「前史」にあたる「湯わかし」を論じることが、本章の課題である。

2 「湯わかし」を読む

一九四〇年代前半の台湾文学には、台湾人が中国や南洋へと「進出」していく作品が多く見られる。日本占領地域の拡大にともない、台湾人が新たな活動の場を島外に見いだしたことがその背景にある。

大東亜共栄圏の建設は、さらに広大な舞台を彼らに提供することになった。

例えば呂赫若の「合家平安」(『台湾文学』四三年四月)には、生活を立て直すため南洋行きを計画する台湾人の兄弟が描かれている。同号の『台湾文学』に収録された林博秋の「高砂館」は、五年前に満洲に行ったきり音沙汰のなかった台湾人青年が、故郷の基隆に帰ってくる物語だ。慣れない土地で苦労を重ね、ようやく北支で軍部の仕事につき安定した生活が可能になった青年が、老いた父親を迎えにきたのである。これらのテクストが描いたように、従来の生活を一新する契機を日本占領下の諸地域に見いだそうとした台湾人は数多く存在した。

在台内地人もこうした台湾人を描いている。次章で論じる紺谷淑藻郎の「海口印象記」(『台湾文学』四一年九月)は、海軍が占領した海南島で軍の協力者として立ち回ろうとする商売人の醜悪な姿と、彼らに寄生する台湾人の生態を描写したものだが、占領地における「淫売屋」経営に言及した点でも注目すべき小説である。

河野慶彦の「湯わかし」(『文芸台湾』四三年七月)も、台湾人の「海外進出文学[8]」として読むことができる。まずは窪川鶴次郎の同時代批評を見ておこう。

> 女学校を出たばかりの本島人の三人の娘たちが、社会生活の中に入つてゆく三様の姿を描き出してゐる。中心になつてゐる玉枝は公学校の教師に、清香はすでに自分の持つてゐる結婚生活の方向へ、碧梅は看護助手を志願して前線へ、といふ風に、彼女らはそれ〴〵別の途を辿るのである。全体は巧みに構想され、筋の運びも器用である。そのことが却つて気になるくらゐである。面白

い愛すべき作品ではあるが、何かそれだけの「物語」のやうな物足らなさがある（後略）[9]。

作品中の現在は一九四三年三月。窪川のいう「女学校」とは、厳密には家政女学校のことだ。主人公の「張玉枝」は一年前に「F家政女学校」を卒業し、国民学校の代用教員を勤めている[10]。なお一九四一年四月に公学校と小学校は「国民学校」に改編されており、「公学校の教師」という窪川の表現は正確ではない。

同級生の「清雪」（窪川は「清香」と誤記）も郷里の村で教壇に立っているが、厦門で開業している台湾人の医者との縁談話がもちあがっている。

女学校時代はずっと級長を続け、卒業後も助手兼事務員として母校に残った優等生の「周碧梅」は、島外に派遣される看護助手に合格し、戦場へ向かうために故郷を離れていく。

テクストは周碧梅が旅立つところで閉じられており、当時の読者にとって物語はその時点で完結した。しかし現在の私たちは、「一個少女的死」のPの末路を周碧梅の身にも起こりうるものとして読むことも不可能ではない。もちろん戦時期に刊行され、従軍する看護助手を肯定的に描いた「湯わかし」と、戦後の北平でようやく発表が可能になった「一個少女的死」は決定的に異なる歴史的文脈に置かれている。そのことは承知したうえで、「一個少女的死」に描かれなかったPの「前史」として周碧梅（たち）を位置づけ、P（たち）はどのようにして戦地に赴くことになったのかを考えてみたい。

この小説について語るべき論点はいくつもあるだろう。表題となった「湯わかし」とは、国民学校で新設された「自然の観察」という科目の教材名であり、この点からの分析も可能である。また厦門の医者との縁談が持ち上がっている清雪も、台湾人女性の「海外進出」の典型例を示す重要な存在だ。しかし本章では、①家政女学校とはどのような学校だったのか　②看護助手とはいかなる制度だったのか、という二点に限定して論じることとする。

①家政女学校という舞台

「湯わかし」の作者である河野慶彦については第六章でも紹介した。一九〇六年生まれの河野が台湾にやって来たのは一九三七年。その後、「台南州公学校、家政女学校で教鞭の傍ら文芸台湾同人と[11]」なる。

家政女学校での勤務体験が「湯わかし」創作の背景となったのは間違いない。作品が掲載された『文芸台湾』の編集後記には、「河野慶彦氏の「湯わかし」と葉石濤氏の「春怨」の二篇は、共に舞台を中部台湾の斗六に採りながら、相異なつた物語を綴つたもの。好個の短篇と云へよう」とある。作品の舞台が斗六であることを示す手がかりはテクストにはない。ただ『台湾総督府及所属官署職員録』（昭和一四年版）の斗六家政女学校の欄に「助教諭　河野慶彦　宮崎　月五九[12]」と記されており、彼の勤務先が斗六であったことが確認できる。一九三九年に設立された同校は、四三年四月に斗六農業実践女学校に改編された[13]。戦時期に農業生産力の増強が重視されたためである。小説にも農作業の多さのために、主人公たちが「家政農学校だ」と愚痴をこぼす場面がある。

植民地期台湾の高等女学校に関しては多くの先行研究があるが[14]、家政女学校を論じたものは榎本美由紀の修士論文「日本統治時期台湾の家政教育」しか見あたらない[15]。以下、榎本の論文を参照しつつ論を進める。

公学校附設の補習教育機関として始まった家政女学校は、一九二二年の台湾教育令改正により、独立した実業補習学校として位置づけられるようになる。四三年までに三二校もの家政女学校がつくられた。初等教育を終えた子女に進路を与えたいという地域社会の強い要望がその背景にある。家政女学校は「授業料が安く、修業年限も長すぎず、名称がとにかく「女学校」であるということから、高等女学校と並んで入学難の事態に陥るという状況があった。つまり、これら家政女学校の設置によって、上流・中流階級に関らずより多くの子女が中等教育を受ける機会を得られるものとされていた」（榎本、二三頁）。

一九三〇年代後半に設立があいついだのは、公学校の就学率が向上したこともあるが、家庭生活を皇民化するための場として、家政女学校が着目されたことが大きいという。

日本国内では農村の主婦養成機関にすぎない家政女学校は、植民地政府にとって経費や手間を高等女学校ほど要せず、家政教育を徹底して行うことができ、且つ入学難を解消できるという、高女の代役としては恰好の存在であるため、予算などの不都合がない限り設置を認可したのであった。また、州の中心部都市のみならず、地方の街庄民もこの家政女学校に着目した。高等女学校の代役として、或いは生活改善を担う家庭の主婦を養成することを目的として、実業補習学校の規定どおり、日本人を中心とする街庄長たちで街庄組合を組織し、それぞれの地域性に適合したカリキュラムと校則を作成し、州の認可を得て学校を設置していったのである。（榎本、五六頁）

入学希望者の数は高等女学校と人気を二分した家政女学校だが、両者には相違点も多かった。第一は保護者の階層の違いである。一九三〇年の時点で、台北第三高等女学校の徴収金額は年に一〇〇円を超えており、地方出身の女子学生は寮費の負担もあった。そのため「高等女学校の女学生は、ほとんど台湾社会の中上流階層の出身[16]」で占められたという。それに対して家政女学校は高等女学校ほど経費のかからない「代役」であり、より広い層に開かれていた。

カリキュラムも高等女学校とは異なっていた。「湯わかし」には、高等女学校に進学した友人に対する主人公の競争意識が次のように描かれている。

彼女の内心にも、この大いなる戦の時に、女だつて、国家のお役に立たないでは、との意気込みがあつて、自分を、台所の隅にとぢこもらせないものがあつた。だが、ひそかに考へてみると自分流の、見栄といつたものも、ないではなかつた。玉枝は、自分の姿を、町の大通りに立たせてみた。スーツを着て、踵の高い靴をはいて、生徒や、部落民たちの恭々しい挨拶に鷹揚に応えながら、颯爽と歩いてゆく自分を考へた。一方には、公学校時代に級中で常に、自分と対立的な存在であつた友との競争意識もあつた。その友達は、高等女学校に入つたのに、自分は、その年実業補習学校として創設された家政女学校に入つた。夏休みになつて、その友達が帰つてくる毎に、玉枝は圧迫を感じた。友達は、外語のリーダーや、代数の教科書等を持つてきて見せて、なか〳〵むずかしい、と誇り顔に言つた。自分達の学校の教科目にそれらの学科のないことが、ひどく口惜しく、級主任の教師に、外語を教へてくれ、と駄々をこねたことさへあつた。その友達は、まだ女学校の四年生である。自分は一足先に卒業して、先生になつてみせる。長い間の圧迫を一度にはね返せるやうでもあつた。そんな他愛のないことが、自分が教師を選んだ理由だと言へないこともない。

外国語や数学も学ぶ高等女学校と異なり、家政女学校では実学的な家政教育に重点がおかれた。学校設立の規則に、教師の任命に関する詳細な規定が定められていない事例や、特に地方行政の末端に位置する街庄が設立母体となった家政女学校では、資格を有する教員が半分に満たないこともあったという。兼任や非常勤教員で教師の不足を補うなど、教育機関としての質が高等女学校に比べると劣っていたことは否定できない。

一方で、家政学は高等女学校でも重視されていた。洪郁如は「植民地台湾における家政学の伝播は、主に高等女学校の教育現場で行われた」といい、家政学の階層的性格を指摘している。家政学が想定する「主婦」とは、一定の経済的条件のもとに成り立つ特別な身分であった[17]。将来の「主婦」養成は、高等女学校の代役とされた家政女学校においても重要な課題だったのである。

総じて、家政教育を受けた女子は、そこで得た知識・技能によって女学校時代には一般社会の生活改善、奉仕作業、同化などの政策浸透に働かされ、卒業後、家庭に入ってからは家庭内の生活改善、皇民化の役を負わされた。そこで台湾人みずからの意思がはたらいたのが、女性が社会に進出する風潮に乗じて自ら仕事を選びそれに就くことと、統治側から与えられた日本式という新習慣から台湾の生活に合うものを選びとっていくことであった。(榎本、五六頁)

すでに述べたように、高等女学校に比べると家政女学校はさまざまな点で条件に恵まれなかった。しかし公学校卒業の段階で学業を終えるのではなく、より高度な教育を受けたことは彼女らには貴重な体験となった。しかしその教育が、皇民化や戦時動員と密接に結びついていたのも確かなことだった。「湯わかし」の主人公一家も、玉枝の影響で家に風呂を設置し「内地式な料理」に親しむようになる。そうした変化は「家中のものが、一枚々々、薄皮をむくやうに、古い、本島人臭いものを、脱いでゆく」ものと表現される。和食の調理実習も、家政女学校のカリキュラムに組み込まれており、食生活を通して日本の習慣を取り入れることが求められた。家政女学校の卒業生は、日常的な衣食住から「古い、本島人臭いもの」を「内地式」に改善することが期待されており、玉枝はそれに見事に応えたのである。

② 「看護助手」とは何か

周碧梅が看護助手に選抜されたと新聞で報道されたことから、小説は動き始める。そもそも看護助手とはどのようなものなのか、まずは当局の説明を聞こう。

一九四三年に台湾総督府官房情報課が刊行した『大東亜戦争と台湾』は、看護助手について以下のように記述している。

昭和十七年四月軍の要請に依り皇軍傷病将兵の看護に従事せしむべく香港方面に本島人婦女を主体とする看護助手を派遣することに成つたのであるが、一方本島人男子には昭和十六年六月二十日国民最高の栄誉たる志願兵制度の決定ありて醜の御楯としての崇高なる責務の光栄に浴しつゝあるの時、又此処に不幸敵弾に傷き或は病魔に襲はれ淋しく異郷の病床に呻吟せられつゝある皇軍傷兵を、清き乙女の純情と、一死報国の赤誠とを以て慰め看護すべく二百名の看護助手を募集することに成つた。斯る主旨の下滅私奉公の熱意に燃へた乙女の数無慮六千余名に達した。其の中より志操堅固、身体強健で滅私奉公の熱意を有する者、年齢十六才以上二十五才未満の未婚婦女、高等女学校卒業者又は之と同等以上の学力ありと認めたる者を原則として台北州五十五名（内地人二名を含む）、新竹州三十名、台中州四十名、台南州四十名、高雄州三十五名が厳選されたのである。志願書には女ながらに「海行かば水づく屍山行かば草むす屍大君の辺にこそ死なめ顧みはせじ」と血書志願したものもあり、高砂族女子青年団員の素朴な文章の中にも烈々たる決意の程が伺はれた。（中略）尚近く第二回看護助手を派遣すべく現在前記同様要項に従ひ人選中である。[18]

一九四二年の春に始まった看護助手は、四三年の第二回、四四年の第三回まで実施された。派遣先は香港・九龍・広東第一・広東第二の陸軍病院である。[19] これとは別に台湾総督府の看護婦海外派遣事業に応じて海南島に渡った台湾人女性もいた。「おわりに」で紹介する尹喜妹はその事例である。

婦人雑誌や少女雑誌など女性を読者対象としたメディアで、従軍看護婦は脚光を浴びていた。[20] 従軍看護婦への憧れは植民地の少女にも共有されており、看護助手への志願熱に追い風となったはずである。[21] 従軍看護婦のテーマソング「婦人従軍歌」[22]の歌声で見送られるのである。

引用した『大東亜戦争と台湾』にも見られるように、看護助手の募集は男性を対象とした志願兵制度とセットで宣伝されることが多く、どちらも血書志願による「赤誠」の披露が美談として報じられていた。しかし看護助手は正式の看護婦ではなく、あくまでも「助手」であった。だが「代役」の彼女らにも従軍看護婦と同じく母性イデオロギーが動員されており、「皇軍傷兵を、清き乙女の純情と、一死報国の赤誠とを以て慰め看護す」ることが求められたのである。

志願への熱意を台湾人女性の「自発性」にのみ帰するのは一面的だろう。台北帝国大学の楠井隆三が、女性に対して強制的徴用という手段を執らない理由として「日本の家族制度に影響する」点を挙げているのは興味深い。総力戦における人的資源の重要性を強調する楠井は、「自発的・自主的なる勤労奉公をどこまでも貫徹」することが「我が国の女子動員態勢の一つの特色」[23]だというのである。

楠井の提言はともあれ、「自発的・自主的」な志願熱を作り出すために、さまざまな取り組みが行われた。ここでは客家の女性に対する警察官の「説得」例を紹介しよう。台北地方法院の通訳をつとめた台湾人の高山喜全が『台湾警察時報』に連載した「広東語の研究」は、警察官を対象とする客家語会話の教材である。次に引用するのは、客家の女性に看護助手の志願を促す例文だ。客家語の後に「国語」の訳文がついている。なお客家語にはすべてカタカナで発音が付されているが、ここでは省略した。

本島女子亦有好志願看護助手就系哪。（中略）國民學校個卒業生亦有志願、女學校有志願、女學校的卒業生亦有志願、尚在學校讀等書個女學生亦有志願。可知有幾熱心。（中略）當到此個時節、大家來志願看護助手實在好個事。試驗合格唔合格個事唔系問題、大家志願個熱心就真滿足。

本島女子も志願すべきものがあります。看護助手がそれであります。（中略）国民学校の卒業生も志願してゐるし、女学校の卒業生も志願してゐるし、それから在学の女学生も志願してゐるので、その如何に熱心であるかゞ分るのです。（中略）この時に当つて皆様が看護助手を志願に来たことは本当に結構なことです。試験して合格するしないは問題ではない。皆様の熱心に志願することだけでも非常に満足するのです。[24]

現実問題として、この程度の「国語」を理解できない志願者が、戦場で働く看護助手に選抜されることはありえない。[25] 客家語での勧誘に意味があるとすれば、「国語」が分からない者も含めて「皆様の熱心に志願すること」、つまりより広範囲に「自発的・自主的」な志願熱を作り出すことにあったのだろう。その意味で「試験して合格するしないは問題ではない」という発言は嘘ではなかったはずである。

多数の志願者から選抜された看護助手は、出発前に州ごとに予備訓練を受けた。台北州では赤十字社の台北支局病院に「看護助手教養所」が開設された。教養所を訪問した台湾日日新報の楊千鶴は、何枚もの訓練の写真とともに看護助手たちの「台湾女性の意気と誇り」を伝えている。[26]「御国の為にわたしもと起上がつた千三百人の中から選抜された彼女等五十五名は、四十八名の大多数が女学校卒業者で、その中に今年学校を巣立つたばかりのものが半数を占め」ていた。平均年齢はわずか一八歳という。「一個少女的死」のPと同じ年齢だ。彼女たちの「意気と誇り」には、亜流の日本人として一段低く見られてきた台湾人の、しかも志願兵にもなれない少女たちの幾重にも屈折した思いが込められていたはずである。高等女学校を終えた後、さらに上級の台北女子高等学院を卒業した楊千鶴[27]は気づかなかったかもしれないが、高女の代役と見なされた家政女学校の卒業生である碧梅には、高女に対する競争意識もあっただろう。看護助手への志願によって、碧梅はそうした何重もの圧迫から、いっきに解放されたのである。

看護助手教養所での訓練は「言語、動作はすべて軍隊式に行はれ」、戦地での「一年間の任務を終へた後部落の中堅婦人として活躍する」ことも期待された。

戦地から台湾に戻ってきた彼女らは、自らの体験を総督府系列のメディアで語ることを求められた。皇民奉公会中央本部の機関誌『新建設』は、「看護助手の手記」と題して、香港の病院に勤務した呉氏嫦娥の「靖国の桜に寄せて——勇士の最期」と陳氏秋子の「感傷を乗越えて——歌に綴る看護日誌」を収録している。このなかで陳氏秋子は「台湾女性なるが故に余計注目されてゐた私達、常に自分の一挙一動総てが勇士達に台湾を印象づけ台湾の全般が想像されるのを意識して、殊更に使命の重大さを痛感し、人知れず夜毎にその日の自己を省みては何でもない挨拶の言葉一つにも気を配るなど、絶えず台湾女性の誇りを抱きしめて、生涯忘れる事の出来ない懸命な一年間で御座いました[28]」と振り返っている。

こうしたつくられた「自発的・自主的」な志願熱のなかに「F家政女学校」の女生徒たちも置かれていた。一年前も看護助手に志願しようと考えた碧梅だが、その時は父親の反対によって断念している。彼女は翌四三年の春に募集された第二回派遣に、父に相談することなく応募したのである。選抜されたという事後報告に驚く父親だが、「もつと〳〵、お国の為に働きたい、激しい面に身を投げて入れて、ぢかに、この戦争の面に立向ひたい」という碧梅の熱意にほだされ、「死んでもよい。お国のために、沢山の兵隊さんが、命をさゝげていらつしやるのだ。それだけの覚悟は持ってゐなくてはいけない。立派な働をして来い」といとも簡単に翻意するのである。

碧梅と父親の会話が流暢な「国語」で行われるばかりか、言葉づかいまで日本人の表現と変わらないことに疑問を呈した中島利郎は、「それによって登場人物の生活や心情までもがすべて日本人に見間違うような結果になってしまった」と述べたうえで、作者の河野が「数年間の台湾経験を通して台湾人の実際の生活や心情を描くことには無理があったことが分かる」[29]という。

しかしこうした「日本人に見間違うような」表現は、碧梅親子だけのものではない。碧梅の看護助手合格について清雪と語り合う玉枝は、「羨しい。私も行きたい。何か、そんなところに行つて、うんと働きたいわ。前線よ。女の前線に行きたいのよ」と激しい思いを友人にぶつけている。だが彼女たちが「台湾女性の意気と誇り」(楊千鶴)をバネとして、このような発言をするのは不自然なことだろうか。「総じて彼の女達の言葉は在来の名残を消したきれいなアクセントでハキ〳〵してゐた」と楊千鶴は書き記しているが、それこそ河野慶彦も一端を担った皇民化教育の成果なのである。また「国語」能力が劣っていただろう父親には、こうした紋切り型の返答しかできなかった可能性もある。

それよりも家政女学校の日本人教師だった河野が、玉枝や碧梅の「日本人に見間違うような」発言を肯定的に描いている点を確認しておこう。被植民者の口を借り、彼女たちが「自発的・自主的」に戦時動員に参加する姿を描くのは、前章で論じた「扁柏の蔭」にも共通する河野のスタイルなのである。

ところで碧梅親子のやりとりで注目したいのは、「向ふには、悪い病気が流行つてゐるだらう」とさりげなく書き込まれた祖母の不安である。しかし「衛生の設備もよく整ひ、既に軍政がしかれてゐるのだから、危険はない」という碧梅の応答によって、祖母の不安はあたかも杞憂であるかのように処理されてしまう。

しかし看護助手が派遣されたのは、けっして「危険はない」場所ではなかった。周碧梅と同じく第二回派遣の看護助手であった林和妹は「使命遂行中」に病死し、第一七回死没者論功行賞に「紅一点」で加えられた[30]。また四四年に第三回派遣助手として広東第二陸軍病院に配属された傅秀松（日本名は富山恵美子）は、海南島やビルマからマラリアやチフスに感染した患者が次々に送り込まれるなか、桃園出身の看護助手一人がチフスに感染して亡くなったと証言している[31]。こうしてみると「H島」の病院でマラリアのためPが命を落とすという「一個少女的死」の設定には、現実的な背景があったことが分かる。

だが問題はこれだけではない。死没者論功行賞に名を連ねた林和妹は、靖国神社に合祀されただろう。「靖国神社に祀られているのは軍人ばかりでなく、戦場で救護のために活躍した従軍看護婦や女学生、学徒動員中に軍需工場で亡くなられた学徒など、軍属・文官・民間の方々も数多く含まれており、その当時、日本人として戦い亡くなった台湾及び朝鮮半島出身者やシベリア抑留中に死亡した軍人・軍属、大東亜戦争終結時にいわゆる戦争犯罪人として処刑された方々などの神霊も祀られてい」る[32]。靖国の論理に従えば、「一個少女的死」のPまでも「祖国を守るという公務に起因して亡くなられた方々」に数えられてしまうのだ。

おわりに

台湾女性史研究の第一人者である游鑑明は、論文「受益者か、それとも被害者か」のなかで「戦争に情熱を傾けた台湾人女性」の存在を指摘し、「どのような要素が彼女たちに日本の始めた戦争行為を支持させたのか[33]」を考察している。

游によると、台湾人女性の戦時動員は彼女らの属性に応じて異なっており、知識層の未婚女性に対しては女子青年団と各学校の同窓会が大きな役割を果たしたという。これは榎本美由紀の「高女や家女は一九三〇年代後半から愛国婦人会台湾支部が主催する愛国子女団を相次いで結成していき、女学校に入学した女子は自動的にこの団員とされた」という指摘とも符合する（榎本、四七頁）。「一個少女的死」に登場するPの従姉がすでに女学校を卒業していたにもかかわらず、「学校当局によって」Sの病院に派遣されたことを思い出そう。女学校の同窓会は愛国婦人会の末端に組み込まれ、女性の戦時動員に大きな力を発揮したのである。

ところで游論文は、碧梅と同じ第二回派遣に合格した杜蘭に対するインタビューから、手取りで七二円という高額な給与が看護助手の大きな魅力だったという発言を引き出している[34]。一年間の勤務の後は、看護婦資格を得るための受験も可能だったという。こうした「戦争の恩恵」を指摘したうえで、游鑑明は「もし戦争がなかったら、彼女たちはこんなに簡単に看護婦資格を取ることはできなかったであろう」と述べている。

游鑑明のいう通り、看護助手には「受益者」としての側面もあったかもしれない。しかしそれが「益」だけではなかったことも見ておく必要があるだろう。

看護助手ではないが、ベテラン看護婦の尹喜妹が海南島での戦地看護婦を希望した事例は、「自発的・自主的」な志願の内実に再考を迫る。勤務先の台北帝大附属病院の差別的な人事制度に不満を抱いたことが、海南島への派遣を志願した理由だった。しかし四三年の春に三カ月の契約で海南島に渡った尹喜妹たち一行二四人は、全員がマラリアに感染し苦しむことになる。植民地における差別から脱出するために、日本の占領地に新たな活躍の場を求めた彼女の選択には、台湾人の「海外進出」の重要な動機が反映されていたのである。[35]

志願理由はさまざまであれ、日本敗戦後の看護助手には悲劇的な結末が待っていた。一九四五年一一月二七日、台湾での接収工作を始めたばかりの台湾省行政長官公署は、広東や香港に派遣された看護助手が現地に取り残されたまま、生活の保障を失い困窮していると本国政府に伝えている。[36]同文に添付された父兄の陳情書によると、中等女学校出身の女子およそ五〇〇名が民国三三年四月に卒業後、日本軍に迫られて看護助手となり広東の陸軍病院に派遣されたという。日本の敗戦後、広東に三〇〇名、香港におよそ二〇〇名が滞在したまま苦しい生活を余儀なくされており、速やかな救済を請うている。[37]抑留された彼女らの名簿から、多くの看護助手が改姓名していることが分かる。改姓名が認可されるには「国語」常用家庭であることが条件だった。この名簿に載っているのは第三回の派遣人員であり、一年前に看護助手となった碧梅たちではない。しかし多くの改姓名者を含む彼女らが、「国語」によって「日本人に見間違うような」会話をするのは当然のことであった。

四四年五月に第三回看護助手として広東第一陸軍病院に派遣された陳恵美（日本名は東恵美子）が、敗戦後の体験を回想している。台湾人看護助手は日本人ではないという理由で一一月三日に日本軍から切り離され、珠江近くの「芳村花地集中営」に収容された。海南島にいた台湾籍の軍人・軍属を一〇〇名ほど収容した集中営も、すぐ近くにあったという。三民主義や中国語の教育を受ける日々を送り、四

六年五月中旬にようやく台湾への帰還が許されたのである。(38)

注

(1) 「鍾理和日記」『新版　鍾理和全集　第六冊』高雄県政府文化局、二〇〇九年、七頁。本章の翻訳はすべて引用者による。
(2) 「創刊詞」『新台湾』新台湾雑誌社、一九四六年二月。
(3) 江流「白薯的悲哀」『新台湾』第二期、一九四六年二月二八日。
(4) 慅生「一個少女的死」『新台湾』第二期、一九四六年二月二八日、後半部は四六年四月一日発行の第三期に掲載された。
(5) 陳芳明「藍明谷與五十年代的台湾——白色恐怖下一名台籍知識分子的命運」『明報月刊』一九九六年七月。藍博洲「従福馬林池撈起來的詩人藍明谷」『消失在歴史迷霧中的作家身影』聯経出版、二〇〇一年。
(6) 黄英哲『台湾文化再構築（一九四五―一九四七）の光と影——魯迅思想受容の行方』創土社、一九九九年。
(7) 前掲注5、藍博洲「従福馬林池撈起來的詩人藍明谷」二五三頁。
(8) この言葉は池田浩士の著作から取った。池田浩士『[海外進出文学]論・序説』（インパクト出版会、一九九七年）を参照。
(9) 窪川鶴次郎「台湾文学半ヶ年（一）昭和十八年下半期小説総評」『台湾公論』一九四四年二月。
(10) 一九四三年四月に台湾で義務教育が施行されることになり、国民学校の教員不足が大きな問題となった。そのため女学校の卒業生からも教員の補充が行われたことは、新垣宏一の小説「砂塵」（『文芸台湾』一九四四年一月）に描かれている。
「湯わかし」にも「有難い世の中になつたものです、数年前までは、中学出でも公立でなくては、教員心得になれなかつたものです。中学を出て、国語講習所の専任講師をしてゐた人も沢山ありました。皆さんは実によい時に卒業します」と家政女学校の校長が発言する場面がある。

(11) 河野慶彦「著者略歴」『ふるさと美々津』自費出版、一九八五年。
(12)『台湾総督府及所属官署職員録』昭和十四年版(一九三九年七月一日現在、一九三九年一〇月二七日発行)。なお『台湾総督府及所属官署職員録』によると、河野慶彦はこの学校に一九四一年度まで在職し、四二年度からは台南市の寶国民学校に異動したことが分かる。一九四三年に刊行された写真集『斗六家政女学校　第二回卒業記念』にも、「旧職員」として河野の名前と台南市大正町二丁目四六という住所が記されている。
(13) 現在「国立斗六高級家事商業職業学校」と改名している同校の沿革については、「斗六家商大事紀」を参照。http://web.dlhc.ylc.edu.tw/files/13-1001-380.php　二〇一五年九月二六日確認。
(14) 山本禮子『植民地台湾の高等女学校研究』多賀出版、一九九九年、洪郁如『近代台湾女性史――日本の植民統治と〈新女性〉の誕生』勁草書房、二〇〇一年など。
(15) 榎本美由紀「日本統治時期台湾の家政教育」広島大学大学院文学研究科東洋史学専修修士論文、二〇〇〇年、http://ir.lib.hiroshima-u.ac.jp/files/public/20306/20141016134928260809/H12M_EnomotoMiyuki.pdf　二〇一五年九月二六日確認。
(16) 前掲注14、洪郁如『近代台湾女性史』一五七頁。
(17) 洪郁如「帝国日本の「家政学」と植民地的近代」『接続』第七巻、ひつじ書房、一四七―一四九頁。
(18)『大東亜戦争と台湾』台湾総督府官房情報課、一九四三年、五二―五三頁。傍線は引用者。
(19) 大谷渡『看護婦たちの南方戦線――帝国の落日を背負って』東方出版、二〇一一年。
(20) 戦時期の国策婦人雑誌のビジュアルイメージを分析した若桑みどりは、女性には戦争を援護する「チアリーダー」としての役割が期待され、従軍看護婦の姿で登場することが多いと論じている。若桑みどり『戦争がつくる女性像――第二次世界大戦下の日本女性動員の視覚的プロパガンダ』筑摩書房、一九九五年。
また満洲事変以後の『少女倶楽部』を読み解いた長谷川潮は、「アジア太平洋戦争下の少女雑誌に軍が求めたものをひとことで言えば、少女たちを従軍看護婦にしたいということだった」と結論づけている。長谷川潮『少女たちへのプロパガンダ――『少女倶楽部』とアジア太平洋戦争』梨の木舎、二〇一二年、一三五頁。
(21) 看護助手制度が始まる以前に、台湾でも従軍看護婦は募集されており、すでに血書志願による「赤心披瀝」が報道されていた。一例として「血書に赤心披瀝し従軍看護婦を志願」『台湾日日新報』一九四一年一〇月一四日。
(22) 日清戦争が勃発した一八九四年につくられた「婦人従軍歌」は、当初はあまり普及しなかったものの、昭和一〇年代になって広く歌われるようになった。亀山美知子『近代日本看護史 II 戦争と看護』ドメス出版、一九八四年、五三頁。
(23) 楠井隆三「女子動員について」『台湾時報』二八八号、一九四三年一二月。
(24) 高山喜全「広東語の研究」『台湾警察時報』一九四二年四月、二七—二八頁。
(25) なお一九四四年に第三回の看護助手に採用された陳恵美は、国語・作文・口頭試問・身体検査などの試験科目があったと回想録のなかで述べている。陳恵美『日台合作 従軍看護婦追想記——すみれの花が咲いた頃』展転社、二〇〇一年、一六頁。
(26) 楊氏千鶴「看護助手教養所訪問」『部報』台湾総督府臨時情報部、一九四二年四月。なお楊千鶴が訪問したのは、第一回派遣の看護助手を対象とした教養所である。
(27) 戦時期の楊千鶴については、濱田麻矢「日本統治期台湾の女学生像——楊千鶴の日本語創作をめぐって」を参照。緒形康編『アジア・ディアスポラと植民地近代——歴史・文学・思想を架橋する』勉誠出版、二〇一三年所収。
(28) 「看護助手の手記」『新建設』一九四三年七月。
(29) 中島利郎「河野慶彦覚え書き」『日本統治期台湾文学研究 日本人作家の系譜』研文出版、二〇一三年、三〇七—三〇八頁。
林慧君は博士論文「日據時期在台日人小説重要主題研究」(淡江大学中国文学学系、二〇〇九年)のなかで「湯わかし」を論じ、「皇民思想を宣伝するという前提のもと、小説に描かれた台湾人女性の形象はあいまいで心理描写も深みがない」(一〇三頁)と否定的な評価を下している。
(30) 前掲注19、一九二頁。
(31) 同前、二〇八—二一一頁。
(32) 靖国神社 http://www.yasukuni.or.jp/history/detail.html 二〇一五年九月二六日確認。
(33) 游鑑明「受益者か、それとも被害者か——第二次世界大戦時期の台湾人女性(一九三七—四五年)」早川紀代編

『植民地と戦争責任』吉川弘文館、二〇〇五年。

(34) だが『台湾日日新報』の記事「征かう白衣の天使　いたつきの身に捧ぐ愛の赤十字　前線派遣看護助手募集」(一九四三年三月七日)によると、第二回の看護助手は、「一、派遣期間中軍属とす　二、初任年当月額五十円を給せらるる外食事、被服、宿舎を官給し尚往復旅費を給す　三、適宜女性として必要なる教養(例生花、裁縫等)を施す」とあり、杜蘭の記憶とは隔たりがある。

(35) 「尹喜妹女史訪問記録」『走過両個時代的台湾職業婦女訪問記録』中央研究院近大史研究所、一九九四年、三九―四四頁。

(36) 「台湾省行政長官公署民政処衛生局呈請救済流落在外之衛生技術人員」民国三四年一一月二七日、『政府接収台湾史料彙編』国史館、一九九〇年、一〇六八―一〇六九頁。

(37) 同前、一〇七〇頁。

(38) 前掲注25、九二―一一一頁。

第八章　「大陸進出」とはなんだったのか
——紺谷淑藻郎「海口印象記」を読む

はじめに

一九三八年一一月四日の『呉新栄日記』に次のような一節がある。

国卿は嫌疑が晴れて、一昨日台南警察署から釈放し［され］た。例へ無学であり、且つ我が儘だとは云へ、やはり私の肉親であって、見れば、私は彼の前途を今一層考慮しなければない［ら］ない時が来た。どうせこの台湾では已落後者であるから、大陸は彼の新天地であるかも知らない。丁度父親も行って見ると云ふから、一緒に行かせることも考ふべきことだ。[1]

釈放された「国卿」とは、弟の呉国卿のこと。一〇月二九日の日記から、保険詐欺の嫌疑で台南署に拘束されていたことが分かる。二年前にも傷害事件を起こした国卿は（『日記』三六年五月一日）、呉新栄にとっては「実にこの弟だけは我が一家の心配の種」（『日記』三八年一二月五日）であった。

興味深いのは、「どうせこの台湾では已落後者であるから、大陸は彼の新天地であるかも知らない」

という一文である。この日記が書かれた一九三八年の秋、日本軍はすでに広州や武漢三鎮を占領し、引用した日記の前日（一一月三日）には、近衛内閣が「東亜新秩序」声明を発表していた。拡大を続ける日本軍の大陸占領地は、台湾の「落後者」すら受け入れてくれる「新天地」として認識されていたのである。[2]「心配の種」であった弟は、翌年の五月二三日に中国へと渡っていった。

「吾々の多くの友人や親戚が大陸に進出している」という『呉新栄日記』の記述を裏づけるように、一九四〇年代には、台湾人が中国や南洋へと「進出」していく作品が数多く創作されるようになる。その一端は第七章ですでに見た。

紺谷淑藻郎の「海口印象記」（『台湾文学』一九四一年九月）も海南島に渡った台湾人や日本人の姿を描いたものだ。まずは同時代の批評を見ておこう。

一九四二年七月、楊逵は「台湾文学問答」のなかで、坂口䙥子の「鄭一家」（『台湾時報』四一年九月）、張文環の「夜猿」（『台湾文学』四二年二月）とならべて「海口印象記」を高く評価し、次のように述べている。

> 新体制下に於て、大東亜建設戦に於て、吾々が海外に活躍する人々に期待するところは、建設の勇士としてである。ところが、こゝに描かれた人々の何としただゝ（ママ）しなさであらう！　が、これが真実である限り、この描写はこの作品を傷つけるどころか、却つてこの作品を潑溂たらしめるものである。我々は、この作品の中で躍る人々を憎む。だが率直大胆に、この問題をとり上げた作者に敬意を払はねばならぬ。頭かくして尻かくさずは政治に於ても而りであるが、文学に於ては絶対に

排撃さるべきものである。

作中三角関係描写の条に対して、澁谷氏は不満を表されてゐるが、このいやらしい三角関係も、この作品に於ける限り、僕は、冗長どころか、しつくりはまつてゐてそつがないやうに思ふ。これはいやなことには違ひない。だが、いやなものを唾棄すべきものとして提出する限りこれはやはり文学の一要素たるを失はぬと僕は信じてゐる。どしどし書いて欲しいと思ふ。[3]

楊逵が批判的に言及した「澁谷氏」の文章とは、同じく『台湾文学』に掲載された澁谷精一の「文芸時評」のことだ。澁谷の「海口印象記」評は以下の通り。

最も今日的な問題を含んでおり、それ丈に魅力ある作であり、とも角最後まで読ませる作品であり、筆も決して凡ではないが、読後の不快を消し得ない。そのよつて来る処は、思ふに作者が、海口よりも、むしろそこに起こつた男女の三角醜関係の方に殊の外御執心の為であらう。占領地に於ける憂ふべき状態と云ふものは、我々もしばしば聞く処であるが、それがこう云ふ形で提出されると、十分、何か腑に落ちないのである。云はゞ平凡すぎて詰らないのである。三角関係など何処にでもころがつてゐる話で、海口と有機的な繋りが少ないのである。占領地に於ける憂ふべき状態と云つたものをあく迄主題として、書かるべきではなかつたらうか？　主題のいゝものである丈に、それを組立てる素材の取り方の陳腐さが惜しまれる作品である。[4]

近年、在台内地人の文学に関する研究が増えてきたものの、紺谷淑藻郎についての先行研究は管見の限りでは皆無である。現存する作品が少ないこと、作者についても断片的な資料しか残っていないことが主な原因だろう。それにしても大東亜戦争のただなかで、同じ『台湾文学』陣営の文学者から異なる評価を受けた「海口印象記」とはどのような作品なのか。「こゝに描かれた人々の何としただゝ（ママ）しなさ」（楊逵）、あるいは「占領地に於ける憂ふべき状態」（澁谷）とは、いかなるものだったのか。本章では火野葦平のテクストを補助線として考えてみたい。

火野葦平を取り上げるのは、彼のルポルタージュ「海南島記」を紺谷が読んでいたこともあるが、この時期の火野にとっても「占領地に於ける憂ふべき状態」は重大な問題として認識されていたからである。戦争文学の最も著名な書き手であった火野葦平と、ほとんど無名の紺谷淑藻郎が描いた占領地像をあわせて読むことによって、日本の「大陸進出」について考察することが本章の目的である。

1　火野葦平の「不良日本人」批判

一九三九年九月七日、南支派遣軍報道部の火野葦平が空路台北に到着した。一〇月二一日に始まる「時局・南支展」の打ち合わせが主な目的である。[5]

前年の三月に「糞尿譚」（『文学会議』三七年一一月）で第六回芥川賞を受賞。戦地にいた火野のために小林秀雄が杭州に派遣され、陣中で行われた授与式が話題をよんだ。徐州会戦を描いた「麦と兵隊」（『改造』三八年八月）は、「俄然社会の好評をうけ、その月の「改造」は新旧をとはずあらゆる書店から消えたといはれるが、それがまもなく同社から単行本となつた時には、文字通り未曾有の売行を示した[6]」という。来台直後の九月九日に『台湾日日新報』に掲載された火野の発言も、矢継ぎ早に刊行される作品が多くの読者を擁していたことを誇らしげに語っている。

今度福岡市で福日主催の下に南支海南島展覧会を開催するのでその指導の命を受けやつて行く途中である、何れ此の次には台北で此の展覧会を開くことになりませうが、その時には貴社を煩はすことになりませう、私は広東から海南島にも参り貴社の濱中特派員にも会ひました、汕頭にも四十日ほど行つてゐました、左様私の著述も「麦と兵隊」「土と兵隊」「広東進軍抄」に続いて「花と兵隊」が四月にそれから最近「海南島記」を上梓し都合五冊に上り幸に全国の皆様に愛読して頂いたことを光栄とするものです[7]

短期間の滞在にもかかわらず、「事変下の人気を独り占めにして来た[8]」火野の来台は、沈滞期にあった台湾文壇に大きな影響を与えることになる。台北滞在中に執筆した「華麗島を過ぎて」は、結成まもない台湾詩人協会の機関誌に掲載された[9]。戦闘中の兵士を生々しく描く火野の文学は台湾の時局とも合致しており、そうした「内地文壇の寵児の一文が、僻地台湾の詩誌『華麗島』創刊号の巻頭を飾った」ことに対する反響が、西川満が詩人協会を台湾文芸家協会に改組する際に追い風となったと中島利郎は論じている。

同年一一月、広東で現地除隊となった火野は報道部嘱託となり、「時局・南支展」のために再び台北に立ち寄った後、内地に帰還した。

『麦と兵隊』をはじめとする「兵隊三部作」に加えて『海南島記』(三九年五月)を出版し、「国民的文学者」として売り出していた改造社は、杉山平助・尾崎士郎・林芙美子との「火野葦平帰還座談会」を企画する。「「麦と兵隊」を書く動機」や「帰還の印象」、「今後何を書くか」など座談会の話題は多岐にわたるが、ここで注目したいのは「悪質日本商人」を論じた箇所である。日本軍占領下の広東に「おしるこ屋、天丼屋」などがいち早く進出し、「内地とちつとも変り」ない情況を、火野は兵隊の立場から次のように批判する。

ところが、そいつは何か方法がないかと思ふのです。最初何も無い処へ来てくれるのはいいけれど、あんなに沢山来て、結局兵隊の懐を搾るといふことになるんです。沢山来ると、――この間広東居留民の一周年大会があつたときに言つたのですが、七、八千人から内地人が来ますと、内地人同士に商売ができる。兵隊にいい顔をしなくなる。金を貰つても地方人のはうが金費ひが荒いしするので、兵隊にはいい顔をしない。それに来る人にあまり善くないのがある……。

この言葉を受けた尾崎士郎は、さらに重大な発言を残している。

悪い者はネ、まづ大きな家を見附けると必ず淫売屋を始めることを計画する。これは共通の現象です。この前張家口で、松村中佐に遭つて、その話をして大いに議論をした訳だがネ。やつぱり善いのを入れるには保障しなければいかぬ。が、保障して伴れてゆくといふことは容易ならぬことなんだ。だから結局、自発的に出てゆくやうな空気を作らなければいけないといふ結論になるんだネ。（中略）

今度の「改造」の随想にちよつと書いたけれど、北支のちよつとした小都会へ行くと、淫売屋の店頭へ、居留民文化工作委員会本部と言ふ看板が懸つてゐる。看板が三枚位並んでゐる。いくら支那人だつて、成程尤もだとそれは思はないよ。（笑声）（中略）

北京なんかへ行つて一番先に感ずることは、今まで北京で懸命に働いてゐた革新的な性能を有つてゐた人が、恐らく一番堕落してをるのではないか。利権屋がどんどん入つて結びつく。単純だから利権屋と結びつく可能性が強い。非常に享楽的になつてゐる。それは戦争が動いてをればいゝが、停滞してゐると、そこに濁つた空気が出来上つて来ます。非常に容易ならざるものを含んでゐる。[10]

「「改造」の随想」とは、同じ号に掲載された「朔風紀行」のことだ。この紀行文には「北京で会つた旧友の北原龍雄」からの伝聞を通して「占領地区の小都会に跋扈する不良日本人」の姿が生々しく描かれている。

北原君の話によると、小駅の一等地は三分の二、もしくは四分の三の割合で日本人が権益を占めてしまつてゐる。おどろくべきことは売笑窟の親爺が日本人会の会長であり、淫売屋の店頭に「日本人会本部」「産業組合事務所」——と大きな看板のならんでゐるところもある。軍は極度の警戒をもつて不良日本人の侵入を防いでゐる模様であるが彼等は何処からともなくずるずるとすべりこんでくる。北原は昂奮に声を顫はしながら私に語つた。（中略）彼は深刻な実例をあげて説明した。もつとも大きな誤りは英雄のなすべき仕事を淫売屋がやつてゐるところから生ずる。淫売屋はその専門だけで満足すればいいのである。私が一ばん恥かしい思ひをしたのは山海関から北支に入ると き駅員が呉れる注意書の小冊子を一読したときであつた。その中には、支那人は日本人を貞操観念の稀薄な男女関係において規律のない人種だと思つてゐる傾向があるから特にその点を注意してほしいと書いてあつた。（中略）[11]

占領地に蠢く「不良日本人」を強く非難する尾崎にとって、「淫売屋」こそがその代表的な存在だった。「淫売屋はその専門だけで満足すればいい」と、「淫売屋」が「文化工作」に従事する現実を尾崎は痛烈に批判する。彼の観察によれば、こうした現象は日本軍占領地で広く見られたようである。後述するように、紺谷淑藻郎の「海口印象記」にも軍隊の移動を見越して「淫売屋」を開業しようと画策する日本人が登場する。本章の冒頭で引用した澁谷精一の「占領地に於ける憂ふべき状態」とは、まさにそのことを指している。なお「軍は極度の警戒をもつて不良日本人の侵入を防いでゐる模様」と、尾崎は北原龍雄の発言を引いているが、日本軍による占領と現地秩序の破壊なくしてこうした状態が惹起されることはあり得なかった。

ちなみに火野葦平が占領地の日本人を批判するのは、この座談会が初めてではない。広東作戦の後に執筆された「東莞行」でも、「私達兵隊が最も苦々しく思ふ現象は、この事変のどさくさに紛れこんで一儲けしようといふ輩です。そのためには大陸進出といふ素晴しい隠れ蓑があります。彼等は一個の貪慾のために占領後の町に現はれる。怪しげな商売を、不愉快なる方法で始める。（中略）我々が尊い生命を賭けて奪取した土地を、何のためにさういふ連中に蹂躙されなければならぬか[12]」という激しい憤りを書き記していた。

「怪しげな商売」とは何を指すのか、具体的に述べていない。だが「大陸進出」という国策が、「一個の貪欲」の隠れ蓑となっていたという告発は重大だろう。火野の批判は尾崎士郎の「朔風紀行」と同じく『改造』に掲載されていたことから、植民地を含む多くの読者が占領地の実態を知っていたはずである[13]。なお「東莞行」が発表された三九年二月に、日本軍は海南島を攻略、占領した。

もう一例、火野の発言を紹介しよう。一九四〇年五月九日にラジオ放送された「海南島を語る」のなかで、中国の山間僻地に至るまで教会や学校・病院などを運営する西洋人の「純粋に人格的な」姿勢を評価する一方で、「何か戦争のどさくさに紛れて、一儲けしやう、一かく千金の夢を見て渡つて来て、相当の金を握つたら、内地へ引き上げよう、といふ人が多いことに対し、兵隊としての憤りの気持は決して浅くない[14]」と語っている。

こうした日本人に対する「憤りの気持ち」は、「尊い生命を賭け」た兵隊に自らを重ねつつ発せられている。兵隊の目線こそ彼の人気の源泉であった。この点に関して「火野君は兵隊の代弁者であつた。将軍でもなければ、将校でもない。兵隊の代弁者であるといふ点で国民に支持された。ところが、人気者になる瞬間に兵隊から浮き上る可能性が無限に出て来る。これは自分が浮き上るまいとしても、不可抗的（ママ）に、物理学の原理によつて、火野君は味方だと思つてゐても、兵隊の方で俺の仲間でない、といふかも知れない」[15]という杉山平助の発言は的確なものだ。

しかし池田浩士が指摘しているように、火野は単なる兵隊ではなかったことも押さえておかねばならない。「戦争のなかに投げこまれた兵隊でありながら、戦争と兵隊を文学表現の材料とすることによって、かれは、仲間の兵隊たちとは決定的に異なるところに身をおき、疑いもなく経済的にも社会的にも大きなものを得[16]」ていたのであり、彼らの代弁者であり続けるためにも不良日本人を告発しなければならなかったのである。

だが、火野や尾崎が批判した不良日本人は、はたして「聖戦の目的」である「大陸建設の大事業」からの逸脱者なのだろうか。この問いに答えるために、回り道のようだが、次節では戦時期の台湾と海南島について考察する。

2　海南島の占領と台湾

日本軍の海南島上陸作戦は三九年二月一〇日に始まった。もともと「上陸決行は紀元節をトして行はれる筈であつたが、敵の裏を掻く意味で、決心を一日早めた[17]」という。

一九三〇年代半ば以降、海軍を中心として南進政策が主張されるなか、海南島の占領が模索された[18]。三六年九月三日に広東省北海で在留邦人が殺害された北海事件は、海南島占領論を昂進させた。同月一五日に海軍軍令部が策定した「北海事件処理方針」には、「情況ニ依リ海南島若クハ青島ノ保障占領ヲ行フ[19]」ことが明記されている。

北海事件の前日に台湾総督に就任した海軍出身の小林躋造は、南進政策を皇民化・工業化とならぶ重要な柱として位置づけたことで有名である。日中戦争勃発後の三八年九月、総督府は「海南島の軍事的、経済的重要性並に地理的社会的特殊性に鑑み同島の処理に付ては自ら他の占領地域と異り全体的統治の実権を確立し帝国の外地に対する統治精神を拡充するを以て主眼と」し、「同島の統治は台湾統治の経験を活用し南方外地の一環として之を行ふ」ことを盛りこんだ「海南島処理方針（未定稿）」を作成する。「住民に対する方策は皇民化を以て本旨とす」ることを謳った同方針は、「具体的政策の樹立及之が運用に付ては台湾統治の経験を活用し大体十年を以て現在の台湾と同程度の統治成績を収むるを以て目標と」しており、さらに「海南島の原料資源は原則として台湾に於て之を処理するの方針を採り台湾の工業化を図ると共に両者の経済的関係を緊密ならしむ[20]」るものとされた。

この処理方針から一年後の三九年九月、海南島はすでに日本の支配下に置かれていた。新たな「帝国南方経綸の遂行」のため、総督府は「南方外地統治組織拡充強化方策（未定稿）」を策定する。海南島の占領によって大きく拡大した南方外地を「綜合統括する統治機関として南方総督府（仮称）」を台湾に設置し、「南方総督は台湾総督を兼ねしむ[21]」るという構想である。

「海南島処理方針」と「南方外地統治組織拡充強化方策」はいずれも未定稿ながら、台湾総督府の海南島への強い関心をうかがわせる重要な文書だ。鍾淑敏が指摘したように「日本の海南島占領の主な目的は、南進軍事基地の獲得と資源収奪」におかれており、そのために実施された「軍票制度は、他の日本軍占領地域と同様に現地の資源を収奪するための重要な措置[22]」となった。

南方総督府構想は実現しなかったものの、海南島の統治には「台湾統治の経験」が活用された。それは医療衛生、交通運輸、海南島の基本調査から日本語学校の開設、宣撫宣伝工作など広範囲に及んでおり、民間事業の分野でも台湾銀行や台湾拓殖会社が重要な役割を果たしている。[23]

新たな商機を求めて、多くの人々が台湾から海南島に「進出」していく。日本占領前の三六年一一月の時点で、海口市在住の邦人は内地人三名、台湾人六名のわずか九名に過ぎなかったが（台湾人のうち二人は無免許の医師だという）、四一年五月には一六八五名に激増する。その内訳は内地人が一二二四名、台湾人三六五名、朝鮮人が九六名である。[24]

台湾総督府の海口出張所所長をつとめた青木茂によると、「台湾の協力を除いては海南島の開発を語り得ないと言ふも敢へて過言でない状態」であり、「各地の雑貨商・飲食店・旅館・時計商・写真業・理髪業・洗濯業等の中小雑商業は殆んど台湾よりの進出者」[25]で占められていたという。戦争の拡大につれ、軍の通訳や軍夫、さらには軍人として海南島に動員される台湾人も増加していった。

『呉新栄日記』からも、同時代の台湾知識人の海南島認識をうかがうことができる。占領直後の三九年二月二五日、彼は次のように記している。

地図を繙いてじっと考へると、海南島の重要さをつくづく感ずる。先ず海南島は山東半島、台湾島と並んで中原の海岸線を圍む孤［弧］線を為してゐる。日本はこの三点を占拠して始めて中原を支配することが出来るのである。次に海南島は香港、海防、マニラ、カンランを四角形とする中心点である。日本はこの一点を占拠することに依って英、佛、米三国の死命を制することが出来るのである。最後に海南島は樺太島とグアム島と共に太平洋上に正三角形を為してゐる。日本は已にその基底たる二点を占拠してゐる。頂点たる第三点を取った時は即ち日本が太平洋を制覇した時だ。[26]

同年四月七日の日記も引用しよう。

国山は寿坤の台南農業学校志願のことであちこちに行かせてゐる。寿坤はその身分相応に農学校へ入ればいいと思ふ。他日一つ海南島で大農園でも経営すればいい。又国山は東亜医科大学に入れば他日、中原で活躍すれば兄としても満足だ。若者よ、お前達に幸いあれ[27]！

さらに四月二七日には、彼の三男（「南図」）の名前の由来に言及しつつ、「この子は南図でありながら北征西進するばかりだ。然しやがて海南島に南華方面に実際的に進出するかも知らん[28]」という期待を記している。

だが、海南島に「進出」した台湾人にとって、そこはどのような意味で「新天地」（呉新栄）だったのだろうか。「海南島のある地域は小さな台湾になったようだ」、「海南島は短期間のうちに第二の台湾となった」という鍾淑敏は、台湾人は「被植民者の身分でありながらも、日本の海南島「再植民」によって「植民者」の協力者となった[29]」と述べている。多くの台湾人が海南島をめざし海を越えた。そのなかには第七章で論じた若い看護助手たちも含まれている。しかし日本の敗戦後、その「新天地」には二万人を超える台湾人がとり残されることになったのである[30]。

3 「占領地に於ける憂ふべき状態」とは——紺谷淑藻郎「海口印象記」を読む

現在確認できる紺谷淑藻郎の最も早い作品は、一九二七年一二月六日に『台湾日日新報』に発表された散文詩「十月秋夕頌」である。翌二八年には、以下の三本の文章が同紙に掲載されている。「文学の展開性と新感覚派文学」(一月一三日)、「その部屋の男(これは要するに大人の童話である)」(二月一〇日)、「小春景(ある女郎の追憶)」(二月一七日)。その次に彼の名前が『台湾日日新報』に登場するのは、一一年後の三九年八月九日。この時は「本社特派員」の肩書きで、日本軍占領下の海南島から記事を発信している。

この一一年の空白を埋める材料として、羊子喬の論文「移植的花朶——深受超現実主義影響的風車詩社」がかすかな手がかりを与えてくれる。風車詩社の楊熾昌を論じた文章だが、紺谷にもほんの少しだけ言及している。該当箇所を引用しよう。「民国二二年、楊熾昌は父親の楊宣緑(伝統詩社「南社」の重要な詩人で『台南市誌』に伝記が収録されている)の病気が重くなったため、〔東京の〕文化学院を退学し台湾に帰ることになった。台湾に戻り家でぶらぶらしている時に、『台南新報』や『台湾新聞』の文芸欄に作品を発表したところ、台南新報文芸欄の編集長である紺谷淑藻郎に激賞された。紺谷淑藻郎は後にある女性作家とスキャンダルを引き起こしたため、楊熾昌を文芸欄の編集に推薦した。民国二三年、彼は文芸欄の仕事を始めた[31]」。『台南新報』文芸欄の調査を行っていないため、詳細は現時点では不明である。

三九年八月上旬から一〇月下旬まで『台湾日日新報』の特派員として日本軍占領下の海南島・広東・仏山を訪れた紺谷は、「日支結婚を憧れる姑娘」（八月九日）や「日語熱を普及して抗日教育を剿滅」（八月一二日）、「台湾出身の軍夫　兵に劣らぬ壮烈な戦死」（九月一五日）など時局に沿った記事を連続して執筆している。しかし彼の名前はまたもや同紙から消えてしまう。二年後に彼の「琉球小記」を掲載した『台湾逓信』では、「筆者は大毎台北支局記者」[32]となっている。

四一年九月一日、「海口印象記」が『台湾文学』第一巻第二号に掲載された。この号の編輯後記は紺谷の手によるものである。『台湾文学』に載った紺谷の作品はこの一篇だけだが、編輯後記を担当したことからすると、同誌のなかで重要な位置にいたのではないだろうか。ちなみに編輯後記を執筆した内地人は、紺谷以外には中山侑（二巻一号、二巻三号）と名和栄一（二巻二号、二巻四号）しかいない。

「海口印象記」の主人公「壮吉」は、毎日のようにカメラを肩に中山馬路の報道部へ足を運ぶ人物として設定されている。特派員時代の紺谷自身をモデルとしたのかもしれない。壮吉の通った報道部は抗日文書を印刷販売していた海南書局を接収したもので、日本軍の占領後は中国語新聞『海南迅報』のほかに各種の伝単・ポスターの制作にあたっている。南支派遣軍報道部の火野葦平もここに通い、『海南島記』ではその活動を詳細に記録した。火野によると『海南迅報』には文芸欄も設けられ、詩や小説・戯曲などが掲載されていたというが、詳細は不明である[33]。

ところで「海口印象記」より二年前に、特派員の紺谷が『台湾日日新報』に発表した「新しい海口風景」（三九年八月一七日）は、時局色の濃い他のニュース記事とは異なり次のような書き出しで始まる紀行文である。

中山馬路は海口の銀座である、白亜のスペイン風な建築物の額には二、三軒置き位に横文字が並んでゐる。人物の配置を除けば頗るエキゾチツクな風景である。人物の配置と書いたが、此の町には殆ど上海風な長衿が見当らぬ、台湾では田舎でしかみられない黒つぽい褲をはいた跣足の女が歩いてゐる。火野葦平氏の海南島記は〝美しい姑娘〟を見てゐるが、記者のみたものはうす暗い感じの跣足の女ばかりである。広東の女に比較すると清潔感の点に於て或は美観の点に於て著しい懸隔があるのである。(34)

『海南島記』を、特派員時代の紺谷がすでに読んでいたことがここで確認できる。

簡単に整理しておこう。いくつかの報道記事を除くと、紺谷淑藻郎が海口を題材にしたテクストには、①「新しい海口風景」(『台湾日日新報』三九年八月一七日)と②「海口印象記」(『台湾文学』四一年九月)の二本があること(以下、①②と略記)。①の執筆に先だって、紺谷は火野の『海南島記』(三九年五月)を読んでいたということである。

本論の冒頭で紹介したように、テクスト②には「占領地に於ける憂ふべき状態」が描かれ、それに対して澁谷精一と楊逵が異なる評価を下していた。先行するテクスト①からはそうしたものがまったく読み取れないのは、戦場特派員の記事という性格からすれば不思議ではないだろう。テクスト①が描いたのは、「旅人」の目に映った「エキゾチツクな風景」と、文字も知らず「穏順、怯懦の感じを持ち無口無愛想」な「海南人」に対して感じる「文化のひらき」や「孤島の悲しみ」なのだ。このようにネガティヴに描かれる海口のイメージは、近い将来に建設されるはずの日本人村によって「明るく清潔な海口市が出来上る」期待へと、いとも容易に転化するのである。

テクスト②に戻ろう。作品に描かれた「占領地に於ける憂ふべき状態」とはどのようなものだったのか。

報道部にほど近い「Y洋行」の一室を宿とした壮吉は、退屈な毎日のなかにも楽しみを見いだしていく。中山馬路の「木村コーヒー」に行けば、「台湾でみたことのあるだれかれに会へる楽しみであつた。（中略）軍関係をのぞくと日本人は数へるほどで、したがつて内地人も本島人もないのである。台湾にゐては想像のつかない親しみが湧いた」。このなにげない一節は、台湾における内地人と台湾人の関係性（両者の「親しみ」のなさ）をはからずも示している[35]。

この木村コーヒーで、主人公は「楊文通」という景気のよさそうな台湾人と知り合いになる。銀の指輪をはめた楊文通は、高飛車な口調で「×××××がくれたんですよ。あんたも欲しければもらつてあげます」。「これを呉れた××××は温和しいやつで、小金はあるらしいけれども仕事がないんです。仕事がないのにはみんな弱つてゐますね」と壮吉に話しかける。「×××××といふのは曾て無教養な内地人が本島人に対して用ひた言葉の一種」という説明から判断すれば、伏せ字は「チヤンコロ」なのだろう。日本人が台湾人や中国人に向けた典型的な侮蔑語を、ここでは台湾人が海南島の被占領者に発しているのだ。これ以外にも楊が部下の「土人」を「×××××、馬鹿野郎」と「国語」で罵る場面がある。

「第二の台湾」（鍾淑敏）となった海南島で、台湾人が「「植民者」の協力者」となったことはすでに見た。日本人を模倣し、「土人」たる海南人には差別語を浴びせ、彼らの弱みにつけ込んでは金品を手に入れる。こうした楊文通の姿は「同島の統治は台湾統治の経験を活用」することを唱った「海南島処理方針（未定稿）」に適うものであり、さらにいえば皇民化の「成果」であった。このような楊の言動に対して、紺谷自身を投影させた壮吉は何の反応も示していない。しかし「××××」を「無教養な内地人が本島人に対して用ひた言葉」とする表現から、著者の批判的な意識を読み取ることはできる。

楊文通が働いているのは、「内地人くさい名前」を持つ「M洋行」である。楊によれば、「Mさんといふのははじめ従軍できた写真班ですよ、儲けられると思つて社を辞めて写真屋を開業しました。私は相当の給料を約束してよばれてきたのだが、給料が、満足にもらへぬところへもつてきて、もうからぬ時期になると金策だといつてMさんは台湾に帰つた」ままだという。

すでに見たように、海南島「各地の雑貨商・飲食店・旅館・時計商・写真業・理髪業・洗濯業等の中小雑商業は殆んど台湾よりの進出者」で占められていた。「M洋行」を含む占領地の写真屋は、兵隊を主な顧客として彼らの凱旋記念の写真を撮影販売していたのである。占領地の写真屋といえば、火野葦平の小説「新市街」に「広東で現地除隊をして、写真屋を開業してゐる」[36]安木という人物が登場するし、宜昌戦線を背景とした「山坡街」にも次のような一節がある。

> 嘗て兵隊であつた私にはこのやうな人達とは満更馴染がないわけでもない。これらの人々はつまり占領後の町々にまつさきにやつて来る敏速な同胞である。不自由な占領地域内で兵隊相手の商売

（食堂や酒保や写真屋やカフエーなど）を営んでゐる人達であらう。まことに、御苦労なことであるし、兵隊にとつてもありがたいことではあるのだが、その商売の方法や精神については、嘗て兵隊であつた頃、私はいろいろと考へさせられたことが多かつた。[37]

火野が「いろいろと考へさせられた」のは、「事変のどさくさに紛れこんで一儲けしようといふ輩」への「苦々し」い思いに通じるものだったろう。[38]

壮吉が部屋を借りている「Y洋行」も、やはり「兵隊相手の商売」である酒保を経営している。番頭格の上村は顔見知りの者からは代金を受け取らずに帳簿をごまかし、主人の妻と浮気をしていることも公然の秘密だ。そうした乱脈経理にもかかわらず、「夕頃の勘定には相当の札束がしめられ」、台湾の本店に多額の送金を行っている。海南島にやって来た当初は大繁盛だったというのだから、姿をくらませた「Mさん」と同じく、これも「占領後の町々にまつさきにやつて来る敏速な同胞」（火野）と考えてよいだろう。

「Y洋行」には「台湾の中等学校を出てすぐ渡来した十九歳の坂田」のほかに、台湾人の「陳といふ十七歳の少年」も働いている。こうした微かな記述からも、日本占領下の海南島が「第二の台湾」となっていたことが見てとれる。わずか一九歳の坂田の月給は八五円。破格の高給である。[39] 李や陳の給料は示されていないが、「植民者」の協力者」となった台湾人にも「一かく千金の夢」を見せてくれる「新天地」だったのだ。

毎晩のように遊蕩にふける上村をよそ目に、年若い彼らも「支那服を身につけて禁止区域の方へまで足を延ばし」ては、「酒をのみ、臆面もなく禁止区域の話を持出し、女の品定め[40]」に余念がない。彼ら三人が「内台人の区別なく海南島語、本島語、国語をちやんぽんにあやつり仲よく猥雑な冗談をいひ合う」さまは、総督府の唱える「内台一如」を具現化したものといえる。

この物語の山場は、壮吉が坂田と李から「主人の陰謀」を告げられる場面だ。部隊の移動を見こしたY洋行の主人は、「新手の金儲け」として、今度は酒保ではなく「目先を変へて○○とゆくらしい」。この「大勢の女をつかつて、それを切り廻そうといふ」表現から、「○○」は「淫売」なのだろう。この「陰謀」を耳にした壮吉は、「ほう、○○か、考へたんだね」と応じるだけで、主人の「年若い妻君の運命を考へて微笑」さえ浮かべている。「兵隊相手の商売」の宿命として、「淫売屋」は軍とともに「金儲け」の場所を移動させなければならないのだ。

「淫売屋」に対しても主人公は訳知り顔で、否定的な態度はいっさい見せない。それは楊文通の「チャンコロ」発言への無反応にも通じている。だがこの対話は、日本軍の占領地に「何処からともなくずるずるとすべりこんでくる」「淫売屋」（尾崎士郎）の存在を可視化するばかりか、それがありふれたものであったことを明らかにしてしまうのだ[41]。

「海口印象記」は、作者自身を思わせる主人公の言動とは離れたところで、日本の「大陸進出」の実態と、「新天地」における台湾人の生活を植民地の読者に伝えてしまったテクストなのである。

おわりに

一九四〇年五月九日、火野葦平が「海南島を語る」と題するラジオ放送を行ったことは、すでに述べた。先ほど引用しなかった箇所で、彼は次のように発言している。

上陸するまでに、私たちの予備知識としてあつた海南島は、何か夢のやうな宝の島であるといふことでした。それはたしかにさういふ感じもありました。（中略）海南島といへば、蛇が居るだらうとか、豹が居るだらうとか、よくいはれるのですが、そんなに島中、どこにでも蛇がのさばつてゐるものではありません。（中略）

私は海口に一ヶ月あまり居つて、色々な仕事をしましたが、その間に感じましたことは、海南人が極めて温順素朴であるといふことです。これは広東から渡つて行つた眼には明らかに感じられたことで、入城後、海南人と暮して居るうちに一層その感を深くしました。広東人はなかなか油断が出来ぬ狷介不羈なところがあります。しかし、海南人は、離れ島の長閑さ、といひますか、こせつかない鷹揚さがあります。しかし、その性格が、従来絶えず動揺してゐた不安定な政治の下にあつて、常に強権の圧迫を蒙り、唯々として屈従して来たために生まれたものであるといふことを知るに及んで、同情を禁じ得なかつたのであります。度々暴動が起り、政府が変りましたが、何回変つても、一向民衆のためのよい政治は敷かれず、ただひどい圧政をし、むやみと高い税金を課するに過ぎなかつたのであります。(42)

「油断が出来ぬ狷介不羈な」広東人に対置される「温順素朴」で「鷹揚」な海南人。こうした対照的な性格は、「不安定な政治」と「強権の圧迫」によって形成されたものだという。海南人に対する火野の「同情」を疑う必要はない。しかしその「同情」は、日本の占領によって海南人は「強権の圧迫」から解放され、「民衆のためのよい政治」がもたらされるという楽天的な考えを可能にする。そうした火野にとって、日本の軍票が「占領当日の市場で、何の疑問もなく、笑顔を以て受領されたといふ(43)」反応は決定的に重要だった。だが火野に欠落していたのは、日本の占領も繰り返された「強権の圧迫」にほかならず、海南人はそれに「唯々として屈従」しただけなのかもしれないという想像力だった。

火野の『海南島記』には、彼が繰り返し批判した「事変のどさくさに紛れこんで一儲けしようといふ輩」は登場しない。だがそれは海南島の統治がそうしたものとは無縁であったことを意味するわけではない。彼の海南島体験から半年後、台湾から同地にやって来た紺谷淑藻郎は火野とはまったく異なる占領地の姿を描いた。「海口印象記」に描かれた「占領地に於ける憂ふべき状態」とは、台湾で推進されている皇民化政策の「成果」であり、日本の「大陸進出」のありのままの姿だったのである。

繰り返しになるが、日本の海南島占領は、南進の拠点建設と資源の収奪を目的としたものだった。「一かく千金の夢を見て渡つて来」る「不良日本人」は、そこではありふれた存在だった。彼らを「大陸建設の大事業」に悖るものとして、火野は兵隊の代弁者の立場から糾弾する。だがこうした事態を引き起こした「大陸進出」は、彼の愛した兵隊の武力なくしては成し遂げられなかったものである。

本章の冒頭で、楊逵が「海口印象記」の「真実」性を高く評価したことを紹介した。もう一度、該当箇所を引用しよう。「こゝに描かれた人々の何としただゝしなさであらう！　が、これが真実である限り、この描写はこの作品を傷つけるどころか、却つてこの作品を潑溂たらしめるものである」。

この「台湾文学問答」からちょうど一年後、楊逵は「糞リアリズムの擁護」によって、西川満・濱田隼雄ら『文芸台湾』との「糞リアリズム」論争に参加する。火野葦平の『糞尿譚』を引用し、「糞リアリズム」の重要性を強調する楊逵は、「人が顔をそむけ、人が鼻を押へる糞ながら、併し、この糞リアリズムなくして生きて来た人間があつたらお目にかゝりたいものである」と応じるのだ。

論敵の西川満を、「始めからその臭いものに蓋をして見まいとするからである。顔をそむけ、鼻を押へて、真実を、現実を見まいとする結果に陥るゝのである。だが、現実は現実である」と批判する楊逵のリアリズム観は、「台湾文学問答」から一貫している。[44]

澁谷精一の「文芸時評」に異議を唱え、占領地の人々の「だゝしなさ(ママ)」の「真実」を描いた紺谷の「海口印象記」を評価する楊逵の「台湾文学問答」は、来るべき『文芸台湾』陣営とのリアリズムをめぐる前哨戦として読むことができるのだ。

注

(1) 『呉新栄日記全集二　一九三八』国立台湾文学館、二〇〇七年、一四一―一四二頁。なお日記中の〔　〕は、編集者が誤字を訂正したものである。

(2) 一九三九年一月三〇日の日記には、「この事変に吾々の周囲にもっとも大きい而も喜ばしきことが二つあった。その一つは吾々の多くの友人や親戚が大陸に進出していることだ。二、三年前、誰が北京、天津、南京、上海、はては広東、漢口に吾々の友を求め得るか。今や北京に吾々の身内の者がをり、南京に吾々の親愛なる友がをる。それだけでも心強きものである」と記されている。『呉新栄日記全集三　一九三九』国立台湾文学館、二〇〇八年、二一頁。なお本章の傍線はすべて引用者による。
(3) 楊逵「台湾文学問答」『台湾文学』一九四二年七月、一六七頁。
(4) 澁谷精一「文芸時評」『台湾文学』一九四二年二月、一九七―一九八頁。
(5) 中島利郎「日本統治期台湾文学研究――日本人作家の抬頭　西川満と「台湾詩人協会」の成立」『岐阜聖徳学園大学紀要　外国語学部編』第四四巻、二〇〇五年二月、四八頁。
(6) 板垣直子『事変下の文学』第一書房、一九四一年、三五頁。
(7)「火野葦平氏が来台　一両日中滞在して福岡に赴く」『台湾日日新報』一九三九年九月九日。
(8) コラム「無絃琴」の一節。『台湾日日新報』一九三九年一一月五日、夕刊。
(9) 三九年一〇月一九日の『台湾日日新報』の記事「火野葦平氏も『華麗島』に執筆」にも、「台湾の文芸界に一期を画するとみられる台湾詩人協会の文芸雑誌『華麗島』創刊号は、各方面の支持の下に、一切の編集を終へ、目下組版中であるが、『麦と兵隊』三部作で知られてゐる、火野葦平氏も、かの、とらしつと詩社版詩集『山上軍艦』の著者らしく、詩人的熱情を以て台湾の詩人が団結して初めて生み出す『華麗島』の出現を待望、特に「華麗島を過ぎて」なる詩精神に満ちた散文を自ら寄稿、南方文芸の発揚に烈々たる筆援を送つてゐる」と記されている。
(10)「火野葦平帰還座談会」『改造』一九三九年一二月、三〇四―三〇六頁。
(11) 尾崎士郎「朔風紀行」『改造』一九三九年一二月、二六七―二六八頁。
なお引用文末尾の「(中略)」は原文通り。唐突かつ不自然に話題が中断されている。戦時下に公刊されたメディアのなかで「不良日本人」を告発する限界なのだろう。
(12) 火野葦平「東莞行」『改造』一九三九年二月。引用は『海南島記』改造社、一九三九年、一六八―一六九頁。
(13) 三九年下半期から四〇年上半期にかけて、『改造』の発行部数は六万から六万五〇〇〇部である。小林昌樹編『雑誌新聞発行部数事典』金沢文圃閣、二〇一一年、五〇頁。
(14) 火野葦平「海南島を語る」『百日紅』新聲社、一九四一年、八六―八八頁。
(15) 前掲注10、三一六―三一七頁。
(16) 池田浩士『火野葦平論』インパクト出版会、二〇〇〇年、九二―九三頁。

(17) 火野葦平『海南島記』改造社、一九三九年、二八頁。
(18) 防衛庁防衛研修所戦史室の『戦史叢書』によると、海南島は「支那事変勃発前から天然資源の宝庫として日本の官界、業界で関心が高く、海軍も渇望する油田の埋蔵を予想し同島の占領の必要性を前々から感じていた」という。『戦史叢書　中国方面海軍作戦〈二〉』朝雲新聞社、一九七五年、九一頁。
(19) 岸田健司「日本海軍の「南進」政策と海南島進出」『法学研究年報』日本大学大学院法学研究科、一九九〇年一〇月、六一九—六二四頁。
(20) 台湾総督府「海南島処理方針（未定稿）」『現代史資料一〇　日中戦争三』みすず書房、一九六四年、四五一—四五四頁。
(21) 台湾総督府「南方外地統治組織拡充強化方策（未定稿）」『現代史資料一〇　日中戦争三』四六四—四六五頁。
(22) 鍾淑敏「殖民與再殖民——日治時期台湾與海南島関係之研究」『台大歴史学報』二〇〇三年六月、一九二—一九三頁。訳文は引用者による。
なお『海南島記』のなかで、火野葦平は「私達がどうであらうかと思つて出した軍票を、支那商人が平気な顔ですぐに取つたのに更に意外の感を抱いたのである。（中略）度々の布告にも係らず、なかなか徹底しなかつた今までの各占領地域での軍票が、占領当日の市場で、何の疑問もなく、笑顔を以て受領されたといふことは、甚だ意外の感に打たれたのである」と記している。前掲注17、二五—二六頁。火野のこの体験については、本章「おわりに」でもういちど取り上げる。
(23) 同前、鍾淑敏論文、一九九—二〇六頁。
(24) 『最近の海南島事情』（台湾総督府外事課、一九三七年、一八頁）および吉川兼光『海南島建設論』（大阪屋号書店、一九四二年、三四〇頁）による。なお『海南島建設論』には、海南島西部の感恩地区では四一年五月時点で、内地人一〇〇名に対して、台湾人が二〇五名という数字が残されている。海南島の内部でも地域によって日本人と台湾人、朝鮮人の数に大きなばらつきがみられた。
(25) 青木茂「海南島の開発と台湾」『台湾経済年報　第三輯』国際日本協会、一九四三年、二二六—二三二頁。
(26) 前掲注2、三五—三六頁。

(27) 同前、五五頁。「国山」とは呉新栄の三番目の弟、「寿坤」は四番目の弟である。
(28) 同前、六八頁。なお三八年一一月二二日の日記には、「南図は南進の意味もある」と記されている。
(29) 前掲注22、鍾淑敏論文、二〇七—二一二頁。
(30) 湯熙勇「脱離困境——戦後初期海南島之台湾人的返台」『台湾史研究』中央研究院台湾史研究所、二〇〇五年一二月、一七二頁。
(31) 羊子喬「移植的花朶——深受超現実主義影響的風車詩社」『蓬萊文章台湾詩』遠景出版事業公司、一九八三年、四二頁。訳文は引用者。
(32) 紺谷淑藻郎「琉球小記」『台湾逓信』台湾逓信協会、一九四一年七月、七六頁。
(33) 前掲注17、三一—七〇頁。
(34) 紺谷本社特派員「新しい海口風景　海口にて」『台湾日日新報』一九三九年八月一七日。
(35) テクスト①には「木村コーヒーは中華西菜の純海南島珈琲に対抗して純日本的清潔感を誇りとしてゐるが、〝狭いながらも楽しいわが家〟の親しさから日本人の坐つてゐるカウンターの前にはいつ行つてみても軍人、会社員、新聞記者などが屯ろしてゐる」という記述があるものの、台湾人の存在については言及されていない。
(36) 火野葦平「新市街」『改造』一九四一年一一月、五三頁。
(37) 火野葦平「山坡街」『兵隊について』改造社、一九四〇年、二〇二頁。
(38) 前掲注12。
(39) 第七章で紹介したように、看護助手の魅力として手取り七二円の月給を挙げた回想が残っている。また第四章の冒頭で引用した龍瑛宗の「パパイヤのある街」は、中学校を卒業した台湾人エリートの暗澹たる生活を描いたものだが、役場に勤める主人公の月給はわずか二四円である。
(40) この「禁止区域」とは「特殊歓楽街」を指すものと思われる。南方産業調査会編『海南島』(南進社、一九四一年、四八頁)は、「異様な臭気の漂ふ中に」軒を並べる「海口唯一の娼窟」の存在を指摘している。
(41) 朱徳蘭によれば、日本占領下の海南島に設置された「慰安所」は、少なくとも六二カ所にのぼるという。朱徳蘭「一九三九—一九四五日佔海南下的皇軍「慰安婦」」『人文学報』国立中央大学文学院、二〇〇二年六月、一八二頁。

(42) 前掲注14、八三―八四頁。
(43) 前掲注17、二六頁。
(44) 伊東亮「糞リアリズムの擁護」『台湾文学』一九四三年七月、一八―一九頁。なお「伊藤亮」は楊逵のペンネームである。

第 IV 部

美談と流言

第九章　震災・美談・戦争期世代
――「君が代少年」物語を読む

私どもがぢしんがあつても学校にあんしんして出られるのは皆　天皇陛下のおかげです。これからはいつしようけんめいにべんきようをします。私どもの友だちが三人死にました。三人とも一年生の前よりもいつしよにべんきようしてきましたが、こんど死んでたいへんかなしいです。二人はすぐ死にましたが詹徳坤君は病院で死にました。死ぬ時に学校の先生の名を呼び、そうしてもう死ぬといふ時に君が代をうたつて死にました。またけがをした時より死ぬまで国語をつかつたといふことを先生よりきいてほんとうにえらい詹徳坤だと思ひました。日曜日に私は死んだ三人の友だちのおはかにまゐりました。[1]

はじめに

一九三五年四月二一日の早朝六時二分、新竹州南部を震源とする強烈な地震が台湾を襲った。地震の規模はマグニチュード七・一。震源地周辺の新竹州南部と台中州北部では震度六から七に相当する烈震を観測した。[2]三二七九名に達した死者のうち、内地人は八名、中華民国人が一七名。犠牲者のほとんどが台湾人だった。[3]家屋の被害も甚大で、全壊したもの一万七九二七戸、半壊は一万一四六六戸。大破や小破を含めると、合わせて五万四七九二戸が被害を受けたという（『震災誌』四三頁）。

この章では、「台湾としては未曾有の莫大な災害」（『震災誌』一頁）をもたらした大震災のなかで生まれた美談と、三〇年代前半の同化政策について考察を行う。地震が発生した三五年に皇民化運動はまだ始まっていない。しかし「一九三〇年代に入って中川健蔵総督が異民族に対して「国民精神の作興」や「国体観念の明徴」を要求しようとするとき、そこに障害となっていたのが台湾の伝統的社会関係であった。（中略）従来では小林〔躋造〕の皇民化政策に注目するあまり、中川の同化政策が見過ごされてきたが、同化が軍事的な視点からではなく、文官総督の立場から始められたことの歴史的意味は大きい[4]」という近藤正己の指摘は重要だろう。この震災も同化政策遂行の奇貨として利用されることになる[5]。

さらにもう一点。本章では、周婉窈の「戦争期世代」論にも着目したい。一九四五年の日本敗戦時に一五歳から二五歳だった、つまり一九二〇年から三〇年の間に生まれた台湾人を、周は「戦争期世代」とよぶ[6]。彼らが学齢期に達した頃、公学校の入学率は二七年の二九％から三七年には四七％へと上昇を続けていた。本章で扱う詹徳坤も一九二四年生まれで、戦争期世代のちょうど中間に位置する。彼は満一〇歳の若さで亡くなってしまうが、もし生きていれば二〇歳で日本敗戦を迎えたはずだ[7]。

少年期に公学校を通じて同化政策の洗礼を浴び、やがては皇民化運動のなかで志願兵や軍夫、従軍看護婦として日本の戦争に参加したのはこの世代である。第七章の「一個少女的死」に登場するC姉とP、「湯わかし」の周碧梅がまさにそうだ。「皇民作家」周金波も一九二〇年生まれの戦争期世代である。四五年の「光復」後、日本語から中国語への「国語」の転換に最も苦しんだのはこの世代の台湾人だ[8]。この章では彼らが少年期に体験した三〇年代の同化政策の一端を、三五年の大震災から考えてみたい。

1 震災直後――流言と美談

地震発生直後、『台湾警察時報』記者の中山侑は直ちに被災地へ向かった。新竹州警務部の取材では、「竹南、苗栗、大湖の三郡下が最も被害多く、市内としては僅に死者三名を出したのみであるが、地震再来等の流言もあるので、非常警戒を行つてゐる」とのこと。「何でも、或る支那料理屋で一人の男が、「今夜の九時から十一時までの間に、猛烈な強震があつて新竹市は全滅する。」と言つたものがもとで、それが警察官の言つた言葉だとして次から次へと伝はつてしまつた」[9]らしい。情報が途絶し不安にかられた人々の間で飛びかう流言を、中山は記録している。

文教局社会課の嘱託だった柴山武矩も、震災直後の流言に注目したひとりである。「今度の地震は、本島人の最も信仰する媽祖が此の世に姿を現はしたに依る。（中略）媽祖祭を中止したから、その怒りに触れた」ためであるとか、「内地人が、強力な電気を地中に埋めたからだ」などの数々の流言を収集する柴山は、「流言の出るといふのも、一つは、民度の低い為」[10]だという。

こうした混乱のなか、震災翌日の四月二二日に総督府は文教局社会課に震災救護事務所を設置。義捐金品の取扱や震災欠乏物資の配給など、救護に関するあらゆる事務を担当させた。同月二九日に総督府に設けられた復興委員会が被災地の復興計画の立案にあたるが、そこで文教局は自力更生運動を展開することになった。「救恤に狃れ、同情に安んじては、惰民に陥らしめる不安もあり、復興事業を遅延させる惧れ」（『震災誌』四六四頁）があるからだという。被災者への炊き出しも五月三日で打ち切られた[11]。

「配給品慰問品に馴るゝに従ひ、慰問、配給を受くるが当然の権利の如く考へ」る罹災者に対しては「利己的民族性を遺憾なく発揮した」[12]という非難の声すらあがっていた。五月六日の『台湾日日新報』の記事に至っては、「疲弊し切つて打ち倒れたとしても、その儘他人の救ひの手を何時迄も待つてゐるのでは、遂に起ち上る機会が来ないかも知れない。（中略）事実自分の力で起ち上れぬ者は、社会の活動一線から後退して養育院か慈善病院辺りで朽ちて了はねばならぬだらう」[13]と突き放している。

自力更生が叫ばれる一方で、文教局社会課が震災美談の収集に着手していることは注目すべきだろう。地震発生から二〇日後の五月一一日に刊行された『震災美談集』は、わずか一六ページの小冊子だが四二話の美談が盛り込まれている。ひとつひとつの美談はあっけないほど短い。たとえば「死児を妻に委ねて」は「公館庄役場書記、張傑蘭君は、三歳になる愛嬢が圧死したのを、妻に委せ、福基派出所に急行して、専念救護に尽力した」[14]という一文のみである。また「迷信排除の模範」という美談は、著名な社会運動家で台湾地方自治聯盟の中心にいた楊肇嘉の活躍ぶりを以下のように伝えている。

非業の死を遂げたる者の屍体に触れると、悪鬼の祟りがあると云ふ台湾の迷信から、壮丁等が屍体の発掘や収容には一指も触れず、全然警察官や在郷軍人等に任せ切りであつた中に、大甲郡清水街の楊肇嘉氏は勇み立つて家族を指揮し、自ら先頭に立つて五十余の屍体を片づけ、食糧品の配給、傷病者の応急手当等粉骨尽瘁した。[15]

楊肇嘉の行動が美談とされたのは理由があった。地震が発生した三五年には、台湾人の「日本人化」

を阻む「迷信陋習」に批判が高まっていたこともあり、災害現場での死体処理にまつわる台湾人の「迷信」に対して、「国民としての自覚を欠き、公民としての資質の甚しく欠如せるを自ら暴露するもの」という声があがるほど、救助側に立つ日本人の不満が表面化していたのである。このような批判は、重傷者を助けたい一心で祈禱師を呼んだり、慣れ親しんだ民間医療の処方によって「どろの薬を唯べたべたと塗り付けて」しまう行為へも向けられた。近代医療への警戒心を解こうとしない台湾人に、日本人の医療関係者のなかには苛立ちを隠せない者もいたという[16]。

地震の原因を媽祖に関連づけようとする「流言」に対して、柴山が民度の低さを指摘したのは、このような背景もあったのである[17]。

それにしても震災直後の混乱のただなかで、総督府はなぜ美談の収集に取り組んだのだろうか。別の言い方をすれば、美談には何が期待されたのか[18]。

ここで少し遠回りをして、近代日本の美談に関する先行研究を見ておこう。

銃後の美談を論じた重信幸彦は、「美談とは、何が「正」しく「善」であり「良」であるか、決して自明ではないその輪郭を、話／物語の力により描き出そうとする。そして受け手がそれを一つの規範として内面化していくことが期待されている仕掛け」と定義し、とりわけ献金をめぐる美談では社会の周縁部に位置づけられた人々が主人公となり、美談を通じて「国民化」されることに注意をうながしている[19]。また、美談が「印刷メディアを始め、浪曲や「音頭」のレコードとして、ラジオ放送、演劇やイベントとして表象されながら流通[20]」したという指摘も重要だ。本章で論じる「君が代少年」美談も、重層的なメディアミックスを通じて台湾社会に浸透していくのである。

日本史研究者の成田龍一は、関東大震災の際に生まれた哀話と美談を題材として、罹災者の一回性の体験がステロタイプ化され繰り返し語られることによって、あたかも非罹災者（われわれ）の体験でもあるように感知されるメカニズムを分析している[21]。美談は、その「行為をとりあげ論評することにとどまらず、人の性質・性状にもたちいり、しばしば警察署や地方団体から表彰の対象とされ制度化される側面をもつ」ことも重要なポイントだろう。

重信と成田の研究をふまえれば、自力更生を復興計画の柱に掲げた総督府にとって、自らを顧みず利他的に行動する美談の主人公が顕彰に値することは分かりやすい。美談の受け手は、そのような規範を内面化し、自らも同じように行動することが求められたのである。

それでは三五年の大震災を「われわれ」自身の悲劇として受けとめた非罹災者とは、どのような人たちだったのだろうか。彼らはどのようにして、自らが体験していない震災を「われわれ」のこととして感受したのだろうか。

2　日本人は同じ兄弟

台湾全島の文学者を結集して三四年五月に成立した台湾文芸聯盟は、震災直後から積極的な救援活動を展開した。五月五日に刊行された機関誌の「編輯後記」には、「去る四月二十一日の大震災で編輯が遅れてしまつた。本部では時を移さず会員を総動員して、被害地を盛んに往復して慰問救済にかゝつて居ります[22]」とある。その「総動員」ぶりは六月号の「一文聯員」が伝えている。「台中へ帰へるとすぐに見たまゝを深切氏に陳述し、同時に文聯員を総動員することについても同意を得たので、翌二十二日の早朝から東亜共栄協会に救済本部を置て活動を開始したのである。張深切氏、李石樵氏、呉来興氏、楊逵氏、葉陶氏、徳音氏、黄再添氏、張碧姻氏、林月珠氏、李禎祥氏、巫永福氏、林献章氏、徐玉書氏、頼明弘氏等を中心に約六十名を非常招集して、約二週間に亘つて金品を募捐しては、どしどし被害地(台中州、新竹州)へ送つたり、罹災民に代つて手紙を書いたりしてめざましく活動した[23]」。

罹災民の被害を「われわれ」自身のものとする彼らの救援活動の背景には、一九二〇年代に形成された「台湾人共同体意識[24]」があった。それは『台湾文芸』に収録された「給地動後的死者」という詩が「不幸的兄弟姐妹們」への呼びかけで始まっているところからも見て取れる[25]。

音楽家たちも、台湾新民報社が主催する「新竹台中震災義捐音楽会」に積極的に参加した。新民報社の理事であり、楊肇嘉と地方自治聯盟を組織した蔡培火が責任者となり、七月三日から八月二一日まで台湾各地の三六カ所でチャリティー演奏会を開催したのである。蔡培火が台湾語で作詞した「震災慰問歌[26]」にも、「衆兄姐〔同胞〕」と悲しみを分かち合おうとする「われわれ」意識がうかがえる。

しかし台湾(の文化)人だけが、この震災を「われわれ」の悲劇と見なしていたわけではない。在台内地人が多くを占める愛国婦人会台中州支部が大規模な募金と救援活動に取り組んでいたし[27]、日本内地でも詳細な震災報道を受けて大がかりな募金活動が展開された。台湾島内、日本内地、朝鮮・満洲などの「外地」、そして外国まで含めた義捐金の総額は、三六年三月の時点で一七三万円を超えたという(『震災誌』三三五頁)。そのなかには埼玉県の小学生のように自分たちの「小使銭」を出し合い、手紙を添えて台湾の被災者に送付した例もある。彼らの「震災慰問文」を見てみよう。

私達は東京の近くにある小学校の生徒です。昨日先生から今月の二十一日に台湾に大へん大きな地震があつて皆様がとても困つてゐるのだと聞きました。いくら遠く離れてゐても日本人は同じ兄弟です。

それにお家は地震でつぶれてしまつて、夜などはとても辛いでせう。同じ兄弟が困れば誰でも悲しいのです。私達もその通りです。

私達の組では、台湾の人々が大変お困りになつてゐられることを聞いたので、皆がお金を出しあつてお送りいたします。出来れば台湾の生徒さんたちに、鉛筆でも買つてあげて下さい。お願ひします。

埼玉県川口市第一尋常高等小学校第五学年六組一同

四月二十五日

台湾の皆様へ(28)

「台湾の人々」に向かって「日本人は同じ兄弟」と呼びかける小学生の「友情愛」。これも震災美談にふさわしいものだろう。この「慰問文」を読んだ台湾人児童の「感激文」も残されている。

手紙は簡単ではあつたが、あふるゝ友愛の真心に心を打たれたのであつた。「いくら遠く離れてゐても、日本人は同じ兄弟です」「同じ兄弟が困れば誰でも悲しいのです。」
私は繰り返し〳〵何度も読んで泣いたのです。さすがに大日本帝国の第二国民は優しい、これは日本人のみの心であるとしみ〴〵感じた。こんなに狭い台湾のしかも新竹、台中両州下の一角に起つた地震にすぎないのに、この私達の身の上をかくまで思つて下さる御恩の深さは、筆舌の及ぶところではない。私は飛びついて謝したいやうな気持で一杯になつた。(29)

台湾人児童の「感激文」が州の公的な震災誌に収録されるまでに、何重ものチェックを経てきたことは想像に難くない。その意味で、これが彼らの本心と考えるのはナイーブにすぎるだろう。しかし日本の台湾統治が四〇年を経た時点で、「同じ兄弟」という陳腐な表現によって、日本人小学生が台湾人の罹災を「われわれ」のこととして感じるのは不思議ではない。また台湾の児童が「大日本帝国の第二国民」を、「われわれ」に連なる存在として、感激とともに発見することもありえただろう。だが、こうした善意にもとづく素朴な「われわれ」意識も、同化政策の資源として活用されていくのである。

3 入江相政の来台

罹災者に対して自力更生が求められたこと、救援は被災者の権利ではなく、あくまでも恩恵とされたことはすでに述べた。そうした状況のなか、天皇の「思召」と「皇恩」のありがたさが大々的に宣伝されることになる。「今回の新竹、台中両州下にわたる震災の報　天聴に達するや、畏くも　天皇　皇后両陛下に於かせられては痛く　御軫念遊ばされ、震災地視察御慰問の　思召をもつて入江侍従を御差遣あらせられ、又罹災者救恤の　思召を以て金十万円御下賜の御沙汰」（『震災誌』二九一頁）のことである。

長らく昭和天皇の侍従をつとめた入江相政の日記によると、震災翌日の四月二二日に「侍従御差遣」となる可能性を告げられている。二三日に「御差遣」が正式に決定。二四日に慌ただしく東京を発った入江は二七日に台湾に到着。総督府で「聖旨伝達、御内帑金下賜」の後、災害状況を聴取した。

翌二八日から被災地の視察を開始し、各地の悲惨な状況を記録している。「仮設病院を視察、実に惨鼻を極めたもので中三人は重態、生命も覚束なしと。中に四、五才といふ子供があり、殆ど意識もないやうにして父親に抱かれてゐる。令子〔三二年生まれの長女〕の事など思ひ出されて深く感に打たれた」（二八日の日記、以下同様）。「后里、月眉を経て屯子脚に至る。此処は被害の最もひどかつた所。惨憺たるものである。街頭諸所方々で激励の辞を与へ、公学校でも訓話をし診療所へ向ふ。恐怖の余り発狂した人も三人ある」（三〇日）。三〇日の日記には、「大突寮に於て自治聯盟の楊肇嘉に会ひ激励する」という一節もある。[30]

五月四日に台湾を離れるまで、一連の視察を通して入江が強調したのは、聖恩のありがたさと自力更生の重要性だった。「皇室の有難き　御慈悲の程を承つた罹災者達は、皆感激の涙を輝かせてゐた」と『震災誌』（二九二頁）はその絶大な効果を讃えている。東京に戻った入江が天皇への帰朝報告で最も重点を置いたのは、「本島人の民意の趨勢等」（五月一四日）であった。

ところで『台湾教育』の三五年六月号は全編にわたって震災特集を組み、二一本の「震災に関する児童の感想文」を掲載している。しかし小学校児童六人（うち台湾人が一人）と公学校児童一五人の作文は、対照的と言えるほど内容が異なっている。前者は、地震の恐ろしさとそれにもかかわらずこれまで通りの生活を送れることの幸せを記すものが多いのに対して、より大きな被害を出した台湾人児童の作文は、天皇や入江侍従、中川総督のありがたさを強調する記述が目につく。公館公学校六年の田春和の作文を例に挙げよう。

台湾を遠く離れた内地からも義捐金を送つて下さいました。殊に有難く尊い事は　天皇陛下が此の有様をお聞き遊ばされまして御内帑金を十万円下賜遊ばされ、其上入江侍従をわざ〳〵小さな台湾にお差遣遊ばし、公館庄及び方々の罹災民を御見舞下さいました事で御座います。之は我々国民として此の上も無い有難さで御座います。（中略）私達は此の陛下の有難い御聖旨を奉戴して全滅した新竹、台中の二州を再び元の様にしなければなりません。[31]

こうした模範的な作文は、教員たちによって手が加えられたのだろうが、活字化されることの意味は小さくない。このように考え、作文を書くのが「正しい」ことだと、公学校の児童に内面化させたであろうから。三五年の大地震は、皇民化運動が始まる以前に、戦争期世代の台湾の子どもたちに、天皇のありがたさを感得させる大きな出来事となったのである。

4 「君が代少年」――震災美談の「白眉」

多くの震災美談が収集されるなかで、美談の「白眉」(『新竹州震災誌』七六〇頁)と目されたのが「君が代少年」詹徳坤の物語である[32]。一九二四年一二月に新竹州苗栗郡公館庄で生まれた詹徳坤は、地震の翌々日に満一〇歳で亡くなった。公館庄の被害は甚大で、死者は二五〇名にのぼった。そのうち公学校の生徒は詹徳坤を含めて二二名が犠牲となっている(『震災誌』二一、四二頁)。

詹徳坤の事績を最初に報じたのは、台湾社会事業協会の機関誌『社会事業の友』だと思われる。同協会は一九二八年に御大典記念事業の一環として「全島の社会事業相互の連絡統一及斯業の助成振興を計る目的を以て文教局社会課内に設置[33]」され、その機関誌の編集は社会課嘱託の柴山武矩があたっていた。震災直後の五月号の「編輯後記」には、「社会事業の友来月号に、今回の地震と共に、罹災者の状況、これに対して、各方面の執られたる救護状況、または、震災の中に生れたる美談、哀話のやうなものまで取り纏め、新竹、台中両州下の震災記録号として発行致します[34]」という予告がある。

同誌六月号の大岩根直幸(公館公学校第三学年桂組担任)による「愛しき教へ子よ」が、詹徳坤の死を主題とした最初の文章だろう。「負傷直後、福基にて治療をうけ、ほとんど負傷後国語にて話し、医者も思はず感泣した」少年の最期は次のようなものだった。

彼が死するにあたり、各先生方の名前を呼び続け、又、友達の名前を呼び、愈々死ぬといふ時に、国歌、君ヶ代を奉唱しつつ静か、安らかに死んでいつたといふことです。私は清らかな心がいぢらしくてなりません。此れ日本精神の表れであると感謝すると共に、安らかに眠ることを祈りました。[35]

「安らかに死んでいつたといふことです」という書き方から、彼が詹徳坤の最期に立ち会っておらず、「国歌、君ヶ代を奉唱」する場面を見ていないことは明らかだ。詹徳坤が亡くなって二、三日後に家庭訪問を行った大岩根は、息子の死を悲嘆し号泣する父親にかける言葉もみつからない自身の心情を記している。

この「愛しき教へ子よ」には、編者による「小さな慰霊碑」という短文が付されている。

地震の為に、不慮の死を遂げた学童の為に、やがて、いつかは、校庭の一隅に、小さな慰霊碑が建立される日が来やう、そして、詹徳坤君の、この臨終の美しき物語は、その碑に刻まれ、未来永劫に、後世に伝へられるであらう。学童たちの手によつて、碑は朝夕に清められ、拝まれ、貴き教への神とならう。

詹徳坤の「美しき物語」は、編集を担当した柴山の予想をはるかに超えて台湾社会に「伝へられ」ていく。彼の銅像が建てられ、映画や唱歌の題材となり、単行本が刊行され、ついには国定教科書の教材となったのだ。しかしこの時点では、詹徳坤の物語は数ある美談のひとつに過ぎなかった。公館公学校校長の橋邊一好も同誌に「学園を通して」という一文を寄せているが、詹徳坤の事績は彼の語る五つの震災美談のひとつにすぎず、けっして特権的な扱いにはなっていない[36]。

詹徳坤物語が震災美談の白眉となるきっかけをつくったのが、『台湾日日新報』に掲載された柴山武矩の「君が代を歌つて震災に散つた詹少年」という一文である。

肉弾三勇士の死を報じる新聞記事を読んだ際の「胸が頻り疼いた」記憶から筆を起こす柴山は、それを詹徳坤の「美事善行」を知った時の感動に結びつける。彼が死を迎える場面は、柴山自身がその場にいたかのような臨場感あふれる筆致で描かれる。

> 最期が分つたらしかつた。これきり、遠い所へ行くと感じたらしい。先生の名を、一人々々口に呼んだ。そして友達の誰彼の名を呼んだ。そして静かに、その小さな唇を漏れて出るのは、国歌君が代だつた。医師も泣いた。看護婦も、付添婦も頻りに歔りあげた。国語の分らぬ彼の父と母とが、何を言つてゐるのかと聞いた。傍の者が日本の国歌だ、と教へてゐると、父も母も涙を走らせた、入院患者たちも泣き濡れた。徳坤の声が細るにつれて、周囲の歔欷は次第に高まつた。さうした中に徳坤は死んでしまつた[37]。

この記事によって、非業の死を遂げた詹徳坤は「台湾全島的に感激と同情を得」ることになった。それは「公館公学校長橋邊一好氏は、全島からなる感激の手紙や寄附金をおし頂いた。その金高は千円近かつた[38]」ほどの現象を引き起こしたのである。

それにしても「国語の分らぬ彼の父と母」が、台湾語を使わずに息絶えた息子と最後の会話もかなわなかった悲しみに、柴山は無頓着のようだ。ところでこの文章で見落とせないのは、大岩根や橋邊の回想に存在しない「伯母の家には、徳坤の発唱によつて、神宮大麻が祀られてある朝の手洗が済むと、此の神宮大麻に礼拝するのが、徳坤の日課である」という一文が付け加えられている点である。柴山はなぜこうした加筆を行ったのだろうか。

詹徳坤の大麻礼拝に関しては、周婉窈も疑義を呈している。詹徳坤の物語は四二年に文部省の『初等科国語』の教材となり、四三年には台湾・朝鮮両総督府の教科書にも採用された。教材にも大麻礼拝の場面は盛り込まれたが、そのことについての周婉窈の解釈は次のようなものだ。「詹徳坤が神棚に礼拝する場面は、後に付け加えられたものと思われる。一九三五年に皇民化運動は始まっておらず、一般の民衆が神棚を設置したり大麻を祭ったりすることはなかったからだ。一九四二年にこの文章が出版された時も、詹徳坤のように泥造りの家〔原文は「土角厝」〕に住んでいる農家で、神棚を設置しているところはほとんどなかった。詹徳坤が朝起きてすぐに大麻に拝礼することを教科書が強調しているのは、おそらく皇民化運動の遂行にあわせたのだろう[39]」。

しかし四二年どころかすでに三五年の時点で、神宮大麻の一節が柴山によって加筆されているのである。このことの意味を明らかにするためには、三〇年代に中川総督が推進した同化政策について考察しなければならない。

5　柴山武矩

笑ふよ笑ふよ幾日ぶり吾子のこの笑顔よなみだぞ出づるあやすわが眼に（一九三一年）
よき歌をよみたしよき小説を書きたし我の老ひ呆けぬ間に（三二年）
ぐつたりと衰へし子が手を伸べてへばりつくごと抱かさりにけり（三三年）
子らみなのすこやかにして笑ふときこれの人世は楽しと思はむ（三五年）[40]

三〇年代前半に柴山武矩が詠んだこれらの短歌には、子どもの病気を案じたり、思うままにならない創作活動への焦りが表現されている。村上政彦の『「君が代少年」を探して』には、「島谷」という仮名の研究者が、柴山のことを「すごいコンプレックスを持ったマイナーな人」「日本の国運が危うくなるにつれて、彼はだんだん暴力的に、マッチョになっていく」と評する場面がある（六三—六四頁）。「島谷」が何を根拠としてこのように述べたのかは不明だが、本章ではそれとは異なる柴山像を示したいと思う。

一八九八年生まれの柴山武矩は、早稲田大学英文科を一九二〇年に卒業。若山牧水に短歌を学び、歌集『海彦山彦』を二六年に郷土社から刊行した。大学卒業後、一時は改造社の記者となるが、その後も転職を繰り返したという。二九年二月に結婚したばかりの妻と台湾に渡り、『社会事業の友』の編集に携わることになった。

三〇年一〇月、台湾日日新報社が月刊誌『台日グラフ』を創刊すると、柴山は短歌の選者となる。[41] 三一年八月に「早稲田文学、太陽、その他、彗星の如く現れては消えた二三の雑誌に発表した[42]」短編小説と台湾で詠んだ一〇〇首以上の短歌を集めた『突風』を新高堂書店より出版。三二年四月には短歌の同人月刊誌『相思樹』を創刊するなど、旺盛な文学活動を展開している。『相思樹』には短歌だけでなく、柴山の台湾の日常生活を綴ったエッセイも掲載されている。ここでは三四年一一月号の「筆にまかせて」から、印象的なエピソードを紹介しよう。

この文章が描いているのは、「総督府の社会課の人たちが、皆で、私たち一家の打続いた不幸を浄め払つてやるといふので、一日台湾神社の社殿で祈禱をして呉れた[43]」時の出来事である。興味深いのは、柴山は「国民として夙くから心得ておかねばならぬ」はずの神社の拝礼のやり方をほとんど知らず、見よう見まねに終始する自らの姿を悪びれることなく記しているところだ。詹徳坤物語の美談化に際して、大麻礼拝という挿話を付け加えた柴山が、わずか半年前には神社への参拝の仕方も知らなかったというのである。たとえ自分が主宰する同人誌だとしても、こうした世事に疎いことを隠そうとしないところに、「暴力的」や「マッチョ」という評価とは異なる一面がうかがえないだろうか。[44]

この時期の柴山は、病気がちの妻や子を案じた短歌をたびたび発表している。「私たち一家の打続いた不幸」とはそのことを指す。とりわけ赤痢に罹った長男文彦の症状は重かったようだ。ようやく快方に向かったところで執筆した「子をみとりつつ」というエッセイは、「折角、えにしあつて、といふと古めくが、我等の子として然も一月元旦といふ吉日に生れ、目出度さの限りと祝はれたものを、間違つても殺してなるものか借金など山と増へよ、何ものを犠牲にしても、此の一命を助けずに置くものかといふ心は我等に燃えてゐる。そして、よし長引かうとも文彦の生命が輝かしき世界に引戻されつゝあることに合掌の悦びを感じてゐる」[45]と、病める子どもへの強い愛情が伝わってくる。大震災の直後に詠んだ連作短歌「子の病気」を何首か引用しよう。

父われの顔を見てゐるつぶらの眼病みて濡れたり大きつぶら眼
背が痒し足さすれよと病める子の父われの手を離さじとする
ほそりたる腕のべて首にすがり来る子をひしと寄す病院の床に
咳入りて粥さへ食へぬ子を見つゝ何をかわれの食はんとすらむ[46]

被災地を訪問した入江侍従が重体の台湾の子どもを見て、思わず自分の長女に思いをはせる場面があった。我が子の病状に一喜一憂する柴山が、わずか一〇歳で亡くなった詹徳坤の悲劇を知った際に、短い彼の人生を人々の記憶に残したいと考えたとしても突飛なことではないだろう。しかし三五年の時点で、無名の台湾人少年の事績を伝えるためには、総督府の政策に沿った美談化が必要だった。そしていったん形成された美談は、柴山の思惑を超えたところで一人歩きを始めるのである。

震災の前年の三四年七月、柴山は台湾教育会社会教育部の『薫風』『黎明』『国光』の編集を担当することになる。「『薫風』は本島の青年男女の雑誌、『黎明』は公学校卒業生（教習生）などの雑誌、「国光」は国語講習所の補助読本として発行され[47]たものである。三三年に始まり、一〇年間で国語理解者を五〇%に引きあげることを目標とした「国語普及十ヶ年計画」が雑誌刊行の背景にあった。計画を推進する立場にあった柴山にとって、重傷を負いながら最期まで台湾語を口にしなかった詹徳坤は、顕彰にふさわしい存在だった。

台湾における国語政策は、皇民化運動の一環として論じられることが多い。だが三〇年代の前半には、すでに神宮大麻とセットでその普及に力が注がれるようになっていた。三二年に台湾各地で展開された部落振興運動は、国語普及と神宮大麻の奉斎を重要な課題としていた[48]。三四年三月に開催された台湾社会教化協議会は、台湾教化団体連合会を設置し、「台湾社会教化要綱」を制定する[49]。同連合会の事務所は総督府文教局に置かれ、台湾全島の教化機関の連絡と統制を行うことになった。この要綱は、冒頭で「皇国精神ノ徹底ヲ図リ国民意識ノ強化ニ努ムルコト」を掲げ、「神社崇敬ノ本義ヲ体得セシムルコト」や「国語ノ常用ヲ普カラシメ国民タルノ性格ト態度トヲ確持セシムルコト」の重要性を強調している。そして「神社崇敬」の徹底を図る方策として、神宮大麻の奉斎が重視された[50]。

台湾人の信仰を集め、「神社崇敬」を妨げるものと見なされた伝統的な寺廟も、三五年の震災で大きな被害を受けた。新竹州だけでも「寺廟の被害は一五〇に及び、その内全壊、半壊、大破数一二三棟」に及んだという。こうした事態は、「本島民の皇民化運動に拍車をかけなくてはならない時勢に直面し、廟宇の整理改善を図るべき好機会に恵まれたことは、寧ろ震災の余徳」(『新竹州震災誌』一七〇頁)と見なされ、当局に歓迎された。

もうひとつ見ておきたいのは、「台湾社会教化要綱」が制定された三四年から三六年にかけて、在郷軍人会を中心とする在台日本人による、ミッション・スクールへの排撃運動が激しさを増していたことである。「神社参拝を忌避し国家の尊厳を冒瀆するもの」というのが、攻撃者の論理だった。駒込武が「この排撃運動は、総力戦体制の構築に向けて帝国日本の全体に及びつつあった地殻変動のひとつの露頭」[51]と述べているように、日本内地でも天皇機関説への攻撃が始まり（三五年二月）、国体明徴声明が発せられる（三五年八月）時代であった。

中川総督が推進した同化政策は、皇民化運動の課題を先取りするもので、文教局社会課が重要な役割を果たしていた。詹徳坤の美談化にあたって柴山が神宮大麻への礼拝というエピソードを挿入したのも、一九三五年というタイミングと、文教局社会課嘱託という彼のポジションを考える必要がある。

三四年七月、『国光』などが創刊された同じ月に、柴山は北原白秋と共に台湾全島を廻る旅に出る。文教局が「本邦詩壇の第一人者たる北原白秋氏に本島青少年に歌はしむべき歌の創作を依頼する所あつたが、白秋氏はこれを快諾し渡台する事となり、（中略）社会課の柴山嘱託と共に二十五日間に亘り全島を一周つぶさに民情を視察」[52]するためだ。白秋は柴山の文学上の師である若山牧水の早稲田大学時代の同級生であり、柴山にとっても「旧知の歌人」でもあった。『改造』に掲載された白秋の台湾紀行（「華麗嶋風物誌」）には、「言葉が通じない」台湾社会の現状に激しい不快の念を吐露する場面がある。[53]白秋が作詞した「台湾青年歌」「台湾少年行進曲」は、山田耕筰の作曲によりコロムビアレコードから三四年に発売された。

三五年の大地震をこうした状況下で迎えた柴山は、詹徳坤の美談化と並行して総督府の『昭和十年

『台湾震災誌』の編集に従事する。[54] 大量の被災現場の写真や救援活動の情報などを盛り込んだ同書は、大震災の記録を伝える基礎史料となった。

三六年八月、七年あまりに及んだ台湾生活を切り上げた柴山武矩は、故郷の神奈川県大磯に向かう。翌月の二日に海軍大将の小林躋造が台湾総督に就任。皇民化運動が本格的に始まるのは、この年の末からである。[55]

6　詹徳坤美談とメディアミックス

『台湾日日新報』に掲載された柴山武矩の一文が詹徳坤美談の原型となった。その後も柴山はさまざまな雑誌に詹徳坤に関する文章を書きついでいく。管見の限りでは以下の九本の文章がある。

①「君が代を歌つて震災に散つた詹少年」(『敬慎』一九三五年七月)
②「詹徳坤ノ事」(『国光』一九三五年七月)
③「瀕死の床に口吟ぶは　嗚呼！　君が代　詹少年の記念碑」(『まこと』一九三五年八月)
④「詹徳坤の銅像の選文(ママ)」(『黎明』一九三五年一二月)
⑤「キミガヨ　少年」(『国光』一九三六年二月)
⑥「震災美談の白眉　詹少年の銅像　廿一日盛大な除幕式」(『まこと』一九三六年四月)
⑦「映画　君が代少年　嗚呼芝山巌」(『台湾教育』一九三六年九月)
⑧「唱歌「君が代少年」」(『黎明』一九三六年一〇月)

⑨「台湾よも山」（『海を越えて』一九三九年二月）

これらの文章のなかで、公学校卒業生を読者対象とした『黎明』に発表した④⑧では、詹徳坤の大麻奉斎に言及しているが、『国光』所収の②⑤ではそのことに触れていない。初歩的な国語レベルにあった『国光』読者には、大麻奉斎よりも台湾語を口にしなかった詹徳坤の姿を前面に打ち出すことを優先したためだと思われる。

また①の文章は、ごく僅かな相違点はあるものの、タイトルも含めて『台湾日日新報』の記事とほぼ同一のものである。掲載誌の『敬慎』は一九二四年に設立された台湾神職会の機関誌だ。同会の事務所は文教局に置かれ、文教局長と文教局社会課長が会長、副会長を兼ねていた。敬神崇祖精神の発揚を目的とした神職会の運営は、組織的に文教局に握られていたのである。[56]

なお①の文章の後には、「同街有志学校職員は此の模範少年の美譚を長く記念する為記念碑の建立を計画して目下基金を募集してゐるが、深川文教局長もこの少年の行動に感動して記念碑基金として金一封を寄附することとなつた。尚模範少年詹徳坤の行動を今後国定教科書に収めて生きた国語普及の教材としてはとの意見が相当台頭してゐる模様である」[57]と記されている。詹徳坤物語を国定教科書に採用すべしという意見が、早くも三五年の夏に提起されていたことが分かる。なお、ここでは記念碑建設のための基金集めについても触れられているが、実際に作られたのは詹徳坤の銅像であり、彼の一周忌にあたる三六年四月二三日に公館公学校で除幕式が行われた。[58]

詹徳坤美談の映画化に関する情報は少なく、現時点で確認できるのは柴山の文章⑦のみである。台湾を離れる前に、知人の「高畠君」が作った映画を観たというが、詳細は不明。村上政彦の『「君が代少

詹徳坤の銅像と公館公学校校長の橋邊一好（『新竹州の情勢と人物』より）

年」を探して』には、詹徳坤の幼なじみで、実の兄が詹徳坤役で映画に出演したという呉淑真が登場する。彼女の記憶によると、「総督府文化部」が公館庄にやって来て、春から夏にかけて撮影が行われたという（同書、二二〇―二二三頁）。「文化部」とは文教局を指すのだろう。

詹徳坤を主人公とする唱歌も柴山が作詞したものだ⑧。

昭和の御代の十二年／四月二十一日の／台湾中部の大地震／苗栗郡の公館庄／公学校の三年生／詹少年よ徳坤は／国歌唱へて死にました／君が代歌うて死にました

神宮大麻をいたゞいて／朝な朝なのお祈りは／よい子よい人よい生徒／国語の勉強進むやう／石圍墻のちゝはゝも／公館庄のおばさまも／よい一日を暮らすやう／心たのしく暮

らすやう
日の丸の旗立つところ／みんな国語で話しませう／国語知らねばほんとうの／日本の民と言へませぬ／日本少年徳坤は／近所の子ども集め来て／学校あそびの先生よ／小さな国語の先生よ
父をもとめて廟の前／思ひがけない大地震／打ちひしがれたからだをば／父の腕に抱へられ／痛い苦しい母さんは／御無事か先生御無事かと／安否気づかふ国言葉／深い痛手に国言葉
医者の治療のかひもなく／つき添ふ父母のまごころの／涙のみとりせんもなく／呼ぶは父母諸先生／やがてかすかにしづやかに／国歌唱へて死にました／君が代歌うて死にました(59)

歌詞の四番に出てくる「国言葉」が、国語を指すのは言うまでもない。君が代に国語、そして神宮大麻と、文教局が推進した三〇年代の同化政策の課題が、この歌詞にすべて盛り込まれている。詹徳坤物語が美談の白眉となったのは、それが総督府の政策をストレートに体現するものだったからであり、美談化を通じて植民地の少年詹徳坤は確かに「国民化」(重信幸彦)されたのである。

柴山が台湾を去っておよそ一カ月後の九月一日、小林総督着任の前日に、台湾総督府文教局推奨の単行本『震災美談君が代少年』が刊行された。発行は震災美談君が代少年刊行会となっているが、総務長官の平塚広義が題字を、深川繁治文教局長が「序」を執筆しており、文教局の関与は明らかだ。深川局長は「近き将来に徳坤君の如き、否徳坤君に負けない程の、国粋精神をもつた人が此の世に現はるゝことを、我々の期待してゐる事は勿論であるが、徳坤君の小さな霊魂も何よりそれを待ち望んで居るのではないだらうか」[60]と述べ、死者の「霊魂」まで活用しようとする。

詹徳坤の一周忌に銅像の除幕式が行われたことはすでに述べたが、その際に児童総代をつとめた邱其動の「祝辞」もこの本に収録されている。

> 詹徳坤君　三年生の級中でも一頭地をぬいて精神的に光つてゐたのは君だつた。君が心より朝夕大麻をおまつりして其の清い心で、学校でも家に帰つてからでもよく勤めて、僕等に手本を示してくれたのは君だつた。（中略）どこまでも国語をつかひつゞけて、立派な日本人としてのほこりをたもち、いよ〳〵この世を去る時が近づいたと知つた時、心静かに君が代を奉唱しつゝ日本少年としての立派な最後をとげたことは、今更ながら君の偉大な精神に強く胸をうたれる。詹君　君が残したこの偉大な精神は、僕等千三百の学生は誓つて守つて行く決心である。そして第二の詹君たらんとしてゐる。（中略）今日からこの校庭で君を中心とした楽しい集ひを何度となくひらいて、神様の御加護のもとによい日本人となることに努め、ますます学校の名をあげ御国のためにつくさう。[61]

文教局長が「近き将来」に現れることを期待した「徳坤君の如き、否徳坤君に負けない程の、国粋精神をもつた人」は、自らを「第二の詹君」になぞらえる「僕等千三百の学生」によって、早くもその登場が高らかに宣言されるのである。

単行本に収録された三四ページにおよぶ詳細な詹徳坤物語は、柴山が『台日』の文章で「国語の分らぬ彼の父と母」と記した一節が削られる一方、「公学校を三年まで行つただけで、まつたくの無学」な父親や祖母と詹徳坤が言葉を交わす場面が描き足されている。「どこまでも国語をつかひつゞけ」た詹徳坤は、いったい何語で「無学」な父親と会話を行ったのだろうか。テクストは彼の家族が「台湾語」を使った形跡を抹消し、あたかも国語で会話を行っていたかのように読者を誤読へと導くのである。

銅像、映画、唱歌、単行本の刊行に続くメディアミックスとして、詹徳坤の物語はラジオ放送の題材ともなった。総督府専売局の『専売通信』三七年三月号に、童謡詩人柴山関也の「君が代少年（放送物語）」が収録されている。これがいつ放送されたものかは確認できないが、年少のリスナーに向けて語りかけることを想定した易しい文体だ。内容そのものにはこれといった特徴はないものの、詹徳坤の物語を彼個人の名誉ではなく、父母や学校さらには台湾少年全体の名誉とする点が新しい。うっかり台湾語を口にしてしまった詹少年が顔を赤らめる姿や、「日本の神様」を拝む彼の姿に影響されて「家の人も揃つて日本の神様を拝む様にな」ったことを指摘しつつ、「よい子、よい人、よい生徒」との賛辞を惜しまない柴山関也は、「皆さん！　いま銅像として生れ代つた詹徳坤少年の在し日の尊い清い姿を偲び乍ら、立派な日本少年になる様に心から祈らうではありませんか。（終）」と台本を結ぶ。[62]

この節で見てきたように、詹徳坤の物語はさまざまなメディアを通じて戦争期世代の台湾人に広まっていった。邱其勳の「祝辞」に見られるように、美談によって「国民化」されたのは亡くなった詹徳坤だけではなく、この世代の台湾人全体に及んだのである。

7　増殖する「君が代少年」

詹徳坤の美談が台湾社会に拡散された一方で、彼以外の「君が代少年」の出現が報じられるようになった。

三七年二月に亡くなった台中市曙公学校四年生の魏清基の事例を見てみよう。この少年も日頃から国語の常用を主張し、国語を知らない母親に「日用語」を教えていたという。そうした彼がふとした風邪から体調を崩し、高熱に苦しみながら「蚊の鳴く様な小さい声で、然も国語で言つた。（彼は死の一刹那まで一言も本島語を交へないで国語で言ひ通したのである）」。最期の言葉は、「お父さん、家にはまだ、神宮大麻が祀つてありません、どうか一日も早くお祀りして下さい。（中略）お母さん、国語を使ふのがよい日本人です。お父さんもお母さんも是非国語を使つて下さい」というものだった。

この物語を「詹徳坤君の、所謂、「君が代少年」と好一対の感激実話」と紹介する少年刑務所の教誨師である福永覚也は、魏清基を「大和少年」と呼び、彼に続くように呼びかける。

今や我が台湾全島津々浦々に到る迄、国体観念の教化が強調されて居る。而してその国体観念の強化とは、先づ　神宮大麻の奉斎と、国語の常用とから始まる。然もその実績たるや未だ日暮れて道遠しの感がある。此の秋に当つて私共は、身を以て是を実践した魏清基君の小さく短かつた存在を、無意義に終らしめてはならない。彼の死を犬死にたらしめてはならない。私共は彼の小さくも美しかつた魂をその儘承継いで、老いも若きも、男も女も共々に一致協力して、その真精神の発揚実践に努めてやらなければならない。[63]

魏清基に続く「君が代少年」は、一九三八年二月に急死した台南市立南門尋常高等小学校四年生の清水五郎である。[64] 盲腸炎から腹膜炎を併発した清水少年は、死の間際に「天皇陛下万歳」を三唱し、君が代を歌う途中で息絶えたため「君が代少年」と呼ばれたという。彼についてはごく簡単な記事しか残されておらず、詹徳坤の名前も登場しないが、「君が代少年」という呼称が台湾社会に定着していたことが分かる。

管見したところ、もうひとつ「君が代少年」と名づけられた美談がある。村上政彦も紹介した「山の君が代少年」こと、台東庁ラリパ社のケブルの物語である。

文化の恩恵に遠ざかる台湾の山山を安住の地として静かな生の営みをつゞける高砂族の身の上にも国を挙げての時局の波はひたひたとおしよせ、日に〳〵皇国民としての自覚に目ざめつゝあるとき台東庁下奥地深き一蕃童の死の前後における言動が、高砂族教育化の一班を窺ふ好資料として詳しく書きとめた書類が総督府理蕃課にもたらされた。その蕃童の名はケブル君といひことし九歳、台東郡ラリパ社二十二番戸の自宅に近い大板教育所の二学年に在学中であつた、(中略)死の最後の瞬間が報告書にはつぎのごとく感激的に書きとめてある「息をひきとる直前のことである自分の生命を感知してゐるのか静かに私はもう死にさうだから君が代を歌ひますと、軽く口を開いて国歌を奉唱、次第に消え入る声を励まし〳〵立派に歌ひ終つて平静なうちにことされたのである[65]」。

皇民化運動のただなかにあった一九四〇年には、「君が代少年」は詹徳坤に限定されない広がりをみせていた。それから二年後の四二年、彼の物語は『初等科国語』の教材となり、日本全国の少国民が彼の事績を学ぶようになる。この教材の学習によって「国民の国語に対する熱愛は、徒に観念としてではなく、日常の実践に於いて発揮される[66]」ことが期待された。

大東亜戦争はすでに始まり、日本本国と植民地では「国民の精神的血液」（上田万年）たる国語が使用される一方で、「大東亜共栄圏の共通語」として日本語が位置づけられるようになった。安田敏朗が「「国語」の帝国化」と呼んだように、日本語にも「日本精神」が宿るものと見なされたのである[67]。

8　天譴論と「余得」としての震災

「台湾としては未曾有の莫大な災害」（『震災誌』一頁）からおよそ一年経った頃、震災の意味をあらためて問い直そうとする動きが見られるようになる。三六年の『台湾教育』や『社会事業の友』の五月号は震災一周年を振り返る特集を企画し、総督府や新竹州、台中州はそれぞれ大部の『震災誌』を刊行する。震災をきっかけとして皇室に対する台湾人の理解が深まり、内台融和が進んだことを多くの文章が言祝ぎ、自力更生による復興が順調に進展していると記している。そうしたなかで目につくのは、天譴論にもとづく震災認識や大災害を肯定的に語ろうとする言説だ。

台中州の『昭和十年台中州震災誌』には、「突如として中部台湾一帯を襲つた大地震は実に未曾有の一大惨事であつた。それだけ被災民の被つた精神的物質的の打撃や損害は実に測り知れない莫大なるものがあつた。しかし、一面それは久しく安逸太平に狎れた地方民への一大教訓でもあり、又惰眠をのみ貪り来つた人々への一大警鐘でもあつた[68]」という典型的な天譴論が登場する。天譴論的な発言をもうひとつ紹介しよう。

今般の震災の被害は人畜の死傷に於ても建物の壊滅に於ても蓋し激甚なるものがあり、之が罹災地々方民心に及ぼした影響は極めて多い。其の第一は天譴に対する畏敬心である。即ち震災は天意に逆ふ者に対する天神の制裁で、過去に於ける家庭的又は地方的罪業に対する因果応報であるから震災地方民が重ねてかゝる災変に見舞れざるやうにするには、天意に従ひ道徳を正し、悔悟反省せねばならぬ[69]。

詹徳坤が在籍した公館公学校校長の橋邊一好の文章である。橋邊は「災の生んだ余得」として、「聖恩の広大聖慮の優渥及国権の強大国民同胞の純愛等に感激し日本国民たるの名誉と幸福とを泌々自覚」したことを指摘し、とりわけ「大麻を本島人の家庭に奉斎せしむることは難事中の難事であつた。然るに一昨年五百体であつたものが昨年は極めてやすやすと一躍二千百体（全戸数二六〇〇戸）を戴かしめることが出来、剰へ神棚六百体さへ設備を見た」ことを高く評価する。詹徳坤の美談が大麻普及の追い風となったことは間違いないだろう。同校の児童二二名が亡くなった大地震も、橋邊には「這般の震災は過去の醜悪な残骸を一挙にしてかなぐり棄て」させる「チヤンス」と映ったのである。

新竹州社会教育主事の木村凡夫も、詹徳坤の美談に言及しつつ「公館公学校三年生の児童詹徳坤が死に直面して、君が代を奉唱して息絶えたるが如き、恰も軍人出征の美談を思はするが如き幾多の美談を生んだことは、今後の島民教育に投ぜられたる大きな暗示であつて此の意に於て今回の犠牲も必ずしも徒爾ではなかつたのである」[70]と、震災の犠牲から積極的な意義をくみ取ろうとする。

同化政策の遂行にとって大震災は「余得」であったという言説が飛び交うなかで、苗栗第一公学校の西田吉之助の「震災雑感」は異色の文章だ。彼も「皇恩の宏大無辺」や「非常時に於て美しき内台融和」に触れているものの、最も重点が置かれたのは「震災後の児童の状況」である。震災から一年経ったというのに、「頻々たる余震に恐怖心を懐」く児童や、「狭いバラツク小屋」での生活を強いられ、「学校に出て居眠りをする児童」が数多く存在すること。さらに睡眠不足と不安定な生活のため「顔色が悪く衣服も粗末になつた」子どもたち。汚水を飲料としたために、下痢やマラリヤ患者が増加したことについて報告している[71]。

西田の「雑感」には、「復興」からほど遠い現実を垣間見ることができる。しかしこうした声は、震災を奇貨として活用しようとする同化政策のもと、饒舌に語られる震災美談や天譴論にかき消され、けっして主流にはなり得なかったのである。

おわりに

一九八七年六月一〇日、苗栗県耄老口述歴史座談会が台湾省文献委員会によって開かれた。三五年の震災も話題のひとつとなり、詹徳坤の死については三人が発言している[72]。口火を切ったのは一九一三年生まれの郭煥章。詹徳坤が亡くなる直前に歌を歌ったのは痛みを和らげるためで、彼の知っている歌は日本の国歌だけだったのだという。詹徳坤の銅像が「光復」後に破壊されたことも、郭は証言している。

長らく小中学校の教員を勤めた徐達賢（一九〇八年生まれ）は、「君が代少年」物語はまったくのでたらめで、皇民化政策を遂行するため捏造されたものだと断言する。痛みのあまり生死の境にある時に、「お母さん」と叫ばずに日本の国歌を歌うはずがないというのだ。

詹徳坤の隣人に話を聞いたという彭雙松（一九二八年生まれ）が三人目の発言者である。隣人によると詹徳坤の最期の言葉ははっきりしたものではなかったのに、日本人によって美談に作られたのだという。

大地震から五二年が経過し、詹徳坤の死にまつわる各自の見解は美談のそれとは大きく異なっている。真相を探ることはもはや不可能だろう[73]。しかし詹徳坤の物語が震災美談の白眉として戦争期世代の「国民化」に重要な役割を果たしたことは確かである。三〇年代の同化政策は、少年期にあったこの世代の台湾人に大きな影響を与えた。やがて成長した彼らは、皇民化政策のもとで戦時動員の対象となっていくのである。

本章の最後に、柴山武矩のその後について簡単に触れておこう。『「君が代少年」を探して』に登場した「鳥谷」は、台湾を離れた後の柴山について次のように語っている。「昭和十一年に内地へ戻って、久米正雄のやってる文学者の翼賛団体に入ったり、いろいろやっているんですよ。久米正雄の友達なんです。それからずっと貧しい作家暮らしをしていて、戦争が始まってから従軍作家みたいになって、満州へ渡るんです。そういう中で、彼が台湾で持っていた不安感が、天皇礼賛とか皇国万歳みたいなものに反転して、軍事力への依存に傾斜していくようなものが短歌にあらわれてきて、強硬な、皇民作家、翼賛作家になっていくんですね」(六四頁)。

柴山の短歌を時系列に並べた『歌集　天日の下に』を読むと、台湾から引き揚げた後に「貧しい作家暮らしをしてい」たことは確かなようだ。離台直後の三七年の連作「職を失ひて」や「妻子病む」には、生活への不安がにじみ出ている。そうした鬱屈した日常のなかで始まった「支那事変」を、柴山は高ぶった心で詠むようになる。

胸さきにつかへしもの通りたり皇軍の砲撃開始伝はり
膺懲の軍起つ前の静けさや良き風入り来風鈴鳴らし
まけて逃ぐるちやんちやんぼらが戦ふと今ぞいきまく上海の辺に
歯をくひて忍びゐたりし皇軍の火蓋は切らる撃ちまくれ支那を(74)

吉川英治や吉屋信子、林房雄、尾崎士郎など多くの文学者が戦地に派遣され、彼らの従軍記が雑誌を埋めるようになる。三八年八月二四日には内閣情報部が漢口攻略戦に作家を派遣することが大きく報じられた。いわゆる「ペン部隊」である。都築久義は「当時、ペン部隊などに作家が加わることは、彼の文学者としての生涯に洋々たる未来を約束する如くみえた」という板垣直子のコメントを紹介し、選抜された文学者はマスコミの寵児となったと述べている。(75) しかし歌人は誰もペン部隊に選ばれなかった。柴山はその悔しさを連作「歌人顧られず」に表現している。

小説をつゞりて生くる人あまたみ戦観よと遣はされたり
歌人はあまたも居れどみ戦を観て来よと誰も言ざりにけり
文つゞりをささをさ人に劣るまじき歌人のあはれかへり見られず(76)

一九四〇年五月に相思樹社より刊行した『柴山武矩歌集一』は、『海彦山彦』『突風』に続く三冊目の著作であり、三二年から七年間に創作した四〇〇首余りの短歌をまとめたものだ。自らの作品を「貧しき生活の記録」という柴山は、「病妻を歌ひ、常弱き子等たちを歌ひ、寄せ来る貧しさの波を凌ぎ越えつゝ何処かへ行かうとする姿」(77)を詠んできたと振り返る。

大東亜戦争が始まると、多くの文学者と同じように開戦の興奮と戦勝に歓喜する短歌を作った。連作「米英と開戦」の歌をいくつか引用しよう。

ついにして海のますらを存分にふるまふ日は来つ大洋かけて

日本の民と生まれし感激をおし鎮め対ふ大み戦に
国運を賭して戦は進みつゝ空爆受けずに過す安けさ
たゝかひは美しきかな強きもの正しきものゝ圧し勝ち継ぐに[78]

こうした短歌を「天皇礼賛とか皇国万歳みたいなもの」と「鳥谷」が表現するのも無理はない。しかし斎藤茂吉が開戦直後に詠んだ「何なれや心おごれる老大の耄碌国を撃ちてしやまむ」や「「大東亜戦争」といふ日本語のひびき大きなるこの語感聴け[79]」などと比べると、「強硬な、皇民作家、翼賛作家」という評価はいささか酷な気がする。

「久米正雄のやっている文学者の翼賛団体」とは、久米が事務局長となり四二年五月二六日に結成された日本文学報国会を指すのだろう。中野重治や宮本百合子のような左翼も含め、数多くの文学者を網羅する団体だった。

柴山が満洲に渡ったのは、四二年の一〇月からおよそ四〇日間のことである。その時に作られた短歌は『満洲の歌』にまとめられ[80]、『歌集　天日の下に』に再録された。『満洲の歌』の奥付の著者略歴には、「現在大東亜省満洲事務局大陸文化振興会委員、日本文学報国会大陸開拓文学委員、満鉄短歌指導講その他雑誌、新聞の歌壇選者等」とある。「天皇礼賛とか皇国万歳みたいな」短歌もあるが、満洲の風景や中国人を詠んだものも多い。

満人の老ひしが入り来て棗の実拾ふと見れば口に入れ居る

赤き袍青き褲子の姑娘が幼きを守るアカシヤの鋪道に
石炭の運搬車にや続き来る荷馬車の苦力等炭より黒く
ペロシキの熱きを食ひつゝ松花江の流れ見居れば舟唄のレコード(81)

『満洲の歌』の最後は「帰路」連作の五首である。

牧水は旅を愛でにきひとり旅遠く出て行き飽く日は知らず
牧水の逝きし齢にみ弟子われ健やけくして満洲を巡る
旅ゆくと妻があづけし配給の石鹸減らしぬ月を越ゆるに
雑嚢に洗濯物を圧しつめて帰らんとする月余の旅を
神棚に燈しあげて朝に夕に子等祈るといふいざ帰り行かん(82)

戦時期に創作された柴山の短歌は、若山牧水への思いと、神棚に向かい父の無事を祈る子どもたちを詠んだところで終わる。最後の歌を作った時、柴山の脳裏に神宮大麻を拝む詹徳坤の姿が浮かんだだろうか。

注

（1）徐盛湘（公館公学校第三学年）「地しん」『社会事業の友』台湾社会事業協会、一九三五年六月、六一頁。

（2）胎中千鶴「植民地台湾の震災――一九三五年新竹・台中大地震にみる被災地民衆の宗教空間」武内房司編『戦争・災害と近代東アジアの民衆宗教』有志舎、二〇一四年、一五七頁。
（3）台湾総督府『昭和十年　台湾震災誌』一九三六年、一九頁。以下、『震災誌』と略記し、ページ数を示す。
（4）近藤正己『総力戦と台湾』刀水書房、一九九六年、二五二―二五三頁。
なお中川健蔵は浜口内閣の文部次官をつとめ、中央教化団体連合会の理事を兼任するなど教化総動員を指揮していた人物であり、総務長官の平塚広義や文教局長の安武直夫もそのメンバーであった（同書、一四八頁）。
（5）大災害が道徳的・社会的改革の機会として当局に利用されたのは、これが初めてではない。一九二三年に発生した関東大震災の三カ月後に、文部省は『震災に関する教育資料』を刊行する。それは「教育者たちはこの震災を、道徳教育強化の好機と考え、天皇への忠誠、犠牲、勇敢さを、尊ぶべき価値の三本柱として強調した」ものだった。ジェニファー・ワイゼンフェルド『関東大震災の想像力――災害と復興の視覚文化論』青土社、二〇一四年、二二四頁。
（6）周婉窈「「世代」概念和日本殖民統治時期台湾史研究（代序）」『海行兮的年代――日本殖民統治末期台湾史論集』允晨文化、二〇〇三年、（二）頁。
（7）周婉窈「日治末期「国歌少年」的統治神話及其時代背景」『海行兮的年代――日本殖民統治末期台湾史論集』允晨文化、二〇〇三年、一―二頁。なお周婉窈は数え年によって、詹徳坤の没年を一二歳としている。
（8）本章で用いる「国語」とは日本語を指し、以下「　」は用いない。
（9）中山侑「震災突発と共に（一）」『台湾警察時報』台湾警察協会、一九三五年六月、七頁。
（10）柴山武矩「震災あとがき」『社会事業の友』一九三五年六月、七七―七九頁。
（11）「五月三日まで食糧給与を打切る　震災復旧委員会で決定」『台湾日日新報』一九三五年五月三日。
（12）遠藤惇雄「震災記」『社会事業の友』一九三五年六月、五六頁。
（13）「窮状の打開と自力更生　震災地等でも充分考へたい」『台湾日日新報』一九三五年五月六日。
（14）『震災美談集』台湾総督府文教局社会課、一九三五年五月、三頁。
（15）同前、四頁。

(16) 前掲注2、一六三―一六四頁。
本章の主人公である詹徳坤も、頭蓋骨に亀裂が入るほどの傷を負いながら、「黒い、鍋墨を練つたやうなものを塗つて」おり、診察をした安達技師は「あんな黒いものを塗らずに、直ぐ手当を受けたら、そしても少し設備があつたら、或は取戻すことの出来た一命であつたかも知れぬ」と語っている。柴山武矩「君が代を歌つて震災に散つた詹少年」『台湾日日新報』一九三五年六月二九日。

なお詹徳坤の幼なじみの証言によると、彼の頭に塗られていたのは、消炎の効果があると考えられていた牛の糞だったという。村上政彦『「君が代少年」を探して――台湾人と日本語教育』平凡社新書、二〇〇二年、二二七―二二八頁。

(17) 地震当日の四月二一日に全島随一の北港郡朝天宮で媽祖祭が開かれたため、震源地付近からの参詣客は難を逃れることができたという。さらに参詣客を駅まで見送りに来た人が自宅での圧死を免れたことも、「媽祖さんの御陰」で命拾いをしたという言説につながった。前掲注2、一七二―一七三頁。

(18) 台中州も「罹災地自力更生運動指導要項」のなかで「罹災地の復興は、なんと云うても先罹災者が皇恩の宏大無辺なる御慈悲と官民の同情と、友愛に感謝し感泣し、その感謝感激の中から、復興報恩の気分を振ひ起こすことが絶対に必要」とし、それぞれの州、郡、街庄が「震災美談を募集分配」することを求めている。『向陽』台中州教化聯盟、一九三五年六月、二〇頁。

(19) 重信幸彦「銃後の美談から――総力戦下の「世間」話・序説」『口承文芸研究』日本口承文芸学会、二〇〇〇年三月、六九頁。

(20) 重信幸彦「近代の「美談」と「伝説」という問い」『国文学　解釈と鑑賞』第七〇巻一〇号、至文堂、二〇〇五年一〇月、四九―五〇頁。

(21) 成田龍一「関東大震災のメタヒストリーのために――報道・哀話・美談」『近代都市空間の文化経験』岩波書店、二〇〇三年。

(22) 「編輯後記」『台湾文芸』台湾文芸聯盟、一九三五年五月、ページ無し。

(23) 一文聯員「団結の目醒め」『台湾文芸』一九三五年六月、二九頁。

文芸聯盟の一員であった楊逵は「文学青年と言へば仙人とかルンペンと同じ位に軽蔑されて来た時、我が文聯員二十余名が勇躍参加したことは、特筆に値する」と自賛している。楊逵「台湾震災地慰問踏査記」『社会評論』ナウカ社、一九三五年六月、七四—七五頁。

(24) 陳翠蓮『台湾人的抵抗與認同 一九二〇—一九五〇』遠流出版社、二〇〇八年、三〇頁。

(25) 無膽志士「給地動後的死者」『台湾文芸』一九三五年六月、一三〇頁。

(26) 問樵「新竹台中震災義捐音楽会」『台北文物』台北市文献委員会、一九五五年八月、一六頁。

(27) 森宣雄・呉瑞雲『台湾大地震——一九三五年中部大震災紀実』遠流出版社、一九九六年、一〇一頁。

(28) 「埼玉県小学生の友情愛 手紙に小使銭を添へて」新竹州編『昭和十年 新竹州震災誌』一九三八年、七六二頁。傍点は原文。以下『新竹州震災誌』と略記。

(29) 竹東郡北埔公学校高等科二年生 黄炎進「内地小学生への感激文」『新竹州震災誌』七七〇—七七一頁。傍点は原文。

(30) 『入江相政日記 第一巻』朝日新聞社、一九九〇年、一四—一九頁。

(31) 田春和「台湾大震災」『台湾教育』台湾教育会、一九三五年六月、一〇五頁。

(32) 詹徳坤物語については、注16の村上政彦『「君が代少年」を探して——台湾人と日本語教育』が大いに参考になった。入江曜子も『日本が「神の国」だった時代——国民学校の教科書をよむ』(岩波新書、二〇〇一年)のなかで、国語教科書に採用された詹徳坤美談について言及している。

(33) 井手季和太『台湾治績志』台湾日日新報社、一九三七年、九七九頁。
裏川大無によると、『社会事業の友』は「最初四号あたりまで金子辰太郎氏が編輯されてゐた。其後、歌人柴山武矩氏が編輯を引受けられて、爾来今日まで、台湾社会事業運動のために巨大な足跡を刻んで来た」という。裏川大無「台湾雑誌興亡史(八)」『台湾時報』台湾総督府台湾時報発行所、一九三五年一一月、一二〇頁。

(34) しばやま生「編輯後記」『社会事業の友』一九三五年五月、ページ無し。

(35) 大岩根直幸「愛しき教へ子よ」『社会事業の友』一九三五年六月、八九頁。

(36) 橋邊一好「学園を通して」『社会事業の友』一九三五年六月、八三—八七頁。

五つの美談のなかで、三番目の「重傷を負ひたる児童が臨終に当り、国歌を奉唱せる事実」が詹徳坤の死を紹介したもの。それ以外は「死に直面せる児童が、担任教師の安否を気遣ひたる事実」「瀕死の重傷を負ひたる児童が、病床にて国語を用ひたる事実」「愛児の死を顧みず、公衆の救護に専念せる事実」「自己の重傷をも不顧学友を救助し、且国旗、大麻を直ちに設へた実例」である。
(37) 前掲注16、柴山武矩「君が代を歌つて震災に散つた詹少年」。
(38) 柴山武矩「台湾よも山」『海を越えて』拓殖奨励館、一九三九年二月、五九頁。
(39) 前掲注7、九頁。なお訳文は引用者による。
(40) 柴山武矩『歌集　天日の下に』越後屋書店、一九四三年、三四—一二五頁。
(41) 「文芸消息」『台湾日日新報』一九三〇年一〇月六日。
(42) 柴山武矩「巻末記」『突風』新高堂書店、一九三二年、一六八頁。
(43) 柴山武矩「筆にまかせて」『相思樹』相思樹社、一九三四年一一月、一九頁。
(44) 柴山が「救癩問題」に関心を持ち、楽生院の患者を『相思樹』メンバーとして迎え入れていたことにも触れておきたい。たけのり「相思樹社便」『相思樹』四六号、一九三七年六月、一九頁。柴山武矩「一途実現（一）」『台湾時報』一九三七年一〇月、一二一—一二五頁など。
(45) 柴山武矩「子をみとりつつ」『海響』海響社、一九三四年一〇月、六頁。
(46) 柴山武矩「子の病気」『相思樹』一九三五年九月、九頁。
(47) 裏川大無「台湾雑誌興亡史（九）」『台湾時報』一九三五年一二月、一四三頁。
(48) 蔡錦堂『日本帝国主義下台湾の宗教政策』同成社、一九九四年、九一—九二頁。
(49) 蔡錦堂「皇民化運動前台湾社会運動的展開——一九三一～一九三七」『台湾史国際学術研討会　社会、経済與墾拓論文集』国史館、一九九五年、三七五—三七六頁。
(50) 前掲注48、九四—九六頁。
(51) 駒込武「一九三〇年代台湾におけるミッション・スクール排撃運動」『岩波講座　近代日本の文化史　七　総力戦下の知と制度』岩波書店、二〇〇二年、二二二頁。

(52) 「北原白秋氏新作の台湾青少年歌に就て」『台湾教育』一九三四年一二月、七二頁。
(53) 北原白秋「華麗嶋風物誌――台湾紀行(一)」『改造』一九三四年一〇月、「同(二)」『改造』一九三四年一一月。
(54) 前掲注38、五九頁。なお「相思樹便」(『相思樹』一九三五年六月)にも「今度また、台湾中部震災誌といふ大物を、編纂することになり、こちらにも相当頭をつかはねばならなくなりました」とある。さらに『震災誌』の「巻末記」には、「本書は、総督府文教局社会課の編纂にかゝるもの」と記されている。
(55) 周婉窈(濱島敦俊監訳)『増補版 図説 台湾の歴史』平凡社、二〇一三年、一八四頁。
なお「皇民化」という用語が初めて登場したのは、一九三六年九月に刊行された『小林新台湾総督に與ふるの書』(南方経済調査会)だという。前掲注49、三八二頁。
(56) 前掲注48、一〇二―一〇四頁。
(57) 「君が代を歌ひつゝ死んだ詹少年 近く記念碑の建立を見ん」『敬慎』台湾神職会、一九三五年七月、二一頁。
(58) 銅像の碑文も、柴山が執筆したものである。文章④を参照。
(59) 柴山武矩「唱歌「君が代少年」」『黎明』台湾教育会社会教育部、一九三六年一〇月一五日、一四―一五頁。文中の「/」は改行箇所。
(60) 深川繁治「序」『震災美談 君が代少年』震災美談君が代少年刊行会、一九三六年、ページなし。
(61) 邱其勳「祝辞」『震災美談 君が代少年』震災美談君が代少年刊行会、一九三六年、四一―四四頁。
(62) 柴山関也「君が代少年(放送物語)」『専売通信』台湾総督府専売局、一九三七年三月、七二―七四頁。
(63) 福永覚也「感激実話 大和少年の死」『まこと』台湾三成協会、一九三七年六月、六頁。
(64) 志村秋翠「君が代少年」『台南州自動車協会会報』一九三九年三月、一九―二二頁。
(65) 「臨終の床で君が代 苦しい息で読本や唱歌を唱へ 最後まで学窓を懐かしむ 蕃童にこの純情」『大阪朝日台湾版』一九四〇年七月二三日。
(66) 「初等科国語 三 教師用(昭和十七年度以降使用)四 君が代少年」文部省、一九四二年。ここでは『近代日本教科書教授法資料集成 第六巻 教師用書二 国語篇』(東京書籍、一九八三年、三七五頁)より引用した。
(67) 安田敏朗『「国語」の近代史――帝国日本と国語学者たち』中公新書、二〇〇六年、一四二―一四九頁。

(68)「廃墟に咲く花」『昭和十年台中州震災誌』台中州、一九三六年、三四〇頁。
(69)橋邊一好「震災復興一周年に当りて」『台湾教育』一九三六年五月、八九頁。
(70)木村凡夫「震災一周年に当りて」『台湾教育』一九三六年五月、八三頁。
(71)西田吉之助「震災雑感」『台湾教育』一九三六年五月、九一―九四頁。
(72)『苗栗県郷土史料　耆老口述歴史叢書(三)』台湾省文献委員会、一九九九年、三六―三八頁。
(73)呉淑真は村上政彦とのインタビューのなかで、彼女の兄の呉國煌が詹徳坤の死に立ちあい、橋邊校長に報告したと語っている。前掲注16、二二六頁。
(74)前掲注40、一五三―一五五頁。
(75)都築久義「戦時体制下の文学者――ペン部隊を中心に」『愛知淑徳大学論集』第五号、一九八〇年　月、五六頁。また櫻本富雄『文化人たちの大東亜戦争――PK部隊が行く』(青木書店、一九九三年)もペン部隊について詳細に論じている。
(76)前掲注40、一七〇―一七二頁。
(77)柴山武矩「巻末記」『柴山武矩歌集二』相思樹社、一九四〇年、一六二頁。
(78)前掲注40、一九〇―一九六頁。
(79)加藤淑子『斎藤茂吉の十五年戦争』みすず書房、一九九〇年、一二三頁。
(80)柴山武矩『満洲の歌』奥付なし、一九四二年。
(81)同前、四―一六頁。
(82)同前、二三―二四頁。

あとがき

二〇一三年に亡くなった西川長夫の仕事を再考する論文で、酒井直樹は「ポスト・コロニアル研究」は、植民地宗主国の人々こそ主要な関心の対象になると述べている。「たまたま権力関係で優位な立場に置かれたのに過ぎないのに、それを自分の資質の優秀さであると誤解してしま」い、「植民地に行ったことのない一般国民も、植民地や日本本土にかんする集団的な空想のなかで自分の位置を忖度するようにな」っていく(1)。第一章で論じたように、多くの日本人にとって植民地は「天国」だった。植民地において、自分が日本人であることを発見した人々は、自らが被植民者より優れた存在であると思いこむようになるのである。

帝国が崩壊した後も、「帝国を支えていた集団的な空想」が簡単に変わることはない。「過去の植民地統治の階層秩序に固執」し、尊大な矜持から抜け出せない宗主国国民の「殆ど滑稽」な姿を、酒井は「ひきこもりの国民主義」と評している。

本書は、これまで顧みられることがほとんどなかった、多くは無名の在台内地人の文学表現を通じて、帝国日本の「集団的な空想」の一端を明らかにすることを目的とした。植民地支配の歴史をスキップし、台湾の「親日」ぶりをもてはやす昨今の風潮は、こうした「空想」から抜け出すことの困難さを示しているだろう。

各章の初出は以下の通りである。書き下ろしの第七章・第九章以外は、いずれも加筆・修正を行った。

第一章　「植民地は天国だった」のか――沖縄人の台湾体験
・「「植民地は天国だった」のか――沖縄人の台湾体験」西成彦・原毅彦編著『複数の沖縄――ディアスポラから希望へ』人文書院、二〇〇三年
・「交錯するまなざし――植民地台湾の沖縄人はいかに描かれたのか」『野草』第六四号、中国文芸研究会、一九九九年八月

第二章　萬華と犯罪―林熊生「指紋」を読む
・「萬華と犯罪――林熊生「指紋」をめぐって」王徳威・廖炳惠・松浦恆雄・安部悟・黄英哲編『帝国主義と文学』研文出版、二〇一〇年

第三章　司法的同一性と「贋」日本人――林熊生「指紋」を読む・その二
・「司法的同一性と「贋」日本人――林熊生「指紋」をめぐって・その二」『立命館文学』第六一五号、立命館大学人文学会、二〇一〇年三月

第四章　植民地の混血児――「内台結婚」の政治学
・「植民地の「混血児」――「内台結婚」の政治学」藤井省三・黄英哲・垂水千恵編『台湾の「大

東亜戦争」』東京大学出版会、二〇〇二年
第五章　「楽耳王」と蕃地――中山侑のラジオドラマを読む
・「ラジオと「蕃地」――中山侑のラジオドラマを読む」、大阪市立大学大学院文学研究科都市文化研究センター編『往来する都市文化――《断片》から探るアジアのネットワーク』大阪市立大学大学院文学研究科都市文化研究センター、二〇〇九年
第六章　「兇蕃」と高砂義勇隊の「あいだ」――河野慶彦「扁柏の蔭」を読む
・「「兇蕃」と高砂義勇隊の「あいだ」――河野慶彦「扁柏の蔭」を読む」『野草』第七五号、中国文芸研究会、二〇〇五年二月
第七章　看護助手、海を渡る――河野慶彦「湯わかし」を読む
書き下ろし
第八章　「大陸進出」とはなんだったのか――紺谷淑藻郎「海口印象記」を読む
・「「海外進出」とは何だったのか――紺谷淑藻郎「海口印象記」を読む」陳建忠主編『跨国的殖民記憶與冷戦経験――台湾文学的比較文学研究』清華大学台湾文学研究所、二〇一一年
第九章　震災・美談・戦争期世代――「君が代少年」物語を読む
書き下ろし

法政大学出版局の奥田のぞみさんからコンタクトがあったのは、大震災の一カ月後の二〇一一年四月一一日だった。最終章の「君が代少年」論を書き終え、ようやく提出した原稿を丁寧に読み、適切なコ

メントをいただいた。奥田さんに声をかけていただかなければ、こうして一冊にまとめることはなかったと思う。この場を借りて感謝を申し上げたい。

二〇一六年三月

星名宏修

注

（1）酒井直樹「パックス・アメリカーナの終焉とひきこもりの国民主義——西川長夫の〈新〉植民地主義論をめぐって」『思想』第一〇九五号、岩波書店、二〇一五年七月。

著者紹介

星名 宏修（ほしな ひろのぶ）

1963年兵庫県生まれ。立命館大学大学院文学研究科修士課程修了。

琉球大学法文学部をへて，2010年4月から一橋大学大学院言語社会研究科。

編著に『日本統治期台湾文学集成5　台湾純文学集一』（緑蔭書房，2002年）。

論文に「從一九三〇年代之貧困描寫閲讀複数的現代性」（陳芳明主編『台湾文学的東亜思考――台湾文学芸術與東亜現代性国際学術研討会論文集』行政院文化建設委員会，2007年），「「読者大衆」とは誰のことか？」（松浦恆雄・垂水千恵・廖炳惠・黄英哲編『越境するテクスト――東アジア文化・文学の新しい試み』研文出版，2008年），「「跳舞時代」の時代――台湾文学研究の角度から」（星野幸代・洪郁如・薛化元・黄英哲編『台湾映画表象の現在――可視と不可視のあいだ』あるむ，2011年）など。

サピエンティア　**43**
植民地を読む
「贋」日本人たちの肖像

2016年4月15日　初版第1刷発行

著　者　星名宏修
発行所　一般財団法人　法政大学出版局
〒102-0071 東京都千代田区富士見2-17-1
電話 03(5214)5540／振替 00160-6-95814
製版・印刷　三和印刷／製本　誠製本
装幀　奥定泰之

ISBN 978-4-588-60343-3　Printed in Japan